1

»Olivia, schau! Siehst Du da vorn die beiden Stahlbögen? Sie ragen direkt in den Himmel … nein, sie beschreiben eine Kurve, neigen sich wieder nach unten … gleich einem Regenbogen …«

Olivia schaute durch die Windschutzscheibe und summte leise – wie als Antwort. Amanda horchte auf und begann nach kurzem Zögern zu singen: »Somewhere over the rainbow … Way up high … hmm … dreams … hmm … Once in a lullaby …«, sie seufzte lautlos. »… Once in a lullaby … der Bogen neigt sich für eine geschenkte Spanne Zeit zurück in die Kindheit.« Sie schüttelte ihre langen Locken: »Olivia, da hinter den Bögen, die eigentlich zur Sundbrücke gehören, liegt Fehmarn!«

Olivia lachte. Seit Tagen, im Grunde seit Wochen, seit Amanda an die Tür ihres kleinen Hauses in London geklopft hatte, geisterte der Name dieser Insel wie ein Sesam-öffne-Dich durch ihre Gespräche. Damals hatte die Freundin sie eingeladen, mit ihr auf die ferne Ostseeinsel zu fahren.

Amanda sang noch einmal leise den Liedanfang, bevor sie fortfuhr: »Fehmarn, für mich bedeutet das Sommerglück: Meer, Wind, Sonne …«, sie seufzte schon wieder, dieses Mal nur fast unhörbar, »… und wundervoller weißer Sand, so viel Du willst. Du kannst Dich in ihn einbuddeln, Du kannst mit nackten Füßen durch die sonnengewärmte Fülle schlurren wie durch Herbstlaub im Park – da trägt man dann allerdings Schuhe. Der Sand jedenfalls rieselt weich und warm seitlich an den Füßen nach hinten. Die werden schließlich so schwer, dass Du nachgibst und selber hinuntergleitest. Du streckst Dich aus auf dem warmen Sand und schließt die Augen. Und dann beginnen die Hände von allein wieder mit dieser warmen Formlosigkeit zu spielen, sie aufzuheben und durch die Finger rieseln zu lassen, bis der Wind sie wie eine leichte Fahne davonträgt. Ach, Du wirst sehen, wie schön es dort ist.«

Inzwischen trat das Land seitlich zurück. Olivia war, als würde es nicht nur nach hinten sinken, sondern auch nach unten. Das schien die Freundin nicht zu empfinden, sie drängte nach vorn. »Jetzt sind wir über dem Meer! Und vor uns – siehst Du das grüne Land? Das ist Fehmarn!« Amanda atmete tief durch. »Es ist so leuchtend grün wie es immer war, ganz als hätten wir Sommer und nicht Anfang Oktober.«

In der Tat sah Olivia Grün: Land, so weit das Auge blicken konnte, jedenfalls solange man schräg nach vorn sah. Auf alle Fälle in genügender Menge, um wieder festen Grund unter den Füßen zu gewinnen, und so flach, dass man das umgebende Meer doch keinen Moment vergaß. Dagegen hatten die Fehmaraner Bäume gepflanzt, konstatierte sie dankbar, schon vor Generationen. Eine schmale, alte Allee hoher Pappeln nahm sie auf.

Langsam steuerte Amanda ihren Wagen die gewundene Straße entlang: »Acht Kilometer ungefähr, hat Alexander gesagt, dann kommt ein Kreisel. Das ist nicht so lang, Kilometer sind keine englischen Meilen.«

»Nein, bei Weitem nicht, Du bist jetzt auf dem Kontinent. Zumindest alle Längen und Gewichte sind hier anders als daheim in England.«

»Das mit den Maßen stimmt. Aber den Kontinent haben wir schon wieder verlassen. Zumindest für die Fehmaraner ist ihre Insel ein eigener, der sechste Kontinent. Wenn sie aufs Festland fahren, sagen sie genau wie wir ›Wir fahren nach Europa‹.«

Kurz vor dem Kreisel hörten die Pappeln auf. »Wir sollen geradeaus weiterfahren bis zum Ende der Straße.« Amanda hielt sich an die Anweisung ihres Freundes und rollte langsam in das kleine Städtchen, bis es geradeaus nicht mehr weiterging. »Schau links, die dicke, dicke rote Kirche!« Sie bog ab und rollte genauso langsam weiter: »Hier sieht es auch aus wie immer! Ich rechne es ja nicht gern vor, aber es ist ein Vierteljahrhundert vergangen, seit ich mit meinen Eltern hier die Sommer verbrachte. Im Ganzen waren es vier – vier lange sonnige Sommer am Sand, im Sand, auf dem Sand und im Wasser. Ist es nicht schön?«

Vor Olivias Blick erstreckte sich eine breite kopfsteingepflasterte Straße und wieder alte Bäume auf beiden Seiten, hinter denen rechts und links kleine alte Häuser standen, weißgestrichene oder rote, mit kleinen Fenstern und grünen Türen. Sie sah letzte Rosen an einigen Hauswänden aufgebunden blühen. Ja, es gefiel ihr und sie sagte es auch. Amanda war unterdessen der Wegbeschreibung Alexanders folgend weitergefahren und weiter abgebogen und hielt nun vor einem weißen Haus mit blauer Tür und blauen Fensterrahmen. In dieser Straße standen hohe alte Linden, fast zu Säulen zurückgeschnitten, aber dank des leuchtend gelben Herbstlaubes doch Bäume.

Auf Amandas Klingeln hin öffnete sich die schwere blaue Tür und eine stattliche Frau mit kurzen braunen Haaren und lebhaften Augen streckte ihnen einladend die Hände entgegen. »Kommen Sie herein! Ich bin Frau Nüßler. Sie können gern Englisch mit mir reden, solange ich Ihnen auf Deutsch antworten darf. Wird das gehen?«

Sie traten in die Diele, ein flüchtiger Blick rundum zeigte ihnen weiße Wände, einen weißen Fußboden und ein weißgestrichenes Treppengeländer, der Teppich auf der Treppe war blau. Und Bilder, meist in hellen, oft heiteren Farben: Blumen, das Meer, der Strand und die dicke, dicke Kirche, an der sie vorbeigefahren waren.

Da Olivia sich umschaute, blieb Amanda nicht erspart, ihrerseits auf die herzliche Begrüßung zu antworten: »Ich darf mich vorstellen, mein Name ist Amanda Cranfield. Ich habe in der Schule ungern Deutsch gelernt, umso lieber in den Sommern hier auf Fehmarn. So weit es möglich ist, werde ich in Ihrer Sprache zu reden versuchen. Das ist«, sie fasste Olivia leicht am Arm und erreichte, dass diese mit einem verschmitzten Lächeln die Füße nebeneinander stellte und sich leicht vor Frau Nüßler verbeugte, »das ist meine Freundin Olivia Lawrence. Sie ist nur zur Hälfte Engländerin, ihre Mutter ist Österreicherin und dort spricht man, glaube ich, auch eine Art Deutsch.« Frau Nüßler lachte und griff nach Olivias nun ausgestreckter Hand. Die war aus dem weiten Ärmel eines großen dunkelgrünen Rollkragenpullovers zum Vorschein gekommen. Dazu trug sie wie fast immer eine schmale schwarze Hose und Ballerinas – ohne Schleifen. Schleifen waren an Olivia undenkbar, nicht nur auf den Schuhen. Umstandslos ging Frau Nüßler ihnen voran die blaue Treppe hinauf und zeigte ihnen ihre Wohnung. Mit der einladenden Aufforderung, jederzeit unten bei ihr anzuklopfen, verließ sie ihre Gäste.

Die Freundinnen sanken in die schweren Sessel und fühlten sich recht behaglich. Gelb und weiß waren die Farben des Wohnzimmers, dazu helles Holz mit mehreren Metern Büchern auf den offenen Brettern, vor einem der beiden Fenster ein gewaltiger Flaschenbaum und Bilder an den Wänden in der gleichen leichten Farbigkeit wie unten in der Diele. Olivia betrachtete sie nachdenklich: »Sie sind auf eine unprätentiöse Weise schön, nicht wahr? Wer sie wohl gemalt hat?«

Amanda drehte sich nach dem Strand über ihrem Kopf um: »Keine Signatur. Vielleicht hat Frau Nüßler sie gemalt, an langen, dunklen Winterabenden, wenn draußen der Sturm tobt und den Regen gegen die Scheiben treibt … Im Winter möchte ich, glaube ich, nicht hier leben.«

»Obwohl wir alles haben, was man für einen längeren Aufenthalt braucht: diesen Wohnraum, spürst Du den dicken Teppich unter Deinen Füßen? Ein Schlafzimmer – so groß, dass ich darin Handstandüberschlag machen kann, wenn mich der Wunsch danach überfallen sollte; ein Bad, in dem zu allem Überfluss auch noch eine Waschmaschine steht, und eine Küche, in der man vermutlich ein vollständiges Mahl zubereiten könnte. Sie wirkt jedenfalls sehr vollständig und irgendetwas muss ja hinter den vielen Türen sein. Um das Glück komplett zu machen, bin ich so klein, dass ich beim Kochen mit der Schräge über der Arbeitsfläche auch nicht in Konflikt käme. Es lässt sich gut aushalten hier«, schloss sie die Bestandsaufnahme.

»Wir sind in Burg auf Fehmarn!« Amanda sprang auf. »Im Moment fühle ich mich, als würde mir die ganze Welt gehören.«

»Vermutlich fühlt man sich so, wenn einem für einen glücklichen Augenblick die Kindheit zurückgegeben wurde. Was möchtest Du mit diesem Glück beginnen?«

Amandas Augen wanderten aus dem Fenster und zwischen den gelben Lindenblättern hindurch ins Weite. »Lass uns eine Runde um den Marktplatz drehen. Dabei kann ich meine Erinnerung spazieren führen und wir können Fischbrötchen kaufen, viele und verschiedene. Wenn Deine hausfraulichen Gefühle draußen im frischen Wind andauern, könnten wir Kaffee kaufen und Du kochst ihn dann. Starker heißer Kaffee gehört unbedingt zu Fischbrötchen, eigentlich mit Sahne und einem Schuss Rum, aber Letzteres ist vielleicht unklug – wir wollen mit dem Tag ja noch mehr machen. Komm!«

So spazierte Olivia Lawrence aus Fulham, einem friedlichen Londoner Stadtteil an der Themse, durch das noch viel friedlichere Burg. Die Breite Straße hieß nicht nur so, sie war es auch. Sie gingen auf der Seite mit dem hohen Gehsteig, der hinter den Bäumen mit einer an die vier Meter breiten Schräge zur Straßenmitte abfiel. ›Ich komme mir vor wie auf einem Deich‹, stellte Olivia bei sich fest, ›und die Steine, die die Schräge halten, sind sicherlich vom Meer so rund gewaschen, am Strand gesammelt und hier dicht an dicht wie Kopfsteinpflaster aufgebracht – völlig unbrauchbar, um darauf zu gehen. Weder auf diesen kleinen Buckeln noch auf den Grashängen der Deiche draußen am Strand sollte man gehen, so ist das wohl, das dürfen nur die Schafe und übermütige Kinder.‹

»Olivia«, unterbrach Amanda ihr schweigendes Erinnern und die Gedanken der Freundin, »der Himmel ist so blau und der Wind so weich und wir haben noch fast einen halben Tag für uns«, sie blieb stehen und deutete mit einer leichten Kopfbewegung nach rechts, »hier in diesem Hotel treffen wir uns heute Abend mit Alexander. Ich nehme mal an, er bringt seine beiden Malerfreunde auch mit. Wir wissen jetzt, dass wir bei zügigem

Tempo vermutlich fünf bis sieben Minuten von unserer Wohnung bis hierher brauchen statt einer halben Stunde wie jetzt. Lass uns die Ortsbesichtigung abbrechen, alles Notwendige zum Essen kaufen, dazu eine Landkarte. Und während Du Dich in unserer Küche einlebst und Kaffee kochst, stelle ich eine Inselrundfahrt zusammen.«

Das sagte sich so dahin. Amanda kniete eine weitere halbe Stunde später auf dem weichen Teppich, die Arme auf den Wohnzimmertisch aufgestützt, und ließ ihre Augen über die Dörfer und die Küstenlinien laufen. Je länger sie das betrieb, desto mehr gerieten ihre Erinnerungen mit jenen Ortsnamen und Stränden in Konflikt, die sie vergessen hatte. Etwas weniger unternehmungslustig biss sie schließlich in das erste Fischbrötchen.

Als das Schweigen anhielt, machte Olivia behutsam einen Vorschlag: »Wir sollten zuallererst an den Sandstrand fahren. Wo ist er?«

»Ganz nah. Im Süden der Insel.«

»Wunderbar. Wir können dort einen Strandspaziergang machen oder aber, wenn Dir das dann besser gefällt, ein Küstenstück im Osten, im Norden und zuletzt im Westen aufsuchen und uns immer vorstellen, was hinter dem Wasser liegt.«

»Das ist gut! Das machen wir.«

Weit streckte sich das Land rechts und links der Straße. Amanda steuerte ihr dunkelbraunes Mercedes-Cabriolet langsam voran, was nicht häufig vorkam.

»Schau mal, da links hinten fährt ein Auto am Horizont …« Olivia war geneigt, das, was sie gerade sah, für einen Taschenspielertrick zu halten.

»Warum nicht, da verläuft sicher die nächste Straße.«

»Wenn Du das sagst … Es ist wirklich ein flaches Land. Das nächste Dorf heißt Neue Tiefe. Richtig wohnlich klingt das in meinen Ohren nicht.« Häuser tauchten auf und waren vorbei. »War das alles?«, erkundigte Olivia sich überrascht.

»Ja, alles. Was erwartest Du? Fehmarn hat zweiundvierzig Dörfer. Wenn man die Einwohner von Burg abzieht, bleiben ungefähr achttausend Leute dafür übrig. Wenn Du's mit Arithmetik versuchst, wirst Du rasch einsehen, was Du erwarten darfst.«

Sie fuhren bereits wieder auf einem Damm. Links der Straße grasten Pferde auf Weidestücken, die wie Halbinseln ins Wasser ragten, so weit hinaus und so hineinverflochten, dass es Süßwasser sein musste, sonst würden die Pferde das Gras nicht fressen. Irgendwie beruhigte dieser Gedanke Olivia. Rechts waren ernstere Mengen Wasser zu sehen. Die Straße führte erneut zwischen Häusern hindurch, ziemlich vielen sogar und drei Hochhäusern. Amanda parkte ein und stieg aus. »Im Sommer gibt es hier mehr Touristen, oder Badegäste – ein schönes deutsches Wort, nicht wahr? – als Einheimische, jedenfalls hier in Burgtiefe. Komm!«

»Der Strand! Da vorn! Weißer weicher Sand, so weit Du sehen kannst …« Amanda verstummte. Zügig ging sie den befestigten Strandweg entlang bis zum nächsten Holzsteg. Er führte zwischen Dünen hindurch und endlich ganz direkt in den feinen Sand.

Olivia blieb ein wenig zurück und ließ die harten, schmalen Blätter des Strandhafers durch ihre Finger gleiten. Gräser gefielen ihr, wo immer sie wuchsen und hier am Meer, wo sie das Land gegen Wasser und Sturm verteidigten, empfand sie so etwas wie Respekt vor der Lebenskraft und Durchhaltefähigkeit der Pflanzen. Schließlich ging auch sie weiter vor, nahm eine Handvoll Sand auf und ließ ihn ganz langsam durch die Finger rieseln. Das wiederholte sie wieder und wieder. Beide Hände griffen in die weiche Fülle und boten sie dem leichten Wind zum Spiel an. »Deine Erinnerung hat recht, dieser Sand ist perfekt. Ich wüsste nicht, wo man an Englands langen Küsten so etwas finden könnte.«

Das war das größte Kompliment, das Olivia Fehmarn machen konnte, Amanda wusste das und freute sich. »Schau«, rief sie und streckte beide Arme aus, »wie weit Du laufen kannst und der Sand hört nicht auf.«

»Sollen wir? Nach rechts oder nach links?«

Nachdenklich und prüfend schaute Amanda in beide Richtungen und dann aufs Meer hinaus. »Ich vermute, beides nicht …«

»Geradeaus ins Wasser hineinzuspazieren, wäre mir zu nass … Ist die graue Linie dort am Horizont Land?«

»Ja, das ist Mecklenburg. Ich glaube, Dein Vorschlag von den vier Himmelsrichtungen entspricht meiner lästigen Unrast mehr als ein Strandspaziergang, selbst eine herzhafte Wanderung würde mich nur unruhig machen. Wie blödsinnig man sein kann! Also: auf nach Osten!« Sie ließen noch manche Handvoll Sand durch die Finger gleiten, während sie zum Holzsteg zurückgingen.

Trotz ihrer Unruhe steuerte Amanda langsam über die schmalen Straßen. Beide schauten über das weite Land. Viele Feldränder wurden von Kopfweiden gesäumt. Mit ihrem Herbstlaub standen sie wie durchsichtig in der flachen Weite. Zwischendurch tauchte Burg am Horizont auf. Die sturmtrotzende Kirche überragte die roten Dächer wie eine Festung. Wieder war ein Dorf zu Ende und eine Straße dehnte sich vor ihnen, bis erneut eine Lindenallee sie aufnahm.

»Dieses Land ist so flach, dass ich den Bäumen für ihren Schutz richtig dankbar bin«, stellte Olivia fest. »Eigentlich verstehe ich nicht, warum das Meer nicht einfach darüber hinbraust, zumindest in einer Sturmnacht.«

»Die letzte Sturmflut liegt hundertfünfzig Jahre zurück. Warum soll das Wasser auf das Land fließen, wenn es einfacher darum herum strömen kann?«

»Weil das Land so flach ist!«

»Das Land, aber nicht die Küste. Gleich wirst Du staunen.«

Sie gingen auf einen schmalen Waldstreifen zu. Amanda bestand auf dem Titel ›Wald‹, Olivia hätte sich eher für ›Hain‹ entschieden, schließlich sah man zwischen den Stämmen hindurch das Meer. Und dann war sie wirklich überrascht. Ein Pfad wand sich zwischen den Bäumen nach unten, er führte unbestreitbar abwärts. Sie traten ins Freie auf ein steiniges Stück Land hinaus. Dahinter lag das Wasser. Mit leisen, glucksenden Geräuschen schlug es gegen die Steine, zog sich zurück und kam wieder, ohne Pause und ohne Hektik, beruhigend und freundlich. Sie gingen zwischen Land und Wasser dahin. Olivia schaute zu den Bäumen hinauf, sie standen zehn, wohl auch zwölf Meter über ihnen. »Eine richtige Steilküste – die Überraschung ist Dir gelungen!«

»Ja, nicht wahr?« Amanda löste den Blick vom Land und wandte sich zum Wasser. »Dieses Mal siehst Du kein Land am Horizont, vor Dir liegt die freie Ostsee, frei bis hinüber nach Riga und St. Petersburg. Die weite Welt der Hanse, wenn Du gerade Lust haben solltest, Dir große Segelschiffe und alte Hafenstädte vorzustellen ... Und hinter Dir eine Steilwand, die sich den Winterstürmen entgegenstellt. Gar so ausgesetzt, wie Du zu glauben scheinst, ist diese Insel gar nicht.«

Auf dem Rückweg nahm Olivia den ein oder anderen Stein auf und drehte ihn in der Hand. »Hier könnten die Straßenbauer von Burg ihre Steine gesammelt haben, es gibt genug davon. Baden kann man hier allerdings weniger, oder? «

»Nein, deswegen ist es hier auch im Sommer ziemlich leer, und zum Wandern ziemlich schön. Manchmal sieht man Angler, sie stehen sogar im Wasser, so flach läuft das Land hier unter die Meeresoberfläche.«

»Für Schiffslandungen gänzlich ungeeignet ... Eigentlich schade, als Kulisse für Seeräuber könnte ich es mir ganz gut vorstellen.«

Die Karte und ihr Kompass lenkten sie weiter nach Norden. Dieses Mal standen sie auf einem Deich. Dass die Insulaner eine solche Schutzmaßnahme für notwendig gehalten hatten, wertete Olivia als einen erleichternd menschlichen Zug an ihnen. Der Strand vor ihr war eine Mischung aus Sand, Steinen und Algen, und hinter dem Wasser sah man wieder Land, deutlich näher als Mecklenburg.

»Das ist Dänemark, die Insel Lolland. Es gibt den Plan zu einer Brücke zwischen hier und drüben ... Die Leute streiten über ...« Amanda verstand ganz plötzlich, was der Sonnenstand ihr mitteilte. »Das ist jetzt gleichgültig. Lass uns weiterfahren. Da wir nun mal dabei sind, möchte ich Dir auch die Westküste zeigen und das Licht schwindet ähnlich wie der Sand zwischen den Fingern. Ganz klein ist Fehmarn eben doch nicht. Beruhigend?«

»Schon irgendwie. Dieses Burgtiefe auf Sand ins Wasser gebaut weckt den Bergbauern in mir, der Wasser lieber trinkt als hineingerät.«

Der Deich schützte die Insel auch im Westen. Hier grasten sogar Schafe auf ihm und landeinwärts wuchsen in seinem Windschatten niedrige Kiefern. Endlich zeigten sich wieder kleine Kobolde in Olivias Augenwinkeln: »Fehmarn wird nicht untergehen, ich sehe es jetzt selbst. – Wozu gehören die weißen Häuserblocks dort am anderen Ufer?« Ihr ausgestreckter Arm wies nach Süden.

»Das muss noch Heiligenhafen sein, also das Festland von Schleswig-Holstein. Und wenn Du Dir eine gerade Linie etwas rechts an der untergehenden Sonne vorbei denkst, triffst Du auf Angeln, ein hügeliges Stück von Schleswig-Holstein und die Heimat jener Abenteurer, die in tiefer Vergangenheit aufbrachen, England zu besiedeln.«

»Die Angelsachsen ... Amanda, ich beginne allmählich den Namen der Skulptur zu verstehen, die Dein Freund für diese Insel geschaffen hat: ›Fehmarn, eine Brücke in Europa‹, ein Denkmal in des Wortes engster Bedeutung: Denk mal – darüber nach. Auf die vielen Steinblöcke voller Namen, die überall in Dörfern und Städten aufgestellt sind, trifft diese Bezeichnung weniger zu, sie müssten Erinnerungsmale heißen, die präzise Übersetzung des englischen ›memorial‹.«

»Apropos England. Auf der Rückfahrt muss ich Dir noch eine Geschichte erzählen.«

Während sie auf Burg zufuhren und in ihrem Rücken die Sonne unterging, begann Amanda: »Spring in Gedanken zurück in die Jahre 1945/46. In London tagt eine Konferenz, um das besiegte Deutschland in Besatzungszonen aufzuteilen, neunzehn Monate lang. Dabei hätten es zwei weniger werden können, aber der russische Botschafter hatte sich an Fehmarn festgebissen. Die Kornkammer in der Ostsee wollte er auch noch haben. Doch der englische Unterhändler erkannte Fehmarns strategische Lage: Die Russen hätten sich weit in den Nordwesten bis vor die Küste Dänemarks geschoben. Das wog noch schwerer als das Getreide.

Und Lord Strang führte die Geschichte ins Feld: Seit Jahrhunderten gehörte Fehmarn zum Norden, mal zu Dänemark, dann zu Holstein, immer abwechselnd, aber niemals zu Mecklenburg. Er blieb stur, obwohl die britische Regierung ihm freie Hand gegeben hatte. Und eines schönen Tages ließ der russische Botschafter seine Forderung fallen, als wäre sie nie ernst gemeint gewesen. Fehmarn verdankt Lord Strang zweiundvierzig Jahre in Freiheit! Auch wenn die Insulaner selbst diese Tatsache erst fünfzehn Jahre später herausfanden.«

»Genau genommen verdankst Du diesem Diplomaten die schönsten Sommerferien Deiner Kindheit«, spann Olivia die Geschichte fort.

»Du wirst lachen, das ist nicht einmal nur Zufall. Er gehört zur weitläufigen Verwandtschaft meines Vaters. Der war damals noch sehr jung, aber da sich das diplomatische Leben von William Strang eineinhalb Jahre nur um Deutschland drehte und davon zwei Monate ausschließlich um Fehmarn, sprach er im privaten Kreise ebenfalls davon und im Kopf meines Vaters setzte der Name sich so fest, dass er Mutter und mich mitnahm, als ihn dreißig Jahre später eine Geschäftsreise nach Hamburg führte. Im Anschluss an eine Woche Stadtbesichtigung verbrachten wir unsere Sommerfrische – noch so ein anschauliches deutsches Wort – das erste Mal auf Fehmarn.«

2

Eine Stunde später stiegen die beiden Engländerinnen die Stufen zum Hotel im Zentrum von Burg hinauf. Amanda übernahm die Führung. Der Raum, den sie hinter einem kurzen Gang und einer weiteren Tür betraten, nahm sie mit abendlich gedämpfter Beleuchtung auf. Er war lang und schmal, lang auch die Bar, neben der Amanda stehen blieb. Ihre Augen streiften über die hohen, kleinen Tische nach links bis zu den beiden Fenstern, hinter denen die Straßenlaternen den Markt draußen beleuchteten und über die hohen Tische an der gegenüberliegenden Wand zurück: kein bekanntes Gesicht. »Alexander ist noch nicht da. Also setzen wir uns an einen der niedrigen Tische dort gegenüber der Bar und essen etwas Warmes, bis er kommt.«

Sie nahm mit dem Rücken zur Wand Platz, den Eingang wie beiläufig im Blick. Der sie umgebende Raum wirkte vollständig dunkelrot, doch bei genauerem Hinsehen standen die Möbel auf Parkett und die Wände waren hell gestrichen. Amandas Hand glitt über den Bezugstoff neben sich: »Blutroter Alcantara … wie es hier vor fünfundzwanzig Jahren aussah, habe ich vergessen.«

»Natürlich. Warum sollte ein Kind sich für Inneneinrichtung interessieren … Da Alexander Hyde nicht da ist, erzähl mir genauer von seinem Denkmal, bis er kommt, magst Du?«

»Es gibt nichts zu erzählen, da muss ich Dich leider enttäuschen, ich kenne es so wenig wie Du. Die feierliche Enthüllung findet morgen statt, das weißt Du. Vielleicht gerät der Festakt zu einer eigenen Überraschung, Offizielles liegt Alexander wenig. Sein Auftraggeber, eine hiesige Bürgervereinigung, wird sich vermutlich genau das vorstellen, Reden und Blasmusik und die örtliche Presse. Wir werden sehen, wer von beiden sich durchgesetzt hat.« Amanda spürte das Lachen in sich aufsteigen.

»Dann erzähl mir von ihm: Wie sieht er aus, was für ein Leben führt er?«

»Willst Du nicht lieber wissen, was für Kunst er macht?«

»Später, wenn noch Zeit ist. Bilder schaue ich mir eigentlich lieber an als sie mir beschreiben zu lassen.« Ihr alter Übermut blitzte in Olivias Augen auf. In diesem Raum mit seinem gedämpften Licht, der leisen Musik und heißem Tee vor sich – der Bar kehrte sie in doppelter Weise den Rücken zu –, hatte sie das Meer vorübergehend vergessen, so schien es Amanda zumindest.

»Also gut. Er ist ungefähr so groß wie ich, also für einen Mann eher klein, und sehr schmal. Da seine Bewegungen leicht und flink sind, erinnert er mich immer wieder an einen Vogel. Manche halten seine Bewegungsweise für nervös, ich glaube das aber nicht. Ich habe ihm manchmal bei der Arbeit zugeschaut. Auch wenn er ruhig und konzentriert ist, bewegt er sich in dieser vogelhaften Weise. Seine Augen sind graublau und seine Stirn sehr weiß, darüber stehen braune Haare in die Luft, weil er beim Denken und beim Reden immer mit den Fingern hindurchfährt.«

»Und wie kam er ausgerechnet nach Fehmarn?«

»Zufall, glaube ich. Und eine Neigung zu kleineren Inseln als England eine ist. Als ganz junger Maler hat er einige Jahre in der Südsee gelebt. Dann war er wieder da, malte Stadtbilder wie ein Wahnsinniger, als wollte er sich in London hineinwühlen ... bis er nach Fehmarn verschwand. Er hatte bei einer Ausstellung in irgendeiner Galerie im Westend Felix Picard kennengelernt. Der ist Deutscher, verbringt seine Sommer seit ewig hier auf der Ostseeinsel und erzählte ihm davon. Das, was Alexander sich beim Zuhören vorstellte, schien genau zu passen. Er fuhr hin, blieb den ganzen Sommer und kam in den folgenden wieder.«

»Kennst Du diesen Felix Picard?«

Die Antwort beschränkte sich auf ein leichtes Kopfschütteln. Amanda sah zum Eingang. Da sie schwieg, wandte Olivia sich um, schließlich sollte man wissen, was sich im eigenen Rücken abspielt. Ein großer Mann um die vierzig hatte den Raum betreten und stand nun neben der Bar wie sie selbst vorhin. Als Erstes fielen ihr die tiefen braunen Augen auf, die langsam über die Gäste wanderten, dann die schmalen, festgeschlossenen Lippen und der kurzgeschnittene, dunkle Bart. Obwohl die Haut wettergebräunt zu sein schien – es war wirklich nicht sehr hell hier im Raum–, war er bestimmt kein Seemann. Schließlich löste er seine Rechte von der Thekenkante und kam auf ihren Tisch zu, obwohl nichts in seinem Blick darauf hingedeutet hatte, dass er sie anders wahrnahm als jeden anderen Gast.

»Entschuldigen Sie, bitte, warten Sie womöglich auf den Maler Alexander Hyde?« Die Worte kamen leise und langsam.

»Ja, so ist es.« Amanda hatte ihm den nächsten Satz überlassen wollen, doch in das fragende Abwarten der sehr dunklen Augen ergänzte sie: »Kennen Sie ihn?«

»Ja, durchaus. Er ist ein Freund von mir. Ich heiße Felix Picard.« Nach einer förmlichen Begrüßung setzte er sich zu ihnen. Olivia empfand es beinahe als Ehre, so dramatisch wirkte seine scheue, etwas bedächtige Art auf sie.

»Sie sind zum verabredeten Zeitpunkt hier, also sind Sie sicher, dass Alexander auch kommen wird, darf ich das annehmen?« Sorgfältig setzte er die Worte hintereinander.

»Ja, natürlich. Wir sind seinetwegen aus London gekommen!«

Er nickte zögernd: »Darf ich weiter fragen, wann Sie zuletzt von ihm gehört haben?«

»Fragen dürfen Sie das schon … da muss ich nachdenken …« Amanda griff nach ihrer Tasche und Olivia, die Felix Picard ungeniert beobachten konnte, da seine Augen gebannt an Amanda hingen, stellte fest, dass er seine Unruhe nur schwer bezähmen konnte. Amanda zog eine steife Karte heraus und drehte sie um: »Dies ist die offizielle Einladung zur Enthüllung, auf der Rückseite stehen Ort und Zeitpunkt unseres privaten Treffens hier – und hier sind wir. Der handschriftliche Teil ist vom 13. September.«

»Nichts von einem Besuch in London?«

»Doch, er schreibt: ›Sollte ich vorher für drei Tage in London sein, melde ich mich.‹ Das hat er nicht getan. Also ist er wohl hiergeblieben.«

»Nein, das ist er nicht! Also muss er in London gewesen sein.«

»Das glaube ich nicht. Ich habe dringend versucht, ihn zu erreichen, weil ich ziemlich kurzfristig beschlossen habe, mit dem Auto zu fahren. Wir hätten gemeinsam reisen können.«

»Das wäre für ihn zu spät gewesen, vielleicht war er schon wieder weg, als Sie ihn zu erreichen versuchten.«

»Wieder nein, so kurzfristig habe ich auch nicht geplant. Wir verbrachten einen Tag in Brüssel und einen in Hamburg. Mit Alexander im Auto wären wir durchgefahren. – Aber was sollen all diese Fragen? Ist Alexander denn nicht hier?«

»Nein. Ich habe ihn schon seit zwei Wochen nicht mehr gesehen.«

Amanda musterte ihren Tischnachbarn aufmerksam: »Vielleicht hat ihn das Aufstellen der Skulptur in den letzten Tagen so sehr in Anspruch genommen, dass er für nichts sonst Sinn hatte?« Instinktiv versuchte sie, ihn zu beruhigen.

»Die letzten Tage haben Juro Kienhardt und ich damit verbracht, diese Skulptur aufzustellen. Hoffentlich ist er mit dem Ergebnis zufrieden. Er macht am liebsten alles selbst, auch das Hängen seiner Bilder für Ausstellungen. Deshalb wollte er ja zu diesem ungünstigen Zeitpunkt unbedingt nach London. Und deswegen sind wir ernsthaft beunruhigt über sein Ausbleiben. Es gibt keine Erklärung dafür.«

»Ich verstehe.« Amanda schwieg. Da die anderen es auch taten, fragte sie nach einer Pause: »Wer ist Juro Kienhardt?«

»Juro ist Maler wie wir, der dritte im Bunde und der Einzige von uns, der das ganze Jahr über auf Fehmarn lebt. Er und seine Frau haben Alexander nicht mehr gesehen, seit ich nach Köln gefahren bin, vor vierzehn Tagen; seit fünf Tagen bin ich wieder da, aber keine Spur von ihm.«

»Wissen Sie, wo in London seine Ausstellung stattfinden soll? Wir könnten in der Galerie anrufen.«

»Nein, ich kann mich einfach nicht mehr erinnern … Es gibt eine große Kiste in seinem Zimmer, in der alle Korrespondenz landet. Allerdings würde ich nie an seine Sachen gehen.« Seine Lippen schlossen sich noch fester aufeinander als zu Anfang und die Kuppen seiner gespreizten Finger drückten so stark gegeneinander, dass die Nägel hell wurden.

Olivia beobachtete, wie Picards Unruhe sich in dem kurzen Gespräch zu Angst wandelte. Sie kannte beide Männer nicht, konnte ihre Nervenstärke nicht einschätzen, verstand aber ohne Schwierigkeiten das Widerstreben von Felix Picard, die Privatpapiere des Freundes anzurühren, selbst für eine sachliche Information, die dieser ihm sofort gegeben hätte, wäre er dagewesen. Sie versuchte, sich weiter in Picards Situation hineinzudenken. »Steht die Skulptur jetzt und gibt es noch etwas zu tun?«, riss sie ihn aus seinen Gedanken.

Picard sah sie an, zum ersten Mal seit der Begrüßung: »Für morgen ist alles fertig. Alle wissen schon seit Wochen, was sie machen sollen. Alexander kann sehr gut organisieren und er wollte ja zwischendurch noch nach London. Seine Plastik blieb bis zum letzten Moment in der Scheune, in der er sie gearbeitet hat, deshalb mussten Juro und ich diesen Teil der Vorbereitungen nun stellvertretend übernehmen. Aber wir wussten genau, was noch zu machen war.«

»Also gibt es im Moment nichts mehr zu tun?«

Picards Augen hingen an dem tatenlustigen Gesicht. Er schien nachzudenken. Endlich fragte er zurück: »Was meinen Sie damit?«

»Nun, ich sehe zwei Probleme: einmal die offizielle Denkmalsenthüllung morgen und die Abwesenheit der Hauptperson bei diesem Ereignis. Wenn ich Sie richtig verstanden habe, kann der offizielle Teil wie vorgesehen ablaufen, man muss lediglich darauf verzichten, dem Künstler die Hand zu drücken. Oder wollte er eine Rede halten?«

»Um Himmels willen, nein!«

»Gut. Bleibt zweitens die Frage, wo er steckt. Ich überlege, ob wir heute Abend noch etwas unternehmen können, um das herauszufinden? Zum Beispiel in der Londoner Galerie anrufen. Wir haben eine Stunde Zeitverschiebung, Galeristen sind oft spät dran.«

»Zwischen dem Telefonat und uns stehen ein paar Hürden, die uns Zeit kosten werden«, warf Amanda ein. »Scharf betrachtet, dient alles, was wir heute Abend noch unternehmen könnten, der eigenen Beruhigung. Ich verstehe Alexanders Fernbleiben zwar nicht, will aber hoffen, dass er selbst es uns morgen erklärt. Er hat so lange an diesem Werk gearbeitet. Ich kann mir nicht vorstellen, dass er dessen Enthüllung verpasst.«

Picard sah sie eine Weile grübelnd an. Schließlich lösten sich die Fingerkuppen voneinander und er stützte die Hände auf den Tisch, als wolle er aufbrechen. »Sie haben recht, für heute müssen wir den Dingen ihren Lauf lassen. Und morgen ist auch noch ein halber Tag für seine Anreise.« Er erhob sich: »Ich gehe jetzt nach Hause. Juro erwartet noch Nachricht von mir. Und da Alexander seit einigen Wochen bei mir wohnt, werde ich am besten dort auf ihn warten. Wir sehen uns morgen am Strand von Burgtiefe.« Er verneigte sich ein wenig altmodisch und ging, ohne sein Bier angerührt zu haben.

Amanda sah ihm nach und schwieg. Olivia wandte sich wieder ihren Matjesheringen zu und zog die mittlerweile kalten Kartoffelstücke durch die Marinade. Irgendwann wurde ihr die Stille zu viel: »Ein so wortkarger Abend gebiert leicht Gespenster«, teilte sie freundlich mit.

Die Augen der Freundin kehrten vom Eingang zurück. »Weißt Du, dieser Mensch, dieser Felix Picard, bewegt sich so langsam, dass mir die gelegentlich auftauchende Vorstellung, Künstler seien Narren, eingefallen ist.«

»Hoffen wir, dass er beides ist – Künstler und Narr, denn Narren sind weise.«

»Er schien besorgt, hast Du das gesehen?« Amanda ließ diese Bemerkung leichthin zwischen sie fallen.

»Als er kam, brachte er Hoffnung mit, als er ging, hatte er Angst«, bestätigte Olivia. »Und Du, wie siehst Du die Lage?«

Amanda sah die Freundin einen Moment an, dann schien sie sich einen Ruck geben zu müssen: »Ich habe auch Angst, um ehrlich zu sein. Bis Picard kam, schien alles in Ordnung. Solange er bei uns saß, habe ich mich auf ihn konzentriert. Aber wenn Du mich jetzt geradeheraus fragst … Es ist einfach so: Für Alexander sind zwei Dinge im Leben wichtig, seine Kunst und seine Freunde. Im vorliegenden Fall vernachlässigt er sie gleich beide. Also stimmt wirklich etwas nicht.«

»Wie ist Alexander? Ist er gut für Überraschungen? Ist er sprunghaft, unzuverlässig?«

»Ich weiß es nicht. Wir sehen uns, auch wenn er in London ist, nicht so häufig. Aber selbst wenn er so wäre, doch nicht zu diesem Zeitpunkt!«

»Wieso bist Du so sicher, dass er nicht in London war?«

»Alexander ist so altmodisch wie Du und hat keinen Telefonanrufbeantworter. Und sein Handy stellt er nur an, wenn er selbst jemanden von außerhalb Londons anrufen will. Ich glaube allerdings nicht, dass das oft vorkommt. Da ich es aber wirklich schön gefunden hätte, gemeinsam nach Fehmarn zu fahren, habe ich seine Zugehfrau angerufen, als er nie abhob. Sie ist mittlerweile so etwas wie sein guter Hausgeist geworden, kümmert sich um sein Atelier und seine Post, wenn er nicht da ist und erst recht, wenn er da ist. Sie ist ganz sicher, dass er nicht mal für eine Nacht in London war. Und sie wüsste es bestimmt.«

»Das Flugpersonal streikt gerade nicht, bleibt nur noch ein Unfall …«

Amanda nickte beinahe so langsam, wie Picard es getan hätte: »Das ist das Einzige, was bleibt. Und der muss sehr schwer sein, denn mit einem gebrochenen Bein kann man ohne Weiteres telefonieren. Das hätte er auch getan, Felix Picard hätte von ihm gehört!« Sie leerte entschlossen ihr Glas: »Lass uns gehen. Unser Wohnzimmer ist warm und behaglich. Und wenn ich richtig gesehen habe, stand eine Flasche Rotwein auf dem Wohnzimmertisch. Ein Hoch auf Frau Nüßler!«

3

Der neue Morgen entwickelte sich nach nebelverhangenem Zögern zu einem strahlenden Blau. Olivia hatte sich mit der Landkarte besprochen, dabei eine weitere Steilküste und einen nahe daran gelegenen Parkplatz entdeckt. Dort am Meer unter diesem enorm blauen Himmel spazieren zu gehen, musste unbedingt ein Vergnügen sein, überzeugte sie Amanda schließlich. Und wieder rollten sie über das flache Land. Im Auto herrschte Schweigen. Olivia summte leise ihr Lied, der Regenbogen war mit einem Ende auf Fehmarns flachem Grün aufgekommen, Amanda schien sie nicht einmal zu hören. So versuchte Olivia, sich mit den Kopfweiden zu unterhalten. Die dicken Stämme mit ihren tiefgefurchten Rinden und den lichten Laubkugeln darüber gefielen ihr und sie stellte sich vor, welche bizarren oder drohenden Gestalten sie in der Dämmerung annehmen mochten. Die Bäume ihrerseits schienen kein Gespräch mit ihr zu wollen, sie standen in trauter Reihe nebeneinander und waren sich selbst genug. So kam es ihr jedenfalls gegen Ende der kurzen Fahrt vor.

Ruhig gingen sie am steinigen Strand entlang, zu ihrer linken ein dunkles blaues Meer, das mit nahezu lautlosem Plätschern an die Steine leckte, und zu ihrer Rechten eine weiße Steilküste, über deren oberen Rand Gras und Brombeerranken wuchsen, darüber ein Himmel in dem gleichen Blau wie die Fahne von Fehmarn.

»Was für ein unglaublich schöner Herbsttag!« Es roch nach Algen und nassem Sand. Olivia griff nach einem kleinen, flachen Stein und versuchte, ihn über die glatte Wasserfläche springen zu lassen. Zu ihrer eigenen Überraschung gehorchte er dem Befehl ihrer Hand einmal, zweimal, dreimal, dann sank er hinunter. Sie drehte sich zu Amanda um. Deren lange blonde Haare rührten sich leicht im Wind. Aufrecht stand sie vor der Weite der Ostsee und sah sehr schön aus. Doch schien sie sich ihrer selbst heute nicht bewusst zu sein. Immerhin reagierte sie auf Olivias Blick.

»Hoffentlich entwickelt der Tag sich weiter so strahlend ... Entschuldige, ich weiß selbst nicht, was mit mir los ist. Ich hatte unbewusst fest mit einem Anruf von Alexander zum Frühstück gerechnet. Wohl weil er ausblieb, kam mir das weite flache Land heute kahl, leer und trostlos vor. Und ähnlich fühle ich mich ... irgendwie ... lächerlich, nicht?«

»Nein, durchaus nicht. Seinetwegen bist Du hergekommen, und er ist nicht da. Das allein reicht schon, um einem die Stimmung zu verderben. Normalerweise wärest Du jetzt ärgerlich, das wäre immerhin gesund. Stattdessen hat Felix Picard Dich mit seiner Angst angesteckt.«

»Sie ist unbehaglich, das kann ich Dir sagen!« Amandas Blick kehrte von der Wasseroberfläche zurück. »Vor der Sonne ist heute ein riesiger grauer Schirm aufgespannt. Selbst die Lichtflecken auf dem Wasser glitzern mich bösartig an ... als wollten sie stechen.«

»Dann beachte sie nicht mehr. Komm, lass uns vorlaufen und schauen, was es hinter der Biegung zu sehen gibt.«

Entschlossen ausschreitend kamen sie bis zum Leuchtturm von Staberhuk, Amandas ausgestreckter Arm zeigte nach oben. Dort stand der schwere Turm hinter Weißdorngestrüpp gegen den Himmel, er ragte noch einmal so hoch auf wie die weiße Küste, auf der er stand. In Olivias Gesicht blitzte ein kurzfristiges Vergnügen auf: »Das deutsche ›huk‹ in seinem Namen meint Ecke«, legte sie dar, »die Niederländer haben dieses Wort auch, sie schreiben es bereits mit oe und hinter dem Kanal in England heißt es dann ›hook‹, wie Captain Hook in ›Peter Pan‹ mit seinem Haken statt der einen Hand. Es gibt viele Brücken, die man über Europa schlagen kann. Der Name der Skulptur, die wir heute zu sehen bekommen werden, gefällt mir sehr.« Sie drehte sich herum und streckte den Arm aus: »Und der Streifen dahinten am Horizont – Land?«

»Land. Wieder Mecklenburg. Die geographischen Realitäten sind ziemlich stabil, jedenfalls an der Länge eines Menschenlebens gemessen.« Auf Amandas Gesicht zeigte sich ein leichter

Glanz, ähnlich dem auf dem gekräuselten Meerwasser. Immer noch ziemlich schweigsam, doch einträchtig machten sie sich auf den Rückweg.

In ihrer Küche unter der Schräge aßen sie eine Kleinigkeit, deren Herstellung Olivias Kochkunst nicht weiter strapaziert hatte. Die Stimmung der Freundin stellte dagegen eine echte Herausforderung dar. Üblicherweise betrachtete Amanda die Mitmenschen mit dem distanziert klugen Blick der Schriftstellerin, neigte dazu, alles um sich herum zu Material für ihre Romane zu verarbeiten. Der Wirklichkeit so unmittelbar ausgeliefert wie jetzt hatte Olivia sie nur selten gesehen. Sie dachte an die sehr dunklen Augen und die fest geschlossenen schmalen Lippen von Picard, an sein langsames Sprechen. Alles an ihm zeugte von großem Ernst, der offensichtlich umstandslos die vielen Schichten zwischen Amanda und der Welt überwunden hatte. So war seine Angst auch zu ihrer geworden. Deshalb saßen sie hier in den bergenden Wänden des Nüßler'schen Hauses, erreichbar, ohne das jemand das wollte. Warten war ganz schlecht.

Zwei Uhr mittags. Burgtiefe. Die Wiese. Die beiden Engländerinnen standen auf grünem Rasen, etwas abseits der vielen redenden, rufenden und lachenden Menschen, die sich um das weißverhüllte Ding am Ufer sammelten. Ebenfalls abseits, nah an der Wasserkante, stand ein großgewachsener Mann, dessen sichtliche Neugier auf die zusammenströmenden Leute seinem abgesonderten Standort widersprach. Auch hier Wasser ringsum, Olivia stellte es eher beiläufig fest, dieses Mal das gegenüberliegende Ufer sehr nah, es war die andere Seite der Bucht, also auch Fehmarn. Sie sah dort einen großen roten Speicher mit Treppengiebel, ansonsten nicht viel, denn die Wasserfläche zwischen den beiden Inselufern trug eine Flotte von Fischkuttern, mit hoch hinaufgespannten Wimpelketten, als liefen sie noch unter Segeln.

Irgendwo schlug eine Schiffsglocke vier Glasen. Das Stimmengewirr verebbte. Ein barhäuptiger Mann in dunkelblauem Mantel, weißes Hemd und Krawatte leuchteten hochoffizell daraus hervor, räusperte sich. »Liebe Freunde, wir haben uns hier im Zeichen der Brücke versammelt. Nicht im Zeichen der Belt-Brücke, die als zukunftsweisender Schatten am anderen Ende unserer Insel für kontroversen Diskussionsstoff sorgt, sondern im Gegenteil und am entgegengesetzten Ufer im Zeichen gegenwärtiger und vergangener Brücken. Vergangen ist die Künstlervereinigung ›Die Brücke‹, deren herausragendster Vertreter Ernst Ludwig Kirchner vor achtzig Jahren vier Sommer auf unserer Sonneninsel verlebte. Zahlreiche seiner bedeutendsten Bilder entstanden hier und zeugen heute in den Museen der Welt von Fehmarns Schönheit. Von ihm führt eine Brücke der Tradition zu unseren gegenwärtigen Malern Juro Kienhardt, Felix Picard und Alexander Hyde.« Auf seine einladend auffordernde Geste hin traten Kienhardt und Picard neben ihn. Freundlicher Applaus grüßte die beiden Künstler. Fest griff Amandas Hand in Olivias Ärmel.

»Eine Gruppe weltoffener Fehmaraner, die sich den Namen ›Brücken – heute‹ gab.« Olivias Augen flogen über die Menschen und umkreisten Felix Picard und Juro Kienhardt. Beide starrten in das Gras schräg vor ihren Schuhspitzen und hörten aufmerksam zu. Allerdings blieben ihre Mienen unbewegt bei jeder Anspielung, die die anderen Zuhörer zum Schmunzeln oder Lachen brachte. Der Griff in ihrem Ärmel wurde noch fester. »Er ist nicht gekommen.« Olivia schüttelte bestätigend den Kopf.

»Auf Fehmarn zu leben, bedeutet, Brücke zu sein zwischen den Völkern Europas. Als Insel in der Ostsee zwischen den Ländern des Kontinents und Skandinaviens ist Fehmarn mehr als ein Schatten unter der Vogelfluglinie, es ist eine handelnde und verbindende Realität. Damit diese Bedeutung sowohl uns selbst als auch unseren zahllosen Gästen immer vor Augen steht, gab unsere Bürgervereinigung ›Brücken – heute‹ bei unserem großen Künstler Alexander Hyde eine Skulptur in Auftrag, die dies aufs Schönste darstellt – davon bin ich überzeugt und so gespannt wie wir alle auf das, was sich nun enthüllen wird!« Der Bürgermeister zog mit leichtem Grinsen eine Polizeipfeife aus der Manteltasche und blies kräftig hinein.

In der allgemeinen Überraschung hörte niemand das Flügelschlagen eines großen Schwarms weißer Vögel, der aus dem Nirgendwo kommend über die Köpfe dahinschwirrte und sich auf das weiße Ding hinabsenkte. Eine halbes Hundert dressierter weißer Tauben streckte seine Krallen nach dem leichten Schleier aus und flog mit ihm davon. Gleichzeitig tönten die Nebelhörner aller Fischkutter so laut und so fabelhaft disharmonisch, dass der Rest der Feierlichkeit in lauten Jubel überging. Die Vorsitzende der Bürgervereinigung trat an die nun allen sichtbare Skulptur, sie strich über einen himmelstürmenden Stahlbogen und wandte sich um. Die Nebelhörner tuteten weiter und weiter, Jubel und Zurufe hielten an, bis sie lachend mit den Karteikarten ihrer vorbereiteten Rede winkte, sie in ihre Jackentasche versenkte und mit weit ausgreifenden Armbewegungen einlud, näher zu kommen und anzuschauen, was es da nun Neues gab.

Die Menschen stürmten nach vorn, der Bürgermeister schüttelte Hände und die Flucht von Kienhardt und Picard wurde vereitelt. Amanda und Olivia standen nun noch ein wenig weiter abseits.

»Wer hat sich bei diesem Festakt durchgesetzt, Hyde oder die Fehmaraner, was glaubst Du?« Olivia sah noch hinüber. »Die Skulptur wirkt wie die Flöte des Rattenfängers von Hameln auf die Menschen und das nahe Wasser bietet sich an, die Höhle zu ersetzen.«

»Du vergisst, dass die Menschen hier mit Wasser bestens vertraut sind. Sie lassen sich nicht einfach hineinlocken und Kinder sind sie auch nicht. Als Engländerin oder zumindest als halbe solltest Du dem Meer geneigter gegenüberstehen.«

Olivia lachte: »Ich liebe das Meer, wenn ich auf den Kreidefelsen von Kent oder an der Küste von Cornwall stehe. Du weißt das. Das Problem hier ist eher das Land, es ragt nicht wirklich aus dem Meer auf. Ich spüre noch immer die Sorge, dass die Ostsee einmal vergessen könnte, das es da ist und einfach darüber hinspült.«

Amanda sah die Freundin nachdenklich an und nickte zustimmend. Sie wandte sich von den Menschen ab und schaute über den flachen Strand aufs Wasser: »Bevor wir Fehmarn entdeckten, verbrachten wir, meine Eltern und ich, einen Sommer in der Romney Marsh. Sie ist mindestens so flach wie das Land hier und durch einen schmalen, aber schiffbaren Kanal von Kent getrennt. Ich stellte mir gern vor, sie sei eine Insel, die zeitweilig an Englands sicherem Ufer festgemacht hatte. Folgerichtig, wie Kinder sein können, empfand ich Fehmarn wie ein Schiff, das jederzeit die Leinen kappen und sich ins freie Meer hinausbewegen kann, wenn es das denn will.« Nach kurzer Pause ergänzte sie: »Auf einer Insel, einer echten Insel, kann man sich enorm frei fühlen. Eigentlich weiß das jeder Engländer, auch wenn die meisten darüber wohl nicht nachdenken. Ich selbst habe dieses Freiheitsgefühl hier auf dieser Insel entdeckt. Auch dafür liebe ich Fehmarn!« Sie richtete sich noch etwas gerader auf und der zwischenzeitlich weiche Ausdruck in ihren Augen wich einem ernsten: »Die Kindheit ist vorbei! Der Regenbogen ist durchscheinend geworden. Komm – ich will Felix Picard nach Alexander fragen!«

Die Nebelhörner schwiegen. Das stellten sie als Erstes fest. Ein Fischkutter löste sich aus der hinteren Gruppe und steuerte den Sund an, mit all seinen bunten Wimpeln. »Irgendetwas dort drüben hat sich verändert, seit wir hier miteinander sprechen … merkwürdig«, Amanda beschleunigte ihren Schritt. Sie hatte Picard in einer Gruppe neben der Skulptur entdeckt, von der er sich mit einer leichten Verbeugung trennte, als er sie kommen sah.

»Alexander ist nicht gekommen!«, stellte Amanda statt einer Begrüßung fest.

»Es ist viel schlimmer!« Felix Picard wirkte trotz seiner Wetterbräune fahl. »Seit heute Mittag gibt es einen Brief. Darin steht: ›Wir haben Alexander Hyde davon überzeugt, Fehmarn nie wieder zu betreten. Vereinigung Inselschutz.‹ Die Vorsitzende der Bürgervereinigung, die die Plastik in Auftrag gegeben hat, Dora Frese, die Dame, die ihre Rede den Nebelhörnern opferte, fand ihn unter ihrer Post.«

»Das klingt wie ein Drohbrief«, stellte Olivia prompt fest. »Warum sollte jemand einen Künstler davon abhalten wollen, sich feiern zu lassen?« Picard sah sie mit seinem eigentümlich finsteren

Ernst an und schwieg. »Wer wagt, einen freien Menschen daran zu hindern, seine Termine einzuhalten? Und wieder: warum?«

»Kommen Sie, Frau Frese soll es Ihnen selbst erzählen. Dann haben Sie es aus erster Hand.« Zielstrebig wand er sich zwischen den redenden Gruppen hindurch. Der Brief hatte einen anderen Menschen aus ihm gemacht. Die Gäste und Zuschauer rundum waren aufgeregt, nicht mehr angeregt, beobachtete Olivia, bis sie bei Dora Frese ankamen. Bürgermeister Hinrichsen stand bei ihr und noch zwei Fehmaraner, wie sich schnell herausstellte.

Frau Frese wandte sich ihnen zu und Picard hielt sich mit Höflichkeiten gegenüber einem Gespräch, das er sichtlich gerade unterbrach, nicht auf: »Frau Cranfield und Frau Lawrence sind Freunde von Alexander Hyde und für das heutige Ereignis aus England nach Fehmarn gekommen. Bitte erzählen Sie Ihnen, was Sie mir erzählt haben.«

Die so Angesprochene drückte ihnen stumm die Hand, sah zu Picard hinauf und suchte fast hilflos nach den richtigen Worten. Die anderen schwiegen, sogar der Bürgermeister.

»Wir haben den kurzen Text des Briefes gehört, den Sie heute bekommen haben«, kam Olivia ihr zu Hilfe. »Ist es dieser eine Satz, der die Stimmung hier so dramatisch umschlagen ließ?«

Frau Frese nickte: »Der Brief und die Tatsache, dass Herr Hyde wirklich nicht gekommen ist.«

»Zu Beginn der Veranstaltung wusste es niemand?«

»Nur wir zwei«, schaltete sich der Bürgermeister ein, »wir wollten uns von einem Drohbrief die festliche Enthüllung nicht verderben lassen, uns nicht und unseren Gästen nicht. Die Fehmaraner leben zu einem ganz wesentlichen Teil vom Tourismus.«

»Ja, so ist es«, bestätigte Frau Frese. »Aber dann fragten die Leute nach dem Künstler und als Ärger aufkam über sein Fernbleiben, hielt ich es für richtig, die Situation zu erklären.« Sie sah den Bürgermeister herausfordernd an: »Rufmord zuzulassen ist ganz schlechte Tourismuswerbung, glauben Sie mir!«

»Die Leute hier sind offensichtlich aufgeregt und bedrückt zugleich«, fuhr Olivia unbeirrt fort, »was steckt hinter dem Brief? Was ist das für eine ›Vereinigung Inselschutz‹?«

»Wir wissen es nicht, niemand kennt sie ...«

»Und weiter!«, drängte Olivia. Sie sah von Frau Frese zu Bürgermeister Hinrichsen, ihr war es gleich, wer antwortete, nur sollten sie endlich zum Kern des Falles kommen.

»Also«, Dora Frese raffte sich auf, »dieser Brief ist der dritte seiner Art. Von den anderen habe ich nur gehört. Der erste kam vor einem Jahr und betraf einen Immobilienmakler, der hier und in Heiligenhafen eine Agentur hat. Er kam nicht nur nicht wieder auf die Insel, er wurde überhaupt nicht wieder gesehen. Der zweite Brief fällt in das letzte Frühjahr und war an einen Tischlermeister adressiert. Der Brief bezog sich auf einen Lübecker Architekten, der bei uns auf der Insel einige Projekte laufen hat, unter anderem in Zusammenarbeit mit jenem Tischlermeister.« Sie schwieg.

»Und der Lübecker Architekt wurde ebenfalls nicht wieder gesehen?«

»Nein.«

»Weder hier noch in Lübeck?«, drängte Olivia voran.

»Entsetzlich, nicht?«

Amandas Augen klammerten sich an den Maler: »Alexander ist tot. Deswegen war er nicht in London. Deswegen überwachte er die Aufstellung der Plastik nicht selber. Und deswegen ist er jetzt nicht hier. Sie glauben das auch, nicht wahr?« Felix Picards dunkle Augen stimmten ihr zu.

»Ich nehme an, die Polizei ist bereits an der Arbeit?« Olivia sah Herrn Hinrichsen abwartend an.

»Sie weiß noch nichts von dieser Entwicklung. Ich hatte gehofft, die Presse könne morgen erst einmal in Ruhe vom heutigen Tag berichten. Frau Frese wird mir den Brief jetzt geben und ich fahre von hier direkt zur Polizeistation.« Er sah auf die Uhr. »Das sollte innerhalb der nächsten Stunde passieren. Wenn Sie mir den Brief aushändigen wollen«, er streckte die Hand vor und trachtete gleichzeitig, Olivia zu übersehen.

Klein genug war sie dazu mit ihren ein Meter dreiundsechzig, aber für ihn unerwartet zupackend. Mit einem leichten Lächeln und einer höflichen Bitte hatte sie den Brief an sich gebracht. Die Adresse war mit Schreibmaschine geschrieben, genauso der Brief, den sie jetzt herauszog: ein einfaches weißes DIN-A5-Blatt, quer beschrieben. Sie drehte den Umschlag noch einmal in der Hand: »Der Stempel ist von gestern, sagt Ihnen der übrige Aufdruck etwas?« Sie reichte ihn an Frau Frese zurück.

Die brauchte ihn aber nicht erst in die Hand zu nehmen. »Er wurde auf dem Festland eingeworfen.«

Olivia reichte Brief und Umschlag Herrn Hinrichsen: »Sahen die anderen Briefe genauso aus?«, wollte sie von ihm wissen.

»Ich glaube ja, Genaueres wird die Polizei feststellen. Dazu muss sie diesen Brief aber erst einmal bekommen. Ich mache mich jetzt auf den Weg.«

»Sollte ich Sie nicht begleiten?« Frau Frese sah Brief und Bürgermeister kritisch an.

»Meiner Überzeugung nach müssen Sie hier die Stellung halten. Sehen Sie die vielen Leute, das Fest ist noch nicht vorbei.« Damit querte er die grüne Wiese Richtung Parkplatz. Olivia sah seinem steifen Gang und dem rudernden linken Arm kurz nach. In dem Augenblick hatten sich auch die beiden schweigenden Fehmaraner zurückgezogen, nur Frau Frese stand noch neben Amanda. Picard sah sich um und löste damit Olivias nächste Frage aus: »Wo ist Juro Kienhardt?«

»Ich sehe ihn nicht. Viele Leute wollten mit ihm reden. Die Gelegenheit ist günstig für sie. Juro lebt auf der Insel und ich glaube, die Leute akzeptieren ihn als einen der Ihren und sind stolz auf ihn. Aber er lebt sehr zurückgezogen und sie müssen diese Gelegenheit nutzen. Außerdem haben sie jetzt aufregenden Gesprächsstoff.«

»Das ist leider wahr. Frau Frese, haben Sie noch etwas Zeit für uns?« Die Vorsitzende nickte widerstrebend, Olivia übersah den Unwillen: »Sie sprachen von zwei Fällen in Zusammenhang mit einem ähnlichen oder gleichen Brief. Im ersten Fall traf es einen Immobilienmakler. Ist er der einzige auf Fehmarn?«

»Bei weitem nicht, es gibt eine ganze Reihe Makler.«

»Worin unterschied er sich von den anderen?«

»Er bemühte sich, Touristen, die schon mehrmals hier Urlaub gemacht hatten, vom Nutzen einer eigenen Immobilie auf der

Insel zu überzeugen. Das betrieb er sehr systematisch und er war dabei erfolgreicher als irgendein anderer.«

»Stieß er denn damit hier auf Widerstand? Der Bürgermeister ist auf seine Weise auch nicht gerade zimperlich, wenn es um erfolgreichen Tourismus geht.«

»Er hätte erst zur Polizei gehen müssen und dann hierherkommen, das ist meine Meinung. Ich fand den Brief im Kasten, als ich heute Mittag nach Hause kam, gegen ein Uhr, und bin sofort ins Rathaus gefahren.« Frau Frese fand es sichtlich notwendig, sich wenigstens teilweise von den Handlungen ihres Bürgermeisters abzugrenzen. Olivia verstand das, blieb aber bei ihrem ersten Faden.

»Wer erhielt den Drohbrief zu dem Makler?«

»Thea Henning, sie war mit ihm befreundet.«

»Was unternahm die Polizei in diesem ersten Fall?«

»Sie stellte fest, dass er in seinen beiden Büros seit Tagen nicht mehr gewesen und sein Handysignal nicht mehr zu finden war. Die Mailbox war ohnehin voll gewesen, wussten die Sekretärinnen in Heiligenhafen und auf Fehmarn. Die Polizei gab den Fall nach Eutin weiter. Da der Mann verschwunden blieb, ging sein Fall weiter nach Kiel, eine internationale Fahndung wurde in Gang gesetzt und läuft bis heute. Milz ist spurlos verschwunden.«

»Dann kam ein zweiter Brief. Wie lange hatte man den Architekten zu dem Zeitpunkt schon nicht mehr gesehen?«

»Eine knappe Woche. Tischlermeister Bruhn ging umgehend zur Polizei. Die Briefe wurden als identisch erkannt und die Maschinerie lief erneut an. Ohne Ergebnis auch im zweiten Fall.«

»Hatten die beiden Verschwundenen etwas gemeinsam?«

»Ach, es wird sehr viel geredet. Aber man hat nur diese Briefe.«

»Was reden die Leute denn?«

»Nun, Martin Gillhoff, der Architekt, hat den Leuten Land abgekauft, hier ein kleines Stück, da ein kleines Stück und plötzlich hingen die kleinen Stücke zusammen und gaben schönes

Bauland. Das hat er hier in Burg so gemacht und oben in Gammendorf. Für das Land in Burg legte er im Januar einen Bebauungsplan vor.«

»Den er nun nicht mehr verwirklichen kann. Und wie passt Alexander Hyde zu diesen beiden Männern?«

»Gar nicht! Er hat nicht einmal eine Wohnung hier!«

»Könnte es einen anderen Grund geben, ihn als störend zu empfinden?«

»Na hör'n Sie mal, was soll das denn heißen? Er störte niemanden, all die vielen Jahre nicht. Warum also auf einmal?«

»Das ist die Frage … und wen …« Olivia spürte, dass sich in Dora Frese Widerstand gegen sie aufbaute und hielt es für klüger, sich für den Moment zufriedenzugeben.

Eine junge Frau um die dreißig, relativ groß, schlank, mit hellen Haaren und blauen Augen, näherte sich raschen Schrittes, fasste Felix Picard freundschaftlich mit beiden Händen am Ärmel und wandte sich an Frau Frese: »Was für eine wunderschöne Zeremonie ist das gewesen, Dora! Da drüben«, sie deutete in die Richtung, aus der sie gekommen war, »ist ein Journalist der Lübecker Nachrichten und quält die Leute mit neugierigen Fragen nach Alexander Hyde. Könntest Du womöglich versuchen, sein Interesse wieder auf die neue Plastik zu lenken? Deswegen ist er doch schließlich gekommen!«

Die Vorsitzende der Bürgervereinigung ›Brücken – heute‹ zog auf der Stelle ihr Jackett zurecht, das es gar nicht nötig hatte, nickte Olivia zu und machte sich auf den Weg. Die junge Frau sah ihr überrascht nach: »So etwas! Muss ich aber energisch gewirkt haben. Felix, habe ich sie bei einem wichtigen Thema unterbrochen?«

»Die Frage kommt ein wenig verspätet.« Die Andeutung eines Lächelns zeigte sich um die schmalen Lippen des Malers. »Tatsächlich hast Du ihr zu einem erwünschten Abgang verholfen. Frau Lawrence hatte sie mit ihren Fragen ein wenig in die Enge getrieben. Wo ist Juro?«

»Genau deswegen komme ich: Er ist auf dem Weg zum Auto, ich möchte Dich fragen, ob Du mit uns kommen willst. Ich denke, Ihr beiden solltet hier verschwinden, bevor ein Journalist Euch festnageln kann.«

»Verstehe. Ich komme gern mit. Agnes, diese beiden Damen sind Freundinnen von Alexander, können sie auch mitkommen?«

»Sicher, wenn sie sofort kommen.« Und schon bahnten die vier sich ihren Weg zum nahen Parkplatz. Agnes fuhr mit ihrem Mann davon, Picard kam mit Amanda und Olivia. Sie parkten etwas entfernter.

»Warum diese Eile?«, wunderte sich Amanda, während sie rasch zu ihrem Wagen voranschritt. Die Dringlichkeit der jungen Frau, hier wegzukommen, hatte sie miterfasst und sie wehrte sich dagegen.

Picard blickte wieder ganz ernst: »Agnes ist der praktische Verstand von Juro und für mich gleich mit, solange ich allein hier auf der Insel lebe. Sie wird uns den Grund schon noch sagen.«

4

Die Sonne stand mittlerweile tief am Horizont und die Knicks – dichte Hecken zwischen den Feldern, die den Wind brechen – warfen lange Schatten. Olivia zählte mit: Vier Dörfer durchquerten sie in rascher Folge, zwischenzeitlich hatte sie in der Ferne das Meer gesehen, jedenfalls nahm sie das an. Felix Picard lotste Amanda von der offiziellen Straße hinunter. Den Hinweis ›Durchfahrt verboten‹, der das normale Verkehrsschild zu einer strengen Warnung machte, ignorierte er. Auf einer Wiese grasten Rehe, die bei dem Motorengeräusch in den Schatten des nächsten Knicks flohen, der sie vollständig unsichtbar machte. Ein Wäldchen nahm sie auf und entließ sie durch ein Tor auf eine leere Fläche. Amanda schaltete auf Picards Bitte hin in den ersten Gang hinunter.

»Wir sind auf Gut Staberhof«, er deutete nach links, »dort das Wohnhaus und ihm gegenüber hier rechts vorn die Barockscheune, die Ernst Ludwig Kirchner gemalt hat. Wir wollen an ihr vorbei in den Weg da vorn und gleich nach links.«

Weit dehnte sich das Ackerland, es wurde von hohen Bäumen umrahmt. In der Ferne ahnte Olivia so etwas wie einen Wald, es war schön hier. Doch Felix Picard führte sie, ohne einen Blick für das Land in der einsetzenden Dämmerung zu haben, ins Haus. Und durch einen geräumigen Windfang, in dem sie ihre Jacken aufhängten, gleich wieder hinaus. So kam es Olivia auf den ersten Blick vor: Die gesamte gegenüberliegende Wand des großen Raumes bestand aus Glas und ließ den Blick in jene baumumstandene Weite frei, die ihr gerade eben schon so gut gefallen hatte. Sie stand und schaute, bis Agnes Kienhardt mit Amanda zu ihr trat.

»Es gefällt Ihnen, nicht wahr? Sie sehen ganz so aus. Dort drüben, wo die Bäume sich verdichten, ist Staberholz und etwas rechts davon hinter den Bäumen kann man um diese Jahreszeit bereits wieder die Umrisse vom Leuchtturm Staberhuk erahnen. Dort verbrachte Kirchner seine Fehmaraner Sommer. Sie sind hier in Kirchner-Land.« Die junge Frau ließ ihre beiden Gäste schauen. Sie ging leise umher und zündete eine Kerze nach der anderen an. Juro und Felix kochten Tee und schwiegen gemeinsam.

Auf dem flachen Tisch in Olivias und Amandas Rücken war bald alles für einen gastfreundlichen Nachmittagstee zusammengetragen worden und die fünf Menschen verteilten sich auf die drei hellen Sofas. Ruhig goss Agnes Kienhardt den Tee in die fünf Schalen und reichte sie weiter. Die dritte Schale ging an Felix und mit dem Dank brach er das Schweigen.

»Agnes, Du hattest es sehr eilig, aus Burgtiefe wegzukommen. Hier hingegen bist Du die Ruhe in Person. Wie reimt sich das zusammen?«

Sie füllte die beiden letzten Schalen, als hätte sie ihn nicht gehört und stellte die schwere Kanne ab. Sie blieb vorn auf der Sofakante sitzen und sah auf: »Du hast recht. Ich habe mich selbst erst einmal notdürftig beruhigt, indem ich nur ganz normale Dinge tat. Denn nach diesem Nachmittag da draußen am Strand sah ich Land unter, für uns alle. Plötzlich gab es diesen Brief, der Alexanders Fernbleiben erklärt. Die Nachricht verbreitete sich explosionsartig. Alle auf der Wiese, bei denen ich stehen blieb, sprachen in irgendeiner Weise darüber. Und dann, vielleicht eine knappe Stunde später, sprachen sie noch über etwas anderes: Ein Fremder, ein Journalist aus Hamburg, habe eine Leiche gefunden. Ich ging langsam umher und versuchte, mehr zu hören, dabei fing ich einzelne Wörter auf: Leichenteile, Jutesack, Luderkuhle und etwas, das klang wie Geocaching, als hätte es etwas mit Geographie und Verstecken zu tun. Alle spekulierten, denn niemand wusste etwas. Aber das Gerücht war da, einfach so, wie ein giftiges Gas. Da beschloss ich, Euch beide dem Gift zu entziehen, bevor Ihr Journalisten zum Opfer fallen könntet. Das ist alles.«

Der Schock saß. Niemand rührte sich. Felix Picard saß tief in seiner Sofaecke, die Schultern hochgezogen und leicht vorgebeugt, die Fingerkuppen gegeneinandergedrückt, die Augen auf den Tisch gebannt. Juro Kienhardt trank in kleinen Schlucken seinen Tee. Als er damit fertig war, ließ er die Arme sinken und sah seine Frau an: »Du weißt nicht, ob die Leiche Alexander ist?«

»Ich weiß gar nichts, ich habe nur von diesem Gas einiges eingeatmet. Allerdings wage ich einstweilen die Vermutung, dass es nicht Alexander ist, denn der Fund scheint ziemlich lang auf seine Entdeckung gewartet zu haben.«

»Und warum gerade heute?«, grübelte ihr Mann weiter.

»Keine Ahnung. Hat irgendeiner von Euch schon einmal von ›Geocaching‹ gehört?«

Amanda räusperte sich. Sie hörte endlich auf umzurühren, legte den Löffel auf die Untertasse und stellte alles zurück auf den Tisch, ohne einen Schluck genommen zu haben. »Es ist ein Internetspiel im freien Gelände, wenn Sie so wollen. Eine x-beliebige Person versteckt einen ›Schatz‹ in einer wetterfesten Dose in der Landschaft und setzt die Stelle des Verstecks ins Internet. Jeder, der Lust zum Suchen hat und in der Nähe des Versteckes lebt, kann dessen Längen- und Breitengrad nun auf sein GPS-Gerät übernehmen. Bei dem Gerät handelt es sich um eine Kombination aus Kompass und Pilotsystem, wie man sie auch in Autos einbauen kann, mit der er zu der angegebenen Stelle fährt und mit deren Hilfe vor Ort die Feinarbeit aufnimmt. In dem einzigen Fall, bei dem ich zugeschaut habe, fand sich der ›Schatz‹ unter mehreren zusammengetragenen alten Zweigen, die unter dem überhängenden Ast einer Krüppelkiefer lagen. Mein Bekannter räumte die Zweige weg, zog eine alte Plastiktüte darunter hervor, in der in einer weiteren Plastiktüte eingewickelt eine festverschließbare Dose steckte, wie man sie zur Aufbewahrung von Lebensmitteln im Kühlschrank benutzt. Darin fand er zwei Schokoladenriegel, eine kleine Plastikfigur und einen Miniblock mit Stift. Er zeigte mir die zahlreichen Eintragungen von glücklichen Findern darauf, trug sich selbst mit Datum ein, legte einen weiteren Stift in die Dose und entnahm einen Schokoriegel. Dann verpackte er alles wieder so zurück, wie er es gefunden hatte, und wir gingen davon.«

»Als Kinder spielten wir Schnitzeljagd«, überlegte Agnes.

»Wieder eines dieser wunderbaren deutschen Wörter!« Einen Blitzmoment lang war Amanda begeistert.

»Diese Verstecke sind gut getarnt, nachdem, was Sie sagen ... Woran erkennt man sie?«, wollte Agnes wissen.

»In meinem Fall lagen die toten Zweige geordnet übereinander. Wie mein Bekannter erklärte, übt man rasch den Blick, im freien Gelände die fünf Zweige Bruchholz herauszufinden, die ohne Fremdeinwirkung nicht so beieinanderliegen könnten. In dieser Fähigkeit, das eine Element zu erkennen, das anders ist oder so nicht an seinen Ort gehört, liegt ein wesentliches Moment des Vergnügens, glaube ich. Für ihn ist es eine Art Sport geworden, mit dem Blick von Lederstrumpf durch die Welt zu gehen, als wäre er fern der Zivilisation.«

»Ausgestattet mit einem hochtechnischen Pilotgerät und dem Internet als Voraussetzung ... eine interessante Kombination. Im Moment interessiert mich Folgendes: Ein Mensch, der sich in dieser Weise auf Schatzsuche begibt, könnte auch die falschen fünf Zweige aufheben, denn die über einer Leiche sind ebenfalls durch Fremdeinwirkung an ihren Platz gekommen. Ist das richtig?«, verfolgte Agnes ihren Faden. Amanda bestätigte es.

»Nun, vielleicht lässt sich die Frage, warum gerade heute, damit beantworten. Ein Journalist, der möglicherweise wegen Alexanders Skulptur kam, vertrieb sich den Vormittag mit diesem Hobby. Das Pilotgerät ist wahrscheinlich nicht zentimetergenau und so irrte er sich in den Zweigen, die er aufhob. Ein Jutesack tauchte auf, entsprach nicht ganz seiner Erwartung, widersprach ihr aber auch nicht so dringend, dass er sich beim falschen Versteck wähnte, also schaute er hinein ... Wie schrecklich!«

»Glaubst Du, dass die Polizei herkommen wird, wenn sie den Brief untersucht hat?«, erkundigte Juro sich bei seiner Frau.

»Das erwarte ich sogar von ihr. – Es ist entsetzlich. Seit dem Gerücht über den Leichenfund kann ich Alexander einfach keine verrückte Idee mehr andichten, die ihn wieder in die Südsee gelockt hat oder etwas Ähnliches. Drei Briefe von derselben ominösen ›Vereinigung Inselschutz‹ und drei verschwundene Männer … Wenn es die Leiche einer der beiden ersten ist …«

Alle schwiegen – nicht zum ersten Mal an diesem Nachmittag.

»Was können wir noch tun oder klären, solange wir unter uns sind?«, fragte Olivia – auch das nicht zum ersten Mal, seit sie auf Fehmarn war.

Agnes sah sie an, etwas wie Dankbarkeit huschte durch ihre Augen: »Sie beide sind Freundinnen von Alexander?«

»Er ist mein Freund, wir kennen uns aus London, schon ziemlich lange. Olivia ist meine Freundin und ich bat sie, mit hierherzukommen«, beantwortete Amanda die Frage.

»Was machen Sie in London? Erzählen Sie ein wenig von sich.«

Irritiert sah Amanda ihre Gastgeberin an: »Ist das jetzt wichtig?«

»Für mich schon. In so einer Situation möchte ich wenigstens eine Vorstellung von meinen neuen Freunden haben; denn Freunde sind Sie doch, wenn Sie extra für diese Skulpturenenthüllung den weiten Weg aus London hergekommen sind …«

»Ja, ganz sicher sind wir das«, sprang Olivia ein. »Lassen Sie mich antworten. Ich stehe ein klein wenig distanzierter zu den Ereignissen, weil ich Alexander Hyde nicht kenne, und ich rede leichter, weil Deutsch meine Muttersprache ist. Amanda Cranfield ist in London geboren und aufgewachsen, sie studierte Literaturwissenschaft in Cambridge und lebt seit ihrer Heirat wieder in London. Sie ist Schriftstellerin, schreibt kritische Gesellschaftsromane und Essays und kennt viele Intellektuelle und Künstler. Die schönsten Sommer ihrer Kindheit verbrachte sie auf Fehmarn. Deswegen freute sie sich doppelt über Alexanders Einladung und deswegen lud sie mich ein, mit ihr zu kommen.«

»Sie kannten Fehmarn schon vor Alexander … das freut mich«, reagierte Agnes schlicht. Ihr Blick kehrte schnell zu Olivia zurück: »Und Sie selbst?«

Die schien flüchtig zerstreut: »Gerade dachte ich, ich könnte eine Skizze über Alexander Hyde für die Süddeutsche Zeitung schreiben. Alle zwei Wochen schreibe ich einen Artikel aus London für deren Feuilleton. Darüber hinaus übersetze ich aus dem Englischen ins Deutsche: am liebsten Literatur, vor allem Lyrik; ich übersetze aber auch Zeitungsartikel und Ähnliches in beide Richtungen.«

»Sie sind Deutsche?«

»Nein, meine Mutter ist Österreicherin, mein Vater Engländer. Aufgewachsen bin ich in Salzburg und London, so kam ich zu meiner Zweisprachigkeit.« Da Agnes keine weitere Frage anschloss, wiederholte Olivia die ihre: »Was können wir noch klären, während wir so ruhig beieinandersitzen?«

Die beiden Maler blieben ihrer Schweigsamkeit treu und überließen Agnes Kienhardt das Handeln. »Wir kennen diese Insel und ihre Menschen. Es kann sich schon jetzt niemand mehr ausmalen, welche Menge der unhaltbarsten Gerüchte unterwegs ist. Sie können einem das Leben ganz schön schwer machen. Dagegen gibt es nur ein Mittel: zueinander zu stehen ohne einen Spalt, in dem die losbrechenden Stürme angreifen können. Alles, was wir hören, sollten wir austauschen und alles miteinander erörtern, was wir nicht verstehen. Solange wir hier in diesem Raum einander vertrauen, werden wir mit allem fertig werden können. Es sei denn«, sie sah Amanda und Olivia besorgt an, »Sie fahren einfach zurück nach London.«

Olivia fing eine sparsame Kopfbewegung von Amanda auf: »Wir werden zumindest abwarten, welche Schlüsse die Polizei aus dem Brief und dem Fernbleiben von Alexander Hyde zieht. Leichenfunde von Geocachern dagegen würden uns eher nicht hier festhalten.« Sie lachte kurz auf; ein vages Lächeln versuchte, den harten Laut zu mildern: »Entschuldigt, aber irgendetwas an diesem Gerücht ist auch sehr komisch. Sich auf Spiele einzulassen, deren Mitspieler man nicht kennt, ist riskant. Dass es aber gleich so drastisch ausschlägt …«

5

In Burg brodelte die Gerüchteküche. An der langen Bar im Hotel in der Breiten Straße redeten die Reporter miteinander in der nie ruhenden Erwartung, Neues voneinander zu erfahren, bevor sie wieder herumschwärmten, um die Insulaner unter die Lupe zu nehmen. Draußen über das flache Land jagten die Polizeiwagen und eine Hundestaffel der Kripo aus Kiel. ›Der Blaubart ist zurück auf Fehmarn‹ titelte eine Lokalzeitung. Olivia sah sie in Frau Nüßlers Diele liegen. Sie überflog den Artikel. Das Gerücht stimmte also. In einem Jutesack in einer Kuhle hatte ein Journalist Leichenteile statt einer Tupperdose gefunden. Hinter der angelehnten Tür hörte sie, wie Papier verschoben und eine Tastatur bearbeitet wurde, Olivia klopfte: »Darf ich Sie stören?«

Frau Nüßler öffnete die Tür weit, sie trug heute ein leicht auf Figur geschnittenes, dunkles Kleid mit hellem Kragen und gleichen Ärmelaufschlägen, ihre Lebhaftigkeit stand in einer gewissen Spannung zu ihrer Kleidung, deswegen fiel sie Olivia auf. Doch sie hatte eine andere Frage: »Was hat es mit dieser Titelzeile auf sich?«

»Du meine Güte!« Frau Nüßler fuhr mit der Hand abwehrend durch die Luft. »Das ist eine uralte Geschichte, sie liegt mehr als dreißig Jahre zurück.«

»Und was tut sie dann heute hier?« Olivia tippte auf die Schlagzeile und legte dabei die Zeitung wieder beiseite mit dem Gefühl, klebrigen Schmutz an ihren Fingern zurückzubehalten. Lokalzeitungen verwendeten häufig zu viel Druckerschwärze.

»Neue Funde – alte Geschichten. Sie müssen wissen, der sogenannte Blaubart von Fehmarn zersägte seine Opfer und entsorgte sie gut verpackt auf der Insel, vielleicht auch drüben auf dem

Festland oder er warf sie von der Sundbrücke ins Meer. Niemand weiß das so genau, weil er alle Verhöre hindurch eisern geschwiegen hat. Die Kripo hat bis heute nicht einmal die Hälfte der Leichenteile gefunden.«

»Das heißt, der neue Fund könnte zu einer seiner alten Leichen gehören?« Olivia hielt vorübergehend die Luft an.

»Schon möglich, ganz frisch war der Inhalt jedenfalls nicht mehr, schreiben sie.«

»Dieser Blaubart, er war Fehmaraner?«

»Nein, das immerhin nicht. Er kam aus Lübeck, glaube ich, oder aus Hamburg. Er hatte ein Haus oben in Marienleuchte und kam vor allem zur Jagd hierher. Ja, und er brachte Frauen mit, die das nicht überlebten, vier sollen es gewesen sein. Deren Geld war sein Ziel, immer dasselbe. Es klappte so lange, bis ein aufmerksamer Bankbeamter nicht mitspielte. Er bestand darauf, die Wertpapiere nur der betreffenden Besitzerin persönlich auszuhändigen. Der Blaubart verwies auf die Gültigkeit seiner Generalvollmacht, doch der Bankbeamte beharrte auf seiner Weigerung, bis die Bank schließlich die Kripo einschaltete. So flog alles auf, nicht etwa wegen einer Frau, die Freunde oder Verwandte ernsthaft vermissten. Das fand ich immer gruselig.« Frau Nüßler schauderte es wieder bei der Vorstellung.

Leichte Schritte flogen die Treppe hinunter: »Bürgermeister Hinrichsen hat einen zweifelhaften Erfolg eingefahren. Über Alexanders Skulptur wird nichts geschrieben, nur über die Zeremonie, die nicht zufällig – natürlich – am Tag der Deutschen Einheit stattfand, worüber der Schreiberling der Lübecker Nachrichten mehr als ausreichend Druckerschwärze verschwendet. Die Insel-Zeitung nimmt wenigstens ihre Brücken-heute-Vereinigung ernst, aber auch nur auf der Innenseite. Und alles wegen dieser Juteleiche«, empörte sich Amanda. »Dass Alexander für Fehmarn ein Kunstwerk geschaffen hat – nichts davon in den Zeitungen. Dass er verschwunden ist, ein Drohbrief eintraf, wieder nichts von alledem in den Zeitungen!«

»Was sagen Sie da?« Frau Nüßler wurde blass. »Jetzt muss ich mich doch setzen. Bitte, kommen Sie herein.« Frau Nüßlers Wohnzimmer war ganz weiß: der Holzboden, die Wände und die Möbel. Olivia spürte die Helligkeit mehr, als dass sie sie bewusst sah. Sie setzte sich ihrer Gastgeberin gegenüber auf die Sofakante. »Nein, nein, nein!«, verschaffte die sich noch eine kurze Verschnaufpause, bevor sie fortfuhr: »Dass Ihr Freund zur Enthüllung seiner Skulptur nicht gekommen ist, habe ich selbst gesehen. Ich war natürlich auch dort, bin dann aber ziemlich schnell wieder gefahren. Sie sagen, es gibt einen Drohbrief? Ich hörte so etwas. Es ist also tatsächlich wahr. Was steht darin?«

»›Wir haben Alexander Hyde davon überzeugt, Fehmarn nie wieder zu betreten. Vereinigung Inselschutz.‹ Haben Sie von dieser Vereinigung schon mal gehört?«, wollte Amanda wissen.

»Ja, das habe ich. Aber ich habe keinerlei Vorstellung von ihr, überhaupt keine. – Das ist ja furchtbar!« Frau Nüßler sah betroffen von einer zur anderen. »Ich will ja nicht unken, aber es gibt schon zwei Briefe mit dieser Selbstzuschreibung und in beiden Fällen sind die dazugehörigen Menschen bis heute verschwunden. Dass die Zeitungen nichts darüber schreiben, ist ja merkwürdig …«

»Offenbar nutzt die Polizei die Aufregung über den Leichenfund, um in diesem Fall in Ruhe zu ermitteln«, Olivia fand das ganz naheliegend.

»Das kann schon sein«, stimmte Frau Nüßler zu, »die Journalisten verstehe ich nur nicht! Muss ich ja wohl auch nicht. Ich meine, ein so bekannter Künstler wie Herr Hyde, der hier zu einem ganz besonderen Ereignis erwartet wird, sogar als eine der Hauptpersonen, und dann nicht kommt, wäre denen eigentlich auch ohne Drohbrief schon Thema genug. Stellen sie sich doch vor, aus wie vielen Perspektiven man sein Verhalten zerreden könnte … Merkwürdig … Hoffentlich haben die Leichenteile nichts mit den früheren Drohbriefen zu tun, denn dann … nein, das wäre gar zu schrecklich!«, energisch stemmte sie sich aus ihrem tiefen Sessel. »Langsam wird's mir ungemütlich. Sagen Sie mir, wenn Sie Neues hören, ja?«

Endlich war wieder etwas los auf der Insel. Der Umsatz im Supermarkt und in den Bäckereien stieg. Alle brauchten mehr Brot und noch eine Tüte Milch und bekamen ein Dutzend Gerüchte gratis dazu. Das Kaufhaus am Marktplatz warb mit Sonderposten von Wetterjacken, doch heute gingen die Leute eher mit Taschen voller Klatsch davon. Beim Friseur herrschte Andrang und die Läden für Segel- und Surfzubehör wurden noch einmal aus ihrem beginnenden Winterschlaf gerissen.

Amanda sah sich in der Breiten Straße um: »Verrückt, wie schnell ein Mord eine kleine Stadt beleben kann! Und wie wenig mir das alles gefällt. Gerüchte sind schrecklich, wenn man Angst hat. Magst Du schon wieder Fischbrötchen? Wir könnten sie mitnehmen nach Burgtiefe und uns endlich in Ruhe Alexanders neues Werk anschauen. So nah immerhin können wir ihm kommen.«

Gesagt – getan. Auf der Wiese am Wasser von Burgtiefe war nicht eine Menschenseele. Amanda atmete tief durch. Sanft fuhr ihre Hand die Stahlbögen entlang, die sich aus dem Messing des unteren Teils des Gebildes emporschwangen. Dieses untere Teil konnte eine flache Landschaft darstellen, eine mäßig bewegte Meeresoberfläche oder … »Eleganz schlechthin«, wie Amanda feststellte.

»Schön … oder? Das Ganze ist gerade noch nicht zu abstrakt, um die Grundformen wiederzuerkennen, ich könnte zum Beispiel an unseren Regenbogen denken … jeder dieser Bögen zeigt in eine andere Richtung – bei Regenbögen wäre das allerdings ein Naturwunder. Der schlichte Menschenverstand wird die Richtung der Bögen geographisch deuten, denke ich mal, ein grüblerischer Mensch wird ihnen vielleicht Ideen zuordnen und alles stimmt zu dem, was man sieht und alles ist offen.«

Lange blieben sie dort, gingen um die Plastik herum, versuchten deren Umgebung auf sie zu beziehen und tauschten ihre Gedanken aus. »Dieses Ding ist wirklich schön!«, stellte Amanda entschieden fest. »Warum vertreibt man einen Künstler deswegen von der Insel? Bitte, erklär mir das!«

»Kann ich nicht!«

Sie gingen am Wasser entlang, zügig und schweigend. Als sie den Sandstrand erreichten, wurden sie langsamer. Aber selbst jetzt reagierte Amanda weder auf den Sand noch auf das Meer. »Vielleicht könnten wir die Fischbrötchen essen, bevor meine Finger stärker nach ihnen riechen, als Seife den Geruch vertreiben kann. Stell Dir vor, ich müsste sogar im Schlaf Fisch riechen …« Olivia hielt ihr das Päckchen mit theatralischer Miene unter die Nase.

»Fehmarn – ein Albtraum …«

Sie machten einen langen Strandspaziergang unter tiefblauem Himmel. Meeresluft und leichter Wind umschmeichelten sie und gesellten der Angst um den Freund noch einmal die Hoffnung auf ein gutes Ende hinzu. Gestärkt kehrten sie zurück. Amanda telefonierte mit Felix Picard und erfuhr, dass die Polizei ihm und den Kienhardts einen Besuch abgestattet hatte. Sie hatten ihnen die Fragen beantwortet, so gut sie es konnten, selbst aber nichts Neues erfahren. Von den beiden Engländerinnen war nicht gesprochen worden.

»Eigentlich schade«, kommentierte Olivia diese Zurückhaltung, »so kommen wir nie zu neuen Informationen.«

»Die Polizisten waren schweigsam wie Ostseefische. Picard hat von ihnen nicht eine Information bekommen. Also wurde er auch nicht mitteilsam, geschieht ihnen ganz recht.«

»Hältst Du es für möglich, dass Felix Picard je mitteilsam werden könnte? Das hat immerhin mit mehr reden zu tun …«

6

Der nächste Tag war ein Sonntag und vollkommen informationsfrei. Olivia bekämpfte ihre aufkeimende Unrast, indem sie die Arbeit für einen Text über Alexander Hyde für ihre Essay-Reihe in der Süddeutschen Zeitung begann und dazu Amanda in ein langes Gespräch über ihren Freund, seine Kunst und die zugehörige Szene in London verwickelte. Sie hätte den Verschwundenen wirklich gerne kennengelernt. Endlich, der Tag war schon ziemlich fortgeschritten, unternahmen sie einen langen Spaziergang unter der Steilküste hinter Katharinenhof. Der Himmel war noch immer blau, die Luft sehr weich und das Meeresmurmeln wurde nur vom Knirschen ihrer Sohlen auf Sand und Steinen übertönt.

»Sag mal, Alexander wird doch nicht nur an dieser Skulptur gearbeitet haben, einen ganzen Sommer lang. Wenn ich Dich richtig verstanden habe, ist er zuallererst Maler. Da ist es doch wahrscheinlich, dass es hier auf Fehmarn Bilder von ihm gibt, oder nicht? Die würde ich wirklich gern sehen. Los, lass uns Picard überfallen und ihn fragen!«

»Weißt Du denn, wo er wohnt?«

Olivia blieb abrupt stehen: »Nein! Ist das zu fassen!« Sie sah Amanda an: »Am Telefon kann er zwar Nein sagen … aber warum sollte er das tun? Magst Du ihn anrufen und Dir von ihm den Weg erklären lassen?«

Automatisch griff Amanda in die Tasche ihrer Barbourjacke. Leer zog sie ihre Hand wieder heraus: »Wie kann das sein, mein Telefon ist weg!« Erleichternd schnell erinnerte sie sich, dass es in der Ferienwohnung lag, beiseitegelegt wie zu Hause das Festnetzgerät.

Olivia verfolgte schon den nächsten Gedanken: »Immerhin haben wir eine vage Erinnerung, wo die Kienhardts wohnen. Mit Hilfe der Karte werden wir sie wohl finden.«

Amanda seufzte: »Ein Überfall auf Felix Picard wäre mir wirklich lieber, aber da kann mal wohl nichts machen!«

Und wieder rollte der Wagen über das flache Land. »Eigentlich könnte Picard uns hier umherirren sehen und eine Signalflagge aus dem Fenster hängen«, schlug Amanda vor.

Olivia lachte: »Ich verwahre mich gegen das Wort ›umherirren‹.« Energisch drückte sie ihren Finger auf die Karte: »Wir sind hier, kurz vor Meeschendorf, von da wollen wir nach Staberdorf, das wird ja wohl ausgeschildert sein, und hinter Staberdorf halten wir die Augen offen nach dem Schild ›Verboten is‹, da wollen wir dann hinein. Und was Felix Picard betrifft, kann ich ihn mir gar nicht als Fenstergucker vorstellen.«

Sie fanden das Verbotsschild und bogen unter fröhlicher Missachtung desselben in die gesperrte Straße ein. Hinter dem Hofgitter schaltete Amanda rücksichtsvoll in den ersten Gang. Doch machte das ihren Wagen natürlich nicht unsichtbar und sie sah im Rückspiegel, wie sich die Tür des Gutshauses öffnete und eine Gestalt drohend den Arm hinter ihnen her schwenkte. Ungerührt und unverändert langsam rollte sie weiter und bog um die Ecke der Scheune.

»Fehmaraner Gastfreundschaft. Ein Gefühl im Magen sagt mir, dass die Kienhardts unser Auftauchen auch nicht begeisternd finden werden.«

»Unwichtig!«, erklärte Olivia. »Schließlich sind wir nicht zum Spaß hier.« Sie läutete.

Es brauchte eine Weile, bis Juro Kienhardt öffnete: »Ja …«

»Guten Tag!«, grüßte Olivia ihn freundlich. »Sie erinnern sich an uns? In den letzten Tagen haben wir so viel über Alexander geredet, dass ich gar zu gerne Bilder von ihm sehen würde. Da kam mir der Gedanke, dass es hier auf Fehmarn doch sicher einige geben wird. Die würde ich gern anschauen.«

»Meine Agnes ist nicht da. Ich kann Ihnen deshalb nicht helfen.« Kein Muskel rührte sich an dem Sprecher. Verblüfft musterte Olivia ihn: die schmalen Augen mit einem ganzen Fächer von Falten, als blinzele er ständig gegen die Sonne, eine scharfe Nase, Lippen wie nach innen gezogen unter einem kleinen Schnauzbart. Würde nicht die hohe Stirn Großzügigkeit in dieses Gesicht bringen, wäre sie jetzt geneigt, ihn für einen Troll zu halten.

»Schade … Aber Sie können uns doch sicher sagen, wo wir Felix Picard finden.«

Es regte sich weiterhin kein Muskel an Juro. Als Olivia gerade überlegte, ob er sie schon wieder vergessen haben konnte, sprach er. Picard wohnte, von ihrem jetzigen Standort aus gesehen, am Ortseingang von Staberdorf. Der Dachaufbau machte das Haus unverwechselbar. Es klang ziemlich einfach. Olivia bedankte sich, Amanda neigte leicht den Kopf und Juro Kienhardt schloss die Tür, bevor sie sich noch zum Gehen gewandt hatten.

»Hat man Töne!« Dieser Ausruf entfuhr Amanda allerdings erst, als sie die Autotür hinter sich zugeschlagen hatte. »Dieser Gnom! Ich mochte ihn schon gestern nicht.«

»Meine Assoziationen waren noch unfreundlicher«, Olivia kniff die Augen zusammen, »mir kam er wie ein Troll vor, einer von der großen, hintergründigen Sorte, der Mann dürfte mindestens einsneunzig groß sein.« Auf der Karte fanden sie Auskunft darüber, dass es einen zweiten Weg zur offiziellen Straße zurück gab; sie mussten den Gutsbesitzer nicht noch einmal ärgern.

»Wenn wir noch eine kleine Weile hierbleiben, werden wir alle auf der Karte verzeichneten Straßen und Wege einmal gefahren sein«, teilte Olivia mit, »ziemlich kurios, nicht wahr?«

»Eine Insel ist eben eine Insel.« Diese Feststellung war unangreifbar.

Felix Picard begrüßte das englische Überfallkommando auf seine bedächtige Weise wie alte Freunde. »Gerade überlegte ich, ob Sie wohl heute Abend mit mir irgendwohin zum Essen gehen würden. Dieses Warten ohne Nachrichten ist doch sehr ärgerlich. Und es ist alles andere als gastfreundlich, Sie dabei auch noch sich selbst zu überlassen.« Während er sie einließ, grüßte er zur Straße hinüber.

Olivia fing das Bild eines Radfahrers mit Schirmmütze ein. »Einen interessanten Anhänger hat dieses Rad«, stellte sie fest.

Picard hielt den Türgriff tatenlos fest: »Selbstgebastelt aus Bauholz, nicht sehr groß, aber sehr stabil.« Als Olivia ihm weiter nachschaute, ergänzte er: »Rußke wohnt zwei- oder dreihundert Meter den Weg hinunter, er ist passionierter Umweltschützer und macht fast alles mit dem Fahrrad, sogar seine Einkäufe in Burg. Da er genauso wenig redet wie ich, verstehen wir uns recht gut.«

»Fährt er immer mit diesem Anhänger herum?«

Verwundert sah Picard sie an: »Warum nicht? Er ist übrigens Biologielehrer am Insel-Gymnasium in Burg.«

Olivia starrte gedankenverloren hinter dem verschwundenen Radfahrer her: »Eine merkwürdige Erscheinung ...«

»... und eine Inselinstitution. Vor Jahren allerdings fanden ihn sogar die Fehmaraner vorübergehend merkwürdig.«

»Warum?«

»Damals gingen beim hiesigen Tageblatt Leserbriefe ein, in verschiedenen Abständen, in verschiedenen Schriften, Absender unbekannt. Sie forderten kontrollierte Beweidung zur Erhaltung kurzrasiger Pflanzenarten, vor allem auf den Deichen; Ausweitung der Vogelschutzgebiete drüben in Wallnau, weil die Zahl der Besucher zu stark angestiegen sei; und überhaupt Begrenzung der Bettenzahlen und Stopp für neues Bauland. Alles Maßnahmen zum Schutz der Insel. Man druckte die Briefe ab.«

»Und weiter?«

Irritiert sah Picard Olivia an: »Warum interessiert Sie das?«

»Weil Ihr Nachbar so seltsam aussieht ... oder sein Fahrrad ... ich weiß nicht genau ...«

Nach einem leichten Nicken fuhr er fort: »Als überhaupt keine Reaktion erfolgte, wurden die Briefe drohender. Wenn Sie Einzelheiten hören wollen, müssen Sie sich an Agnes wenden. Sie erinnert sich am ehesten daran. Jedenfalls – die Drohungen veranlassten die Polizei schließlich, ernsthaft nach den Absendern zu fahnden. Sie nahmen auch Rußke ins Visier, denn die Autoren waren mit großer Wahrscheinlichkeit Naturwissenschaftler. Deshalb.«

»Und? Ist er es gewesen?«

»Ich glaube nicht. Aber Sie müssten …«

»… Agnes fragen«, vollendete Olivia grinsend. »Wie gut kennen Sie eigentlich Ihre Nachbarn?«

Er schloss die Haustür: »Na ja … ich weiß, wer sie sind. Wir begegnen uns, wenn ich draußen arbeite, dann reden wir auch mal, aber nicht viel … Sie schauen skeptisch?«

»Ich versuche mir gerade vorzustellen, wie Sie in der Landschaft sitzen und die Menschen vorbeikommen, hinter Ihnen stehen bleiben und Ihnen beim Malen zuschauen – es gelingt mir nicht.« Olivia sah in seine dunklen Augen.

»Ganz so ist es auch nicht. Es gibt viele Möglichkeiten, sich unsichtbar in der Landschaft aufzuhalten: die vielen Knicks, Baumgruppen um die Wasserkuhlen. Die Bauern hier in der Umgebung kennen mich und haben nichts dagegen, wenn ich an ihren Feldrändern arbeite. Aber die reden nicht viel.« Diese Szenarien vermochte Olivia sich vorzustellen.

»Mir ist ein Mann aufgefallen, der wie ein Seemann aus dem Bilderbuch aussieht: groß, breit, braune Gesichtsfarbe, kurzgeschnittene weiße Haare und ein gestutzter weißer Vollbart. Er war bei der Denkmalsenthüllung dabei und heute machte er einen Spaziergang an der Steilküste. Wissen Sie, von wem ich rede?«

»Das muss wohl Johann Lüders sein, ehemals Erster Offizier auf dem Segelschulschiff ›Gorch Fock‹, jetzt im Ruhestand.«

»Das passt. Kennen Sie ihn persönlich?«

»Er nimmt mich manchmal mit aufs Meer hinaus.«

»Felix, Alexander hat im vergangenen Sommer doch sicher auch gemalt, wenn er sich von der Arbeit an seiner Plastik erholen wollte. Können Sie uns Bilder aus dieser Zeit zeigen?«, wechselte Amanda das Thema, da Felix sichtlich nichts mehr ergänzen wollte.

Der Maler sah sie an und zögerte.

»Er hätte gewiss nichts dagegen«, setzte Amanda nach. »So gut kennen Sie ihn doch auch.«

»Er würde sie Ihnen schon zeigen«, bestätigte Picard. »Nur, er würde seine eigenen Bilder zeigen, ich würde über fremde verfügen. Das ist ein Unterschied.« Seine Fingerkuppen drückten gegeneinander, als er weiter nachsann. »Es gibt kleine Arbeiten in seinem Zimmer. Die großen Gemälde stehen in der Scheune im Staberhof, sie hätten hier keinen Platz.« Er musterte seine Besucherinnen eingehend, bevor er sich umdrehte und die Treppe hinauf voranging.

Die großen Fenster des hellen Raumes gingen aufs Meer hinaus. Knapp über den Baumwipfeln hatte die Dämmerung eingesetzt. Einige Landschaftsbilder lehnten an der Wand unterhalb der Fenster im Schatten, keines war fertig geworden. Amanda hielt sie ins Licht, schweigend, eines nach dem anderen. »Merkwürdig«, wandte sie sich schließlich an Picard, »alle scheinen wie gegen Widerstand gemalt, als hätte die Hand sich gewehrt.« Er sah auf das Bild in ihrer Hand und schwieg. »Habe ich recht?« Felix schwieg weiter. »Was war anders in diesem Sommer?«

»Alexander hat die Berge entdeckt«, erklärte der Freund schlicht.

»Was heißt das?«

»Im letzten Winter arbeitete er in Tirol. Er hatte den Auftrag bekommen, dort Wandgemälde in einem Sanatorium zu malen, Sie wissen davon?« Als Amanda nickte, fuhr er fort: »Die Arbeit dauerte vier Monate. Als wir uns wiedersahen – er besuchte mich anschließend in Düsseldorf –, sprach er fast nur von den Bergen. Er sprach von ihnen als einem Gegenüber, von ihrer friedlichen Gewalt, dem ewig vorhandenen Gesicht der Natur. Die Berge hätten ihn aufgenommen, sagte er, ihm die Möglichkeit gegeben, sich in ihre Kraft einzufügen. Er sprach immer wieder von ›Ruhe‹ und ›Besänftigung‹. Im jetzt anschließenden Sommer empfand er das Meer dann als rastlos, beunruhigend, abweisend. Hätte er seine Skulptur nicht beenden müssen … er wäre wohl nicht geblieben.«

Eine Falte zeigte sich über Amandas Nasenwurzel: »Vielleicht haben die Berge ihn gerufen, sozusagen. Vielleicht war der Drang, dorthin zurückzukehren, so stark, dass er London und Fehmarn vergessen und in Hamburg ein Flugzeug nach München bestiegen hat.«

Felix Picard war dieser Gedanke ganz offensichtlich neu und musste in Ruhe überdacht werden. Er wandte sich zum Fenster.

Olivia staunte: »Glaubt Ihr denn, dass er sich seinen eigenen Drohbrief schreibt?« Für sie war das ein ziemlich abwegiger Gedanke.

Amandas Falte vertiefte sich: »Das wäre eine Art Doppelgängerspiel, nicht wahr? Warum nicht. Er hat Artikel zur Kunstgeschichte publiziert, auch zu seiner eigenen Kunst – unter Pseudonym. Das Spiel mit einem zweiten Namen hat ihn durchaus beschäftigt. Wohin das führen kann … wer weiß. Nach dem, was Felix gerade gesagt hat, kann man nicht ganz ausschließen, dass er lieber in die Berge fuhr, als hierher zurückzukehren. Das konnte er natürlich nicht offen zugeben, also schickte er kurzerhand einen Brief. Viel denken musste er nicht, wenn er von den beiden anderen Fällen wusste. Tat er das?«, unterbrach sie Picards Gedanken.

»Tat er was?«

»Wusste er von den Briefen, die nach dem Verschwinden des Maklers und des Architekten auf der Insel eingegangen sind?«

»Keine Ahnung, jedenfalls haben wir nicht darüber gesprochen. Über Lokales sprach er allenfalls mit Agnes, sie müssten wir das fragen«, ergänzte er wieder einmal.

Dazu hatte Amanda gerade keine Lust, Picard sagte nichts weiter und Olivia hielt die Idee für einen Irrweg. So wurde sie nicht weiter verfolgt.

7

Die Montagsausgaben der Zeitungen wussten nicht mehr als die vom Samstag. Daraufhin beschlossen die Freundinnen, dem Warten und den Gerüchten den Rücken zu kehren. Sie besuchten den Kontinent. Diese Fehmaraner Sichtweise erfreute sie erneut, während sie über die Sundbrücke fuhren. Amanda zeigte der Freundin die Seen der Holsteinischen Schweiz. Und wenigstens zwischenzeitlich lenkte ihr touristisches Treiben sie von der rumorenden Sorge um den verschwundenen Freund ab.

Frau Nüßler begrüßte sie bei ihrer Rückkehr mit einer Nachricht vom Staberhof: ob sie nicht kommen möchten, am besten umgehend, und für das Abendessen werde gesorgt. »Das soll ich Ihnen ausrichten«, schloss Frau Nüßler. »Wenn Sie meine Meinung hören wollen: Die Einladung sollte sehr normal klingen, aber irgendetwas ist passiert, das konnte ich deutlich merken.«

»Vielleicht gibt es endlich ein paar Informationen«, gab Olivia ihrer Hoffnung Ausdruck. »Selbst schlechte Nachrichten wären mir inzwischen lieber als überhaupt keine«, ergänzte sie mit einem vorsichtigen Seitenblick auf Amanda. Die regte sich nicht. »Na dann: ein frischer Pullover, ein Blick in den Spiegel und auf geht's!« Olivia sauste die Treppe hinauf.

»Dir geht's jetzt besser«, stellte Amanda düster fest, als sie ein paar Minuten später in ihrer Ferienwohnung eintraf. Sie hatte noch ein wenig mit Frau Nüßler geredet.

Olivia sah sie abwartend an. »Irgendetwas dabei herausgekommen?«

»Sie besänftigte meine Angst – irgendwie …«

»Das ist schon was. Doch es hilft alles nichts, wir sollten schauen, dass wir zu den Kienhardts kommen. Oder interessiert Dich überhaupt nicht, was es Neues geben mag?«

»Ich weiß nicht genau. Die Angst hat sich festgesetzt, sieht mir gar nicht ähnlich, oder? Sie souffliert, dass jede Neuigkeit das Aus meiner Hoffnung sein kann, Alexander sei nur aus einer exzentrischen Eingebung heraus verschwunden. Aber ich beeile mich trotzdem«, schloss sie und verschwand im Bad.

Agnes öffnete die Tür fast, bevor sie geläutet hatten und begrüßte sie erfreut. Sie fühlte sich erleichtert durch ihr Kommen, Olivia registrierte es aufmerksam. Weniger aufmerksam, aber doch, vermerkte sie, dass Agnes ein knöchellanges, schmales Kleid trug, naturfarben und handgewebt. Zusammen mit den glatten blonden Haaren, die offen über ihren Rücken flossen, hätte sie beinahe der Abkömmling eines Strandgeistes sein können. Hinter der nächsten Tür kam Felix ihnen entgegen, ernst und ebenfalls erleichtert, sie zu sehen. Er wirkte so bleich, als wäre er vollkommen blutleer. Und sogar Juro hielt eine höfliche Begrüßung für angebracht. Sie nahmen ihre Plätze vom ersten Besuch ein und Agnes kam mit einer Flasche in der Hand zu ihnen: »Die Suppe muss noch ein wenig ziehen. Außerdem begrüßen wir Insulaner unsere Gäste gern mit einem Schnaps vor dem Essen. Dies ist ein dänischer Aquavit, sehr nordisch, ich hoffe, er schmeckt Ihnen. Zum Wohl!«

Olivia schnupperte an ihrem Glas, es war groß, und ein erneuter Blick auf Felix sagte ihr, dass sie einen klaren Kopf brauchen würde. Doch wies man Gastfreundschaft nicht leichtfertig zurück und in der Abwägung zwischen Höflichkeit und klarem Gehirn entschied sie sich für das Erste und trank, in kleinen Schlucken. Die Wärme, die sich darauf in ihrem Körper ausbreitete, war angenehm, das gab sie gerne zu.

Agnes und Amanda unterhielten sich über die Holsteinische Schweiz und das anhaltend sonnige Wetter. Olivia hörte zu, solange sie trank. Schließlich stellte sie ihr Glas zurück auf den Tisch und schüttelte so energisch den Kopf, dass ihre dicken braunen Haare einen Moment waagerecht in der Luft standen. Sie fielen einwandfrei in ihre Ausgangsposition zurück, hatten Agnes jedoch im Gespräch unterbrochen. Überrascht sah sie ihren zweiten Gast an.

Olivia lächelte: »Entschuldigen Sie, Sie alle miteinander. Aber ich spüre, dass es Neuigkeiten gibt. Müssen wir sie wirklich noch länger liegen lassen?« Sie sah von Agnes über Juro zu Felix, der wieder, den Kopf zwischen seinen hochgezogenen Schultern, in der Sofaecke saß. Seine dunklen Augen hingen einen Augenblick lang an ihr, dann wanderten sie weiter zu Agnes.

»Die Kripo war heute Mittag hier. Zum Glück war Felix bei uns.« Sie sah zu ihm hinüber. ›Dieser Blick war richtig nett‹, urteilte Olivia still.

»Von Alexander keine Spur, um das Wichtigste als Erstes zu sagen«, fuhr Agnes fort. »Der Drohbrief an Frau Frese passt genau zu den beiden anderen: der gleiche Text, das gleiche Papier, allerdings eine andere Schreibmaschine.«

»Das gleiche Papier und eine andere Schreibmaschine … Was für Papier ist es?«, unterbrach Olivia.

»Es stammt wohl von einem ganz normalen Schreibblock, wie man ihn hier im Supermarkt kaufen kann.«

»Also kann das gleiche Papier Zufall sein … Das hilft uns nicht weiter. Entschuldigen Sie die Unterbrechung«, ergänzte sie. Ihre Zwischenfrage schien Agnes gestört zu haben.

»Die Polizei nimmt den Fall sehr ernst«, fuhr diese fort. Ihre Stimme war hörbar um Sachlichkeit bemüht. »Alexander ist immerhin der Dritte, der spurlos von der Insel verschwunden ist. Und der Dritte, dem so ein schrecklicher Brief hinterhergeschickt wird. Das ändert aber nichts daran, dass alles Nachforschen zu nichts führt. Die Polizei weiß auch heute noch nicht, wer sich hinter der ›Vereinigung Inselschutz‹ verbirgt. Nicht mal das.« Es schüttelte sie leicht, als wäre ihr kalt.

Als Agnes' Pause andauerte, hakte Olivia nach, behutsam dieses Mal: »Aber die Polizeiarbeit war nicht ganz ergebnislos. Habe ich recht?«

Agnes nickte: »Ja, dieser Journalist fand bei seiner Schatzsuche tatsächlich Leichenteile. Seitdem gräbt die Kripo unsere Insel um, wahrscheinlich ist das Festland polizistenleer.«

»Und?«

Es fiel Agnes zusehends schwerer, ruhig fortzufahren, doch sie schaffte es: »Sie haben inzwischen zwei Arme und ein Bein gefunden und untersucht. Sie gehören zu Harald Milz. – Sie haben daran auch grüne Farbe gefunden. Es ist Ölfarbe, teure Ölfarbe, so wie die, die Juro und Felix benutzten.« Sie schwieg. Und alle anderen auch.

Endlich stand Agnes auf und schloss die schweren blauen Vorhänge vor der Glaswand. Sie ging in die Küche und zog alle Rollos herunter, rührte die Suppe um und setzte sich wieder. Amandas entsetzter Blick traf Olivia.

Die schüttelte noch einmal energisch den Kopf und vertrieb damit die letzten Reste des Aquavits daraus: »Und weiter?«

»Weiter nichts.« Agnes strich ihre langen Haare auf den Rücken. »Sie verhörten Felix, wir mussten hinausgehen.«

»Und was kam dabei heraus?«, wollte Olivia von ihm wissen.

»Nichts!« Er presste seine Fingerkuppen fest gegeneinander. »Wir fuhren schließlich zu mir hinüber und stellten anhand meines Kalenders fest, dass ich in beiden Fällen vermutlich nicht hier gewesen bin. Nachdem die Ermordung von Milz feststeht, geht die Polizei davon aus, dass Gillhoff dasselbe Schicksal widerfahren ist«, erklärte er sachlich.

»Was heißt ›vermutlich‹?«

»Man hat ein Datum auf den jeweiligen Briefumschlägen und Zeugenaussagen, wann die beiden zuerst verschwundenen Männer wahrscheinlich zum letzten Mal gesehen worden sind. Es gibt einen zeitlichen Zusammenhang zwischen ihrem letzten Besuch auf der Insel und dem Eintreffen des zugehörigen Drohbriefes, aber keine eindeutige Festlegung auf so und so viel Tage.«

»Und was sagt Ihr Kalender?«

»Der von diesem Jahr sagt, dass ich am gleichen Tag aus Düsseldorf kam, an dem der Brief bei Tischlermeister Bruhn eintraf. Wir, meine Familie und ich, leben in Düsseldorf, ich arbeite dort an der Kunstakademie.«

»Also waren Sie zur Mordzeit nicht hier. Und wie sah das im letzten Jahr aus?«

»Meine Frau wird den alten Kalender schicken. Wenn meine Erinnerung stimmt, war ich zwar zurück in Düsseldorf, als der Brief an Frau Henning hier eintraf, aber so wenige Tage, dass offenbleibt, ob ich hier oder zuhause war, als der Mord geschah.«

»Das ist ja ganz abgefeimt!« Beinahe hätte Amanda ihr leeres Glas auf den Tisch geknallt, doch im letzten Moment erinnerte sie sich an ihre gute Erziehung.

»Was hat es mit der Ölfarbe auf sich?«, fragte Olivia weiter.

»Es handelt sich um ein Grün, das ich im letzten Herbst plötzlich ganz neu entdeckte, ein frischer, kräftiger Ton. Wenn Sie noch etwas länger hierbleiben, können sie ihn überall sehen, es gibt ihn aber jetzt schon: Die Farbe der frischen Blätter des Wintergetreides, die aus der sattbraunen Erde hervorspitzen und diese Vorahnung vom nächsten Frühling in den Herbst tragen, eine Farbe, die in ihrer Intensität gegen all die gebrochenen Töne ihrer Umgebung steht, nur der Himmel an einem sonnigen Herbsttag trägt eine vergleichbar klare, reine Farbe.«

»Und Ihre Freunde haben im letzten und in diesem Jahr nie dieses Grün verwendet, sicher nicht?«

»Ganz sicher nicht. Alexander hat überhaupt nur wenig in Öl gemalt, immer sehr dunkle Bilder, die Küste in der Dämmerung, Gewitter über den Rapsfeldern, überhaupt kein Grün. Und Juro verwandte zwar Grüntöne, aber meist andere. Sie werden lachen, letzten Herbst, kurz bevor ich abreiste, ging meine Farbe zu Ende und er gab mir seine letzte Tube dieser speziellen Farbe.«

Olivia machte eine kurze Pause, bevor sie die nächste Frage stellte: »Die Polizei fand nun Spuren genau dieses Grüntones an den Gliedmaßen von Milz. Hat sie das genauer beschrieben?«

Felix sah wieder zu Agnes. Die nickte leicht und sah zu Olivia: »Es ist ein Rest jeweils unter einem Fingernagel.«

»Und an den Fingerkuppen? In den Nagelbetten?«

»Es klang nicht so … nein, sie sprachen von winzigen Resten unter zwei Nägeln der rechten Hand.«

»Also sieht es so aus, als hätte er mit dem Grün hantiert, sich anschließend gründlich die Hände gereinigt, aber zwei Stellen übersehen. Hobbymaler war er wohl nicht?«

»Nein!«

»Das habe ich befürchtet. Felix, wer außer Ihren Freunden war im letzten Jahr in ihrem Atelier oder dort, wo Sie sonst Ihre Farben aufbewahrt haben?«

»Niemand. Außer natürlich meiner Frau und meiner Tochter in den Schulferien.«

»Und eine Tube verloren haben Sie wohl auch nicht, nachdem die Farbe offenbar knapp war?«

»Leider doch, meine alte, fast leere Tube. Ich bemerkte es erst abends, als ich meine Staffelei für den nächsten Tag vorbereitete. Natürlich suchte ich am anderen Morgen gründlich, aber ich fand sie nicht wieder.«

»Wo war das?«

»In den Feldern zwischen meinem Haus und der Küste. Man sieht von dort aufs Meer hinaus.«

»Also draußen. Beunruhigte Sie, dass die Tube offensichtlich weg war?«

»Ich ärgerte mich, über meine Nachlässigkeit und über den Zeitverlust.« Auf ihren fragenden Blick hin ergänzte er: »Suchen halte ich grundsätzlich für Zeitverschwendung, es kann mich furchtbar wütend machen.«

Olivia lachte: »Gut, dass Sie nicht Polizist geworden sind. Die verbringen ihr Leben damit, und sie suchen meistens mehr, als sie finden.« Im linken Augenwinkel fing sie eine Kopfbewegung von Agnes auf: »Gefällt Ihnen etwas nicht?«

»Sie stellen eine Frage nach der anderen, als arbeiteten Sie auf einmal für die Polizei.«

Überrascht starrte Olivia sie an: »Was sonst sollen wir Ihrer Vorstellung nach tun?«

»Sie könnten wenigstens etwas erschreckt oder betroffen sein von den neuen – Fakten nennt die Polizei das ja wohl. Oder empört, dass man wagt, Felix Fragen von der Art zu stellen, als könne er wirklich und wahrhaftig der Täter sein!«

»Aber das ...«

»Meine Freundin kennt die Polizeiarbeit zu gut, als dass sie Gefühle dieser Art zulässt, wenn sie stattdessen Fragen findet, die vielleicht zu irgendeinem neuen Punkt führen könnten!« Amanda hielt inne und sah einen nach dem anderen mit deutlicher Dringlichkeit an. »Ihre Fragen zeigen mir, dass sie sich umstandslos an die Arbeit gemacht hat. Sie müssen wissen, dass sie in England bereits mehrere Mordfälle aufgeklärt hat, bei denen Scotland Yard in Schwierigkeiten war. Das konnten Sie natürlich nicht ahnen.«

»Nein ... nein, das konnten wir nicht«, stimmte Agnes überrascht zu, spontan schien sie diese neue Nachricht eher unbehaglich zu finden. Juro und Felix starrten Olivia an – ohne irgendeine Reaktion.

»Was ist? Darf Olivia jetzt weitermachen?« Amanda betrachtete die drei mit einer Mischung aus Staunen und Ungeduld.

»Warum hat sie von alledem nichts gesagt? Ich fühle mich überrollt, übergangen, um nicht zu sagen hintergangen«, stellte Agnes kühl fest.

»Na, hör'n Sie mal!« Jetzt war Amanda wirklich empört. »Unser aller Freund ist verschwunden. Und entsetzlicherweise passt sein Verschwinden zu zwei ähnlichen Fällen, von denen einer sich gerade als unaufgeklärter Mord entpuppt hat. Was sollte sie denn da sonst tun als Fragen stellen?«

Stille entstand, dehnte sich. Juro sagte auch jetzt kein Wort, er sah nur stumm zu seiner Frau hinüber. Als Agnes endlich den Kopf hob, zeigte sich ihr Gesicht wieder ruhiger: »Ich habe das alles wohl gründlich missverstanden. Aber normalerweise wäre in so einem Gespräch vieles durcheinandergegangen. Dieses ruhige, geschäftsmäßige Voranfragen hat mir Angst eingejagt. Bitte, entschuldigen Sie.«

Mit einer leichten Handbewegung hob Olivia die peinliche Situation aus der Welt und wandte sich wieder an Felix: »Hoffentlich haben Sie sich nicht von mir bedrängt gefühlt? Nichts lag mir ferner als das.«

»Nein, im Gegenteil. Ich begann, mich gut aufgehoben zu fühlen«, entgegnete er langsam, als sei er selbst überrascht.

»Dann sollten wir fortfahren, einverstanden?«

Felix stimmte zu, sogar Juro deutete ein zustimmendes Nicken an, Agnes stand auf: »Ja, wir sind einverstanden. Kommt hinüber und lasst uns nebenher die Suppe essen, ihre Wärme wird uns gut tun.« Sie stellte den Topf auf den Tisch und füllte die Teller. Ein köstlicher Geruch aus Fisch und Curry verbreitete sich. Juro schnitt dunkles Brot und Olivia fragte bereits weiter.

»Felix, erinnern Sie sich noch an jenen Herbsttag, als Sie Ihr Grün vergaßen? Hat Sie da jemand malen gesehen?«

»Nein, leider nicht. Die Polizisten wollten es auch wissen. Ich bin ziemlich sicher, dass ich, wie ich schon gesagt habe, relativ nah bei meinem Haus hinter einem Knick saß, der Blick ging nach Süden, das Land bewegt sich dort in leichten Wellen zur Küste hin … Wege gibt es keine.«

»Sind Sie so in Ihre Arbeit versunken, dass Sie niemanden in Ihrer Nähe bemerken? Oder spüren Sie die Blicke Vorübergehender?«

»Das hängt von der Art ihrer Bewegung ab«, grübelte er, »abrupte Bewegungen oder laute Geräusche registriere ich schon, aber normales Vorbeifahren oder -gehen eher nicht.«

»Haben Sie mit Ihren Nachbarn gelegentlich über Ihre Arbeit geredet? Oder darüber, wie versunken Sie dabei sind?«

»Ich glaube nicht. Aber vermutlich stellen sie es von ganz alleine fest …«

»Hm«, Olivia grummelte, »diese Ölfarbe! Es fällt mir schwer, keinen Vorsatz dahinter zu vermuten. Aber lassen wir das einstweilen. Wann haben Sie Alexander Hyde zum letzten Mal gesehen?«

»Als er mich nach Puttgarden zur Bahn brachte, das war am 18. September morgens.«

»Am selben Tag kam er abends zu uns herüber, danach sahen wir ihn nicht mehr«, ergänzte Agnes.

»Wie wäre er zur Bahn gekommen, wenn er nach London hätte fahren wollen?«

»Wir hätten ihn gefahren, oder aber Nachbarn, die gerade sowieso hinaufwollten, so etwas ergibt sich häufig einfach.« Über dem gemeinsamen Essen fand Agnes Olivias Fragen ganz normal.

»Jedenfalls wunderten Sie sich nicht über sein Fernbleiben und sein Schweigen …«

»Er verhielt sich schon den ganzen Sommer hindurch anders als in den früheren Jahren, er konnte vom Esstisch aufstehen und einfach gehen, drei Tage später tauchte er um die gleiche Zeit wieder auf und setzte sich, als hätte er nur zwischendurch nach dem Sonnenstand geschaut. Andererseits sahen wir ihn manchmal vierzehn Tage nicht und wenn man mal einen Blick in die Scheune warf, reagierte er kaum … alles merkwürdig … wir ließen ihn in Ruhe.«

»Sie reden von der Scheune, in der er an seiner Skulptur arbeitete?«

»Ja, sie ist gleich hier neben unserem Haus. Zuerst wohnte er bei uns, in dem kleinen Gästehaus hinter Juros Atelier. Als Felix' Familie heimfuhr, siedelte er hinüber.«

»Warum?«

»Ich weiß nicht, ob er wirklich einen Grund hatte. Es war, wie gesagt, ein merkwürdiger Sommer«, Agnes strich ihre langen, hellen Haare nach hinten.

»Zu dem Zeitpunkt war die Skulptur fertig. Er malte fast nur noch in meinem Atelier. Bei Gelegenheit kann ich es Ihnen zeigen«, wandte Felix sich an Olivia. »Es ist ein Dachausbau mit Fenstern rundum, das Licht ist herrlich. – Es wäre durchaus vorstellbar gewesen, dass er während meiner Abwesenheit da oben arbeitete und an nichts sonst dachte …«

Wieder schwiegen alle. Olivias Fragen schienen jede spontane Äußerung der anderen abgetötet zu haben. Amanda lobte die Suppe und ließ sich die Zutaten aufzählen. Und wieder Schweigen.

›Ziemlich ungemütlich‹, befand Olivia im Stillen. ›Wenn ich nicht frage, sagt niemand etwas. Dabei führe ich gar kein Verhör. Sie schauen auch alle ganz freundlich, ich verstehe das nicht. Also weiter im Takt.‹ Sie störte die Schweigsamkeit mit einem Räuspern und sprach Agnes an: »Wenn es Ihnen nichts ausmacht, würde ich gern etwas über den Makler und sein Verschwinden hören.«

Agnes überlegte einen Moment lang. »Harald Milz hatte eine Immobilienagentur in Burg und eine in Heiligenhafen. Die meisten seiner Kunden waren Touristen. Er muss einen guten Draht zum Tourismusbüro gehabt haben, weil er wusste, wer zum dritten oder vierten Mal hier war und folglich ein potenzieller Dauergast. Für Dauergäste empfahl sich eine eigene Ferienwohnung – so lief seine Logik und sein Geschäft blühte.«

»Gab es Versuche, ihn zu bremsen?«

»Nein, hinter vorgehaltener Hand wurde zunehmend geklatscht, aber mehr geschah nicht.«

»Den Drohbrief … wieso eigentlich Drohbrief? Im Grunde ist es eine schlichte Information.«

»Es war jedenfalls das erste Wort, das Ihnen dazu einfiel«, erinnerte sich Felix, »und bedrohlich wirkt seine Information in der Tat. Genau betrachtet befindet sich die Drohung hinter dem Satz, der auf dem Papier steht. Hinter diesem Satz befindet sich ein imaginärer finsterer Raum. In ihm steckt Gefahr. Könnten wir ihn mit Informationen oder wenigstens mit Annahmen erhellen, würden wir möglicherweise eine Vorstellung dieser unsichtbaren ›Vereinigung Inselschutz‹ gewinnen.«

Olivia sah in sein ernstes, offenes Gesicht: »Ja, stimmt. Wir müssen die Drohung an dem ausformulierten Satz vorbei in Ihren finsteren Raum hinein verfolgen, in dem sie entstanden ist. Ich habe sie bisher von diesem Satz ausgehend in die Welt hinausgedacht, zu der sie gesagt wurde; und ich habe sie auf Alexander Hyde, also auf den Verschwundenen, bezogen und auf die Gefahren, denen er ausgesetzt sein mag.«

»Er dürfte keinerlei Gefahr mehr ausgesetzt sein«, diese düsteren Worte kamen tatsächlich von Juro. Alle starrten ihn an, er starrte zurück und schwieg.

Nach und nach richtete jeder seinen Blick auf den eigenen Teller. Olivia unterdrückte ein Seufzen und fuhr laut in ihren Überlegungen fort: »Agnes, ich glaube, Sie müssen uns mehr über die beiden Fälle erzählen, die dem von Alexander vorangegangen sind. Dann könnten wir gemeinsam versuchen, darin erste Konturen dieses Inselschutzes zu suchen. Den ersten – sagen wir ›Inselschutz‹- statt Droh-Brief bekam eine Thea Henning. Kennen Sie sie, Agnes?«

»Ja, ich kenne Thea. Sie ist Lehrerin am Insel-Gymnasium und war mit Harald Milz befreundet. Da inzwischen alles bekannt ist, kann ich ja darüber reden: Die beiden hatten ein Verhältnis. Sie hatte ihn ungefähr eine Woche lang nicht mehr gesehen, als der ›Inselschutz‹-Brief ankam. Thea fragte sich als Erstes, ob dies ein etwas verquerer Brief der sitzen gelassenen Ehefrau sei. Harald war verheiratet, wollte seine Frau verlassen und so weiter. Als er verschwand, war die Trennung so weit gediehen, dass er ein eigenes Appartement in Heiligenhafen bewohnte; meist lebte er aber hier auf der Insel bei Thea. Als er sich nach dem Eintreffen des Briefes eine weitere Woche lang nicht bei ihr gezeigt hatte, rief sie die Mitarbeiterin seines hiesigen Büros an. Sie hatte herausfinden müssen, dass die Mailbox seines Handys schon nach zwei Tagen keine neuen Nachrichten mehr aufnahm, also blieb nur das Telefon. Sie hörte, dass die Mitarbeiterin noch einen Tag länger als sie selbst nichts von ihrem Chef gehört hatte. Also ging der nächste Anruf an das Maklerbüro in Heiligenhafen, auch Fehlanzeige. Was macht man nun als Geliebte? Man übt sich in Geduld. Aber die Welt hier ist klein und so kam dann doch heraus, dass Harald weg war, zwei Mitarbeiterinnen hatten abgeschlossene Verträge auf ihren Schreibtischen, die auf seine Unterschrift warteten. Kurz und gut, der Fall kam mit dreiwöchiger Verzögerung zur Polizei.«

»Zu dem Zeitpunkt war die Spur kalt …«

»Tiefgefroren«, schlug Amanda vor, »kalt war sie schon, als der Brief ankam.«

»Harald Milz war einfach weg, so spurlos, dass er nicht mal Stoff zum Klatschen hinterließ. Zum Trost trat man das Verhältnis zu Thea breit.«

»Für den Absender interessierte man sich nicht?«, das wunderte Olivia im Moment wirklich.

»Nein, ich glaube nicht. Ist das seltsam?«

Amanda nahm Agnes' Frage auf: »Das ist ein normaler Vorgang. Private Verhältnisse, die durch irgendeinen Anlass ans Licht geraten, sind spannender als alles andere, selbst wenn sie kein Gran Sensation enthalten.«

»Was wusste Thea Henning mehr als die Ehefrau?«

»Nichts, was sie laut formulierte, nachdem diese einwandfrei entlastet worden war. Ich weiß zu diesem Fall nichts weiter zu berichten. Im Rückblick habe ich den Eindruck, dass sich sowohl die Presse als auch der interne Klatsch erstaunlich schnell anderen Themen zuwandten.«

»War das nun im Interesse des Mörders oder ist das Gegenteil richtig?« Amandas Ton klang fast spielerisch. Zu ihrer Überraschung beugte Felix sich vor, seine Linke schob sich am Teller vorbei und schloss sich zu einer Faust.

»Sehen Sie, dass Sie den ersten Lichtfleck in unseren finsteren Raum geworfen haben?« Er hatte Amanda so fest im Blick, als läse er in ihrem Gesicht. »Im Scheinwerferlicht Ihrer Frage steht der Schattenriss eines Menschen. Hinter der ›Vereinigung Inselschutz‹ könnten sich der oder die Mörder verbergen.«

»Ja, das wäre möglich.« Amanda gab seinen Blick etwas ratlos zurück.

»Sehen sie nicht, was passiert?« Erste Erleichterung begann, sich in seiner Miene durchzusetzen. »Sie reden ganz selbstverständlich von dem Mörder, der den Drohbrief geschrieben hat und fragen nach dem Ziel, das er damit verfolgt. Ob Sie's glauben oder nicht, ich suchte in den letzten Tagen nach einem Verein mit ökologischem oder fremdenfeindlichem Hintergrund, der so geheim war, dass weder Agnes noch die Presse dazu etwas ergänzen konnten. Dadurch entstand jener finstere Raum schwärzester Verschwörung vor meinem inneren Auge als das ehrlichste Eingeständnis meiner Unwissenheit.« Seine Faust öffnete sich wieder.

»Dabei handelt es tatsächlich um konkrete Menschen, einen oder mehrere, die öffentliche Aufmerksamkeit wollen, sonst hätten sie die Briefe gar nicht erst geschrieben«, entschied Olivia.

»So einfach ist das auf einmal.« Felix stimmte zu. »Blödsinnig, wie weit man sich verrennen kann …«

»Und warum sucht die Kripo dann noch immer nach dieser Vereinigung?«, hielt Juro dagegen. Wieder richteten sich alle Augen auf ihn, ohne dass ihre Aufmerksamkeit ihm einen weiteren Satz entriss.

»Vom Stand der Ermittlungen wissen wir nicht viel«, entgegnete Agnes.

»Aber Sie wissen sicher einiges über den zweiten Verschwundenen, der noch kein Mordfall ist«, trieb Olivia das Gespräch auf das nächste Feld.

»Nun, auch nicht wirklich viel. Der Fall Gillhoff verbreitete einerseits größeres Entsetzen, weil er dem von Harald Milz genau glich. Schlagartig erinnerte man sich daran, dass Milz noch immer weg war. Man versicherte sich bei Thea, dass sie wahrhaftig kein Lebenszeichen bekommen hatte. Dieses totale Fehlen von Milz wurde den Leuten erneut bewusst und färbte die neue Leerstelle, die Stelle, die bis gerade eben mit Gillhoff besetzt gewesen war, gespenstisch ein. Niemand wagte zu vermuten, er werde sicher in Lübeck seiner Arbeit nachgehen. Andererseits hatte Martin Gillhoff keine persönlichen Freunde hier auf der Insel, so dass der Klatsch nicht recht in Gang kam.«

Agnes holte einige Male tief Luft. »Ich glaube, Gillhoff kam für einen ganz konkreten Bauauftrag das erste Mal nach Fehmarn, ich habe vergessen, was es war. Ein Bauprojekt dauert seine Zeit. Er war immer wieder da, mietete sich endlich eine Wohnung in einem der Häuser an der Straße vor Katharinenhof und verbrachte sogar Wochenenden hier. Er erzeugte den Eindruck, sich in unsere Insel verguckt zu haben. Wie nebenbei kaufte er immer wieder ein Grundstück, bis sie auf einmal zusammenhingen und die Voraussetzung für viel größere Pläne abgaben. Damit geriet er in die Schlagzeilen und ins allgemeine Gerede und mittendrin war er weg. Auch in seinem Fall fiel das nicht sofort auf, weil er sein Architekturbüro in Lübeck hat. Als der ›Inselschutz‹-Brief kam, ging Tischlermeister Bruhn sofort zur Polizei, denn es gab ja einen Präzedenzfall.«

»Außerdem hatte er kein pikantes Verhältnis zu schützen, nehme ich an«, warf Amanda dazwischen.

»Und trotzdem war die Spur kalt … In Alexanders Fall ist sie noch kälter … Der äußere Ablauf ist in allen drei Fällen ähnlich. Welche Gemeinsamkeiten gibt es zwischen den Opfern? Zwischen Milz und Gillhoff?« Olivia sah sich auffordernd um.

Als Agnes ernsthaft den Kopf schüttelte, sprang Felix ein: »Beide Männer sind nicht von hier, nicht von der Insel, das haben sie mit Alexander gemeinsam. Die beiden ersten sind im Immobiliengeschäft«, fuhr er langsam fort, »der eine nur als Geschäftsmann, der andere zumindest auch als kreativer Kopf, Architektur hat Berührungspunkte mit der Kunst, wenn sie gut ist. Möglicherweise führt von hier ein ganz dünner Faden zu Alexander, aber sehen kann ich ihn nicht.«

»Wenn Sie das Wort ›Inselschutz‹ zu diesen Überlegungen dazunehmen: Wovor oder vor wem muss Fehmarn aus Sicht der Drohbriefschreiber geschützt werden?«, wollte Olivia wissen.

»Die eine Möglichkeit könnte man mit ›Alle Fremden raus!‹ überschreiben«, überlegte Felix, »das würde Alexander wiederum mit einschließen. Denn vermutlich erwartete man, dass er irgendwann ganz bleiben würde wie die anderen beiden auch.«

»Und unter dem Aspekt des Naturschutzes?«

Jetzt sah Felix Agnes so beharrlich an, dass sie schließlich übernahm: »Der Fall Milz wäre klar: immer mehr zugebautes Land, immer mehr Wohnungen, die im Winter leer stehen wie Krähenhorste. Bei Gillhoff ist es komplizierter. Was er oben in Gammendorf plante, wissen wir nicht. Das Baugebiet in Burg liegt aber so weit im Stadtbereich, dass man geradezu von verdichtetem Bauen sprechen könnte; das sollten Naturschützer eigentlich eher begrüßen. Zu Alexander fällt mir nichts ein, es sei denn, der ›Inselschutz‹ mochte seine Landschaftsbilder nicht.«

»Sie waren ja nicht immer rabenschwarz und ohne Grün«, warf Amanda ein. »Aber damit hat sein Verschwinden wohl kaum etwas zu tun.«

Olivia verfiel in Schweigen. Auch bei ihr konnte es vorkommen. Amanda verstand das Signal und übernahm. Unter ihrer Führung begann das Gespräch, zwischen allem Möglichen hin und her zu springen. Die fünf Menschen lernten einander dabei besser kennen, wie Olivia bei sich gern einräumte. Wenn das Gespräch Fragen der Malerei berührte, redete sogar Juro.

8

»Ein neuer Tag!« Olivia setzte sich im Bett auf und schaute durch den Vorhangspalt. »Nebel, aber das hatten wir gestern auch, Herbsttage am Meer fangen wohl alle so an.«

Sie stand auf. Als sie eine geraume Weile später mit frischen Brötchen die Tür zu ihrer Ferienwohnung wieder aufstieß, trug sie außerdem einen Stoß Zeitungen im Arm: »Schau Dir das an, Frühstückslektüre. Frau Nüßler hat sie uns unten hingelegt. Hier in der Ecke steht ein Morgengruß von ihr.«

Die Freundinnen, jede mit einer Tasse Kaffee neben sich, saßen kurz darauf auf dem Boden im Schlafzimmer mitten in der leeren Fläche, die Olivia für den Handstandüberschlag vorgemerkt hatte, und durchstöberten die Zeitungen. »NABU, was ist denn das?« Sie las im Reden weiter: »Naturschutzbund Schleswig-Holstein, gut, er setzt sich also für Fledermäuse ein ...«

»Das Museum Katharinenhof – hast Du mitbekommen, dass es da ein Museum gibt? Also, es ist jedenfalls in finanziellen Schwierigkeiten. Wie auch nicht, wenn man nicht mal weiß, dass es da ist.« Amanda sah Olivia an. »Nun?«

»Was ›nun‹?«

»Die Zeitungen plaudern in Deiner Muttersprache, es wird doch mehr darin stehen als der Bericht über die Fledermäuse.« Amanda atmete tief durch, als wappne sie sich für Nachrichten, die sie nicht hören wollte.

»Ja, doch, aber er ist besonders groß.« Olivia legte die Hand auf einige zurechtgeknickte Seiten: »Hier sind ein paar Kurzartikel zu Fehmarns Leichenfunden, nichts wirklich Aufschlussreiches. Die Informationen dienen gerade dazu, die erwartungsvollen Leser nicht völlig im Stich zu lassen.« Sie sprang auf, so umstandslos wie ein Gummiball. »Lass uns frühstücken. Mit diesen Tassen«, sie hob die ihre mitsamt der Untertasse konzentriert auf, »sollte man sich ohnehin nicht allzu weit von der Kaffeemaschine entfernen.«

Amanda lächelte: »Meine ist noch nicht einmal leer, aber man kann sie mit heißem Kaffee auffüllen.« Damit ließ sie ihrerseits die Zeitungen am Boden liegen und folgte in die Küche unter der Schräge nach. Frische Brötchen, Marmelade und Käse stellte Olivia auf den Tisch und setzte sich auf den hinteren Platz. Über ihrem Kopf war genug Raum, so dass die schräge Zimmerdecke sie nicht beschäftigte. Da saß sie dann und zupfte in Gedanken versunken das Weiche aus ihrem Brötchen.

»Also heraus mit der Sprache!«, forderte Amanda sie auf und schob die Butter hinüber. Die dunkelbraunen Augen wanderten von der Brötchenhälfte über die Butter zu ihr hin.

»Ich grübelte gerade darüber, was genau wir eigentlich hier tun. Unter normalen Bedingungen wären wir jetzt wieder auf dem Weg nach London. Stattdessen hat der vierte Tag unter dem Zeichen des verschwundenen Alexander begonnen und verspricht, so ereignislos dahinzudümpeln wie seine Vorgänger. Wenn wir bleiben, müssen wir uns nützlich machen. Wenigstens sollten wir es versuchen. Andernfalls können wir fahren und von London aus gelegentlich bei Felix anrufen, wie der Fall sich weiterentwickelt.«

»Von Rechts wegen müsste Felix auch nach Düsseldorf zurück, schließlich ist er Professor an der dortigen Kunsthochschule und das neue Semester beginnt.«

»Na also, was hält uns dann hier? Der Wunsch von Agnes, Freunde von Alexander um sich zu scharen?«

Amanda sah die Freundin prüfend an, dabei wurden ihre Augen immer ernster: »Der Gang der Ereignisse hält uns fest. Zuerst war es nur Alexanders Fernbleiben. Doch das geriet im Verlauf zweier Tage in grässliche Nähe zu den Gliedmaßen von Milz. Ich wehre mich entschieden gegen einen Zusammenhang. Aber Alexanders Fernbleiben wird trotzdem von Tag zu Tag schrecklicher. Da ist es ganz natürlich zu bleiben, finde ich.«

Olivia erwiderte ihren Blick: »Wenn es natürlich ist zu bleiben, muss es natürlich sein zu handeln. Allerdings sind wir Fremde auf Fehmarn und haben weder Richard noch Laureen zur Unterstützung.«

»Stellt sich die Frage, wie man eine Strafverteidigerin und einen Chiefinspektor von Scotland Yard ersetzen kann. Eine Kriminalpolizei gibt es hier auch, sie war in den letzten Tagen so präsent wie bei einer Bombendrohung in London. Ich habe auf einmal verstanden, was Dich an dem flachen Land so irritiert: Hier und dort und hinten am Horizont … überall Polizeiautos, als stände man auf einer Aussichtsplattform.«

»Sie haben bei diesem Großeinsatz keine Leichenteile mehr gefunden, Agnes hat uns erzählt, was die Kripo für richtig befand, nach draußen zu geben. Lass uns mal zusammenfassen, was wir wissen: Drei Männer sind im Zeitraum eines Jahres verschwunden, ein bis zwei Wochen nach ihrem Verschwinden brachte die Post einen Brief mit dem Inhalt, dass sie sich künftig von der Insel fernhalten werden. Seit zwei bis drei Tagen weiß man, dass einer von ihnen ermordet wurde und zwar hier auf der Insel. Der oder die Täter zerteilten die Leiche, wickelten die Einzelteile in Jutesäcke und verteilten sie in Luderkuhlen. Frau Nüßler kann uns vielleicht erklären, was das ist. Der zweite und dritte Mann bleiben verschwunden und zwar der eine seit ungefähr Ostern und der andere seit dem 18. September, heute haben wir den 7. Oktober. Die Freunde des Letzteren wissen nicht, wann und wie er die Insel verlassen hat, wenn er sie überhaupt verlassen hat. Sehr wahrscheinlich ist das nicht. Lass es mich einmal so offen und herzlos sagen.«

»Bis ein harter Beweis mich von etwas anderem überzeugt, werde ich mir vorstellen, dass Alexander in Hamburg ein Flugzeug nach München statt nach London bestiegen hat und jetzt in den Tiroler Bergen malt.« Amandas Augen baten so dringlich um Verständnis, dass Olivia beinahe aufgesprungen wäre, um sie zu umarmen. Doch sie blieb nüchtern und bestrich stattdessen ihr Brötchen mit Butter und Marmelade.

»Was können wir aus unseren Informationen schließen?«, überlegte sie etwas später.

Amanda sah sie über den Rand ihrer Tasse hinweg an: »Lass mich diesen Albtraum ins Fiktive verschieben. Es gibt einen Hitchcock-Film: ›Das Fenster zum Hof‹. Darin tötet ein Ehemann seine Frau, zersägt sie und verteilt die Gliedmaßen an den Flussufern von New York. Was sagt uns das? Schon ein Einzelner reicht aus, um eine Leiche zu zerkleinern. Lass uns, bis sich Fakten sperren, bei einem Täter bleiben.«

»Was gewinnen wir damit?«

»Ich finde einen Einzelnen weniger bedrohlich als eine Gruppe.«

»Tatsächlich? – Von mir aus. Mach weiter.« Endlich gelang es Olivia, die frischen Brötchen zu verspeisen. Sie hörte zu.

»Unser Mann plant und handelt sehr sorgfältig. Wenn dieser Journalist nicht seinem Spieltrieb nachgegeben hätte, wäre bis heute kein einziges Leichenteil gefunden worden. Daraus darf man schließen, dass er nicht entdeckt werden möchte. Dennoch schreibt er, wenn alle Spuren kalt und verwischt sind, einen Bekennerbrief. Er will also öffentliche Aufmerksamkeit – aber für was?«

»Für die Tatsache, dass bestimmte Leute Fehmarn fernbleiben sollen. Dieser Wunsch dürfte allerdings so viele Fehmaraner bewegen, dass auch dadurch keine Spur zum Absender der Briefe führt.«

»Dafür hat er eine unverschämt direkte Spur zu Felix gelegt …«

»So unverschämt, dass sie dumm ist. Stell Dir nur mal vor: Um diese Farbe an die Finger zu bekommen, muss das Opfer Felix beim Malen zugeschaut haben – in seinem Atelier oder im freien Gelände. Im Moment des Angriffes suchte es, irgendwo einen Halt zu finden und griff ausgerechnet in jenes singuläre Grün …«

»Vielleicht stimuliert es Felix und er malt unmittelbar vor einem Mord nur in Frühlingsspitzengrün …«

Olivia schüttelte leicht den Kopf: »Das kann so alles nicht gewesen sein. Trotzdem steckt eine echte Information in diesem Ermittlungsergebnis: Der Täter hat oder hatte Felix fest im Blick. Ich halte für möglich, dass er regelmäßig dessen Malplatz nach etwas abgesucht hat, das Felix vergessen haben könnte. Vermutlich war ihm gar nicht klar, welch spektakulärer Farbrest ihm zugefallen war, sondern nur, dass Felix ihn verloren hatte.«

»Das passt zu unserer Überzeugung, dass der Täter Fehmaraner sein muss oder zumindest sehr lange hier lebt. Denn er kennt sich ganz genau aus. Wenn Du recht hast, beobachtete er Felix unbemerkt. Außerdem, von Felix mal abgesehen, wusste er, wo und auch wie und wann er seine Jutesäcke verstecken konnte, ohne dabei aufzufallen.«

»... und das in diesem flachen Land ... Ich habe die Möglichkeiten, darin offensichtlich unsichtbar zu werden, praktisch einfach noch nicht entdeckt. Felix sagte auch, es gäbe genügend Plätze, an denen man ungesehen malen könne. Warum warf er – der Mörder, nicht Felix – die Briefe eigentlich auf dem Festland in den Postkasten? Auf den ersten Blick ein unsinniger Aufwand.«

»Zufall«, schlug Amanda vor, »er musste sowieso irgendwo dorthin und erledigte es gleich mit.«

»Nein, das glaube ich nicht. Dem Zufall überlässt dieser Täter nichts.« Olivia schüttelte den Kopf. »Möglicherweise wirft er so selten einen Brief in den Kasten, dass er fürchtete, ein Bekannter könnte ihn fragen, an wen er schreibt oder ... nein, ganz einfach: Er ist das Risiko nicht eingegangen, im letzten Moment mit jemandem zusammenzustoßen, der einen Blick auf den Umschlag werfen könnte. Das wäre in der Tat nicht gut gewesen!« Sie griff nach dem nächsten Brötchen, widmete sich dessen Zerschneiden und Bestreichen und schwieg. Doch bevor sie hineinbiss, fuhr ihr Kopf hoch: »Wir müssen diesen Kerl stoppen! Er will öffentliche Aufmerksamkeit. Das steht in meinen Augen fest, auch wenn noch nicht recht klar ist wofür. Mit Alexanders Verschwinden wäre ihm das eindeutig gelungen, wenn nicht Milz' Gliedmaßen dazwischen gekommen wären. Also wird er weitermachen. Leute, die ihn stören, gibt es sicher noch viele und was ihn an Alexander gestört hat, ahnen wir nicht einmal.«

Entsetzt stellte Amanda ihre Tasse ab: »Nein, nur dass er Maler generell nicht mag. Alexander ist weg, Felix' Farbe findet sich an Milz' Fingern ... Was also schlägst Du vor?«

»Vor allem müssen wir an Informationen kommen. Der Polizeiapparat läuft auf Hochtouren, wie können wir ihn anzapfen?«

Nach dem Verzehr ihres Brötchens und einer weiteren Tasse Kaffee gab Olivia eine Art Marschroute vor: »Als Erstes fragen wir Frau Nüßler nach Luderkuhlen. Als Zweites rufe ich bei der Süddeutschen Zeitung an und frage nach dem vollständigen Namen zu den Initialen unter der heutigen Kurznachricht. Mit etwas Glück haben sie den Mann hierhergeschickt, warum sonst hätte er heute wieder eine Nachricht geschrieben, obwohl es nichts Neues gibt? Ist er in Burg, wäre Punkt drei, ihn zu finden und zu versuchen, ihn in unser Boot zu ziehen. Punkt vier: Anruf bei Felix und den Kienhardts; wir müssen uns austauschen. Agnes' Kenntnis der Insel kann uns helfen, unsere Beobachtungen ins richtige Verhältnis zu unserer Umgebung zu setzen.« Sie sprang auf: »Komm mit nach unten!«

»Luderkuhlen …« Frau Nüßler saß ihren Gästen erneut in ihrem weißen Wohnzimmer gegenüber. »Die braucht man für die Jagd. Das erlegte Wild sollte möglichst bald aufgebrochen und ausgeweidet werden. Dann schmeckt es besser. Das Geräusch, also Herz, Leber, Niere und Lunge, wird gegessen. Galle – Hasen und Wildschweine haben eine –, Magen, Gedärm, auch die zerschossenen Stellen versenkt man an Ort und Stelle in Luderkuhlen, die man in der Regel vorher gegraben hat. Ihre Größe richtet sich nach dem Optimismus der Jägergruppe, ihre Tiefe ist unterschiedlich. Das Grundwasser steht hier auf Fehmarn ziemlich hoch, und das Geräusch sollte im Erdreich liegen.«

»Warum?«

»Damit es das Grundwasser nicht verschmutzt. Das ist das eine. Die andere Möglichkeit ist, mit den Resten einen Fuchs oder Marder in die Falle zu locken. Dann senken wir eine Holzkiste in ein ausgegrabenes Loch und legen das Geräusch auf deren Boden.«

»Und wo gräbt man sie?« Olivia schoss dabei durch den Kopf, dass Jäger und Mörder ein ähnlich nüchtern-distanzierter Umgang mit getötetem Leben verband. Doch das war den Jägern gegenüber wohl unfair und sie behielt es für sich.

»Nah an befahrbaren Wegen, ein Rehbock ist schwer und unhandlich, wenn er einmal aufgebrochen ist.«

»Gehen Sie zur Jagd?«

Frau Nüßler unterdrückte ein leises Lachen angesichts des spürbaren Widerstandes in Olivias Ton. »Nein, ich nicht, aber mein Mann ging gelegentlich gern hinaus. Ein Tag mit Freunden im Freien und mit einem Ziel und als Abschluss ein warmes gemeinsames Essen. Das mochte er.«

»Sie haben diese Innereien gekocht?«

»Ja, warum denn nicht? Eine Wildschweinleber ist auch nicht anders als die von einem Hausschwein. Wenn sie ganz frisch ist, was sie unbedingt sein sollte, schmeckt sie auch nicht anders. Man bereitet sie ganz gleich zu, wissen Sie.«

»Jagd an einem kalten Wintertag und anschließend drinnen im Warmen Wein und Essen sind eine herrliche Möglichkeit, mit Freunden zusammen zu sein«, unterstützte Amanda Frau Nüßler, »ich gebe allerdings zu, dass ich einem Hasen nicht gern selber das Fell über die Ohren ziehe.«

»Bevor Ihr anfangt, Erfahrungen auszutauschen, erinnere ich ganz rüde daran, dass hier auf Fehmarn jemand herumläuft, der Luderkuhlen missbraucht. Deshalb vor allem beschäftigen wir uns gerade mit ihnen.«

»Richtig, jetzt erinnere ich mich!« Frau Nüßler sah Olivia erstaunt an: »Beschäftigen Sie sich ernsthaft mit diesen grässlichen Entdeckungen? Sind Sie am Ende Journalistin?«

»Nein, bin ich nicht. Ich will auch gar keine Sensation, überhaupt nicht. Nur – fassen will ich diesen Kerl, bevor er ein viertes Opfer übertölpelt.«

»Bisher war doch immer nur von einer Leiche die Rede …?«

»Ja, bis jetzt. Aber trotzdem: Amandas Freund Alexander Hyde ist verschwunden – mit einem identischen Text der ›Inselschutz‹-Vereinung wie in den zwei anderen Fällen als einzigem Kommentar …«

»Sie glauben also wirklich … das wäre zu entsetzlich!« Frau Nüßler schlug die Hände lautlos zusammen.

Aber Olivia ließ ihr keine Zeit zum Schaudern: »Frau Nüßler, Sie erwähnten vorhin das beträchtliche Gewicht eines toten Rehbocks. Halten Sie für möglich, dass eine Frau eine Leiche auf diese eigenwillige Weise entsorgen kann, wie sie gerade auf der Insel entdeckt wurde?«

Die Wirtin schüttelte den Kopf, sah ihre beiden Gäste mit leichtem Staunen an, schüttelte noch einmal den Kopf und ließ die Hände in den Schoß sinken. Sie überlegte: »Das halte ich für ziemlich ausgeschlossen. Die Gliedmaßen könnte eine Frau wohl tragen, aber der Rumpf ... nein, das ist ausgeschlossen. Harald Milz war ein schwergewichtiger Mann.«

»Und mehrere Frauen?« Olivia sah sie aufmunternd an.

»Was stellst Du Dir vor?«, hielt Amanda dagegen. »Eine Gruppe von Frauen, die kichernd ein großes, schweres, in Jutebahnen eingewickeltes Gebilde zwischen sich trägt und, statt auf der grünen Wiese ein opulentes Picknick daraus hervorzuzaubern, das Ding in eine Luderkuhle stopft? Ist doch nicht Dein Ernst!«

»Picknick würde man ohnehin am Strand machen«, ergänzte Frau Nüßler sachlich.

»Na eben, es kann nur ein Mann gewesen sein«, bekräftigte Amanda ihre These vom Frühstück.

»Oder mehrere?« Olivia sah wieder zu Frau Nüßler hinüber. »›Vereinigung Inselschutz‹ klingt nicht sehr einsam.«

»Nein«, stimmte ihr Gegenüber zu, »andererseits hat niemand etwas von dieser obskuren Vereinigung gehört, außer in Zusammenhang mit den Briefen. Das klingt in meinen Ohren sehr einsam.«

»Ja, es ist wohl nur ein Deckname, möglicherweise ein programmatischer, aber eben doch ein Deckname. Und je länger ich mir dieses flache Land vorstelle – das wird ein Steckenpferd von mir«, erklärte Olivia mit leichtem Lächeln, »desto mehr neige ich auch zu Amandas These, dass wir es mit einem Einzeltäter zu tun haben. In dieser Weite fällt ein Einzelner kaum auf. Man achtet nicht weiter auf ihn, denn er ist ohnehin immer wieder unterwegs. Jeder kennt ihn ...«

»Ein Nachbar ...« Frau Nüßler sah sie mit aufgerissenen Augen an.

Olivia stimmte zu: »So muss es sein, einer, der für alle dazugehört.« Sie sprang auf. »Als Nächstes versuche ich, die Süddeutsche

Zeitung anzurufen und herauszufinden, wer M.T. ist. Amanda, wo ist Dein Handy?«

Ihre Wirtin hatte sich ebenfalls erhoben: »Kommen Sie, benutzen Sie meinen Internetanschluss so viel Sie wollen, manchmal hilft er, schneller etwas herauszufinden. Das Telefon steht gleich daneben. Es kostet mich nicht mehr, wenn Sie es mitbenutzen. Nur keine falsche Scheu.« Damit schob sie Olivia beinahe vor sich her. »Ein Nachbar …«

9

»M.T. ist Moritz Tannenberger. Er geht auf die sechzig zu, ist weder groß noch klein, weder auffällig dick noch schlank, die Haare gelichtet. Aus dem Alter schließe ich, dass sie grau sind, jedenfalls waren sie mal lockig. Er trägt eine helle Hornbrille aus der Zeit, als die Gläser noch groß waren. Kannst Du ihn Dir ausreichend vorstellen?«, mit dieser Frage stieß Olivia die Tür zu dem Hotel im Zentrum auf, in dem sie sich mit Alexander hatten treffen wollen. Sie blieben neben der Bar stehen. Genau wie sie jetzt hatte vor Tagen Felix Picard hier gestanden und die Augen über die Gäste wandern lassen auf der Suche nach jemandem, den er nicht kannte. »Nicht da, oder?« Sie drehte sich zu Amanda um.

»Kann ich Ihnen vielleicht behilflich sein?«

Olivia drehte sich wieder zurück. Vor ihr stand die Chefin des Hauses, genauso groß oder klein wie sie selbst, schwarz gekleidet, mit kurzen schwarzen Haaren und sehr dunklen Augen, sie war richtig hübsch. ›Attraktiv passt besser‹, überlegte Olivia im Stillen, ›bei so viel Power.‹ Laut antwortete sie: »Ja, gern. Wir suchen Herrn Tannenberger.«

»Er hat sein Essen auf ein Uhr bestellt. Aber ich kann feststellen, ob er auf seinem Zimmer ist.« Sie verschwand wie ein dunkler Schatten. Dabei war es jetzt drinnen heller als am Donnerstagabend, weil Tageslicht durch die Fenster fiel, aber die Mischung mit künstlichem Licht suggerierte Olivia Abendstimmung. »Schau mal«, bat sie Amanda, »wir stehen auf einer Zeitschwelle: Da vorn bei den Fenstern ist Mittag und«, ihr Arm beschrieb einen Halbkreis, »am Ende der Bar ist Abend. Der Raum ist so lang, dass ihn das künstliche Licht im Verein mit Spiegeln und Chrom in Zeitzonen einteilt.«

Ehe Amanda ganz begriffen hatte, worum es Olivia ging, kehrte der Schatten zurück: »Herr Tannenberger kommt herunter. Ich habe hier für ihn gedeckt, mögen Sie Platz nehmen?« Die Chefin deutete auf den Tisch, an dem die beiden bei ihrem ersten Besuch gesessen hatten.

»Auch in diesem Punkt eine Wiederholung von Donnerstagabend. Kurios, oder?«

Bevor Amanda antworten konnte, bog ein Mann um die Bar, auf den die gerade gehörte Beschreibung genau passte – bis auf die Haare, sie waren schneeweiß. Olivia, die die Lehne ihres Stuhles noch in der Hand hielt, ließ sie fahren und reichte ihm ihre Rechte: »Herr Tannenberger, mein Name ist Olivia Lawrence, das ist meine Freundin Amanda Cranfield.« Während er Amanda begrüßte, arbeitete es in seinem Gehirn so deutlich wahrnehmbar, dass sich über Olivias Gesicht ein Lächeln breitete: Mit dieser Offenheit würde sie zurechtkommen.

Sein Blick wechselte von Amanda zu ihr zurück: »Lawrence ist ein englischer Name – Frau oder Misses?«

»Völlig unwichtig.«

»Abgeblitzt. Lassen Sie mich noch einmal abblitzen, wenn ich irre: Schreiben Sie die ›Londoner Skizzen‹ für meine Zeitung?«

»Getroffen. Sie wissen das?«

»Mehr noch: Ich lese sie. Mit Vergnügen. Ich freue mich immer schon im Voraus darauf.« Er musterte sie ganz unverhohlen: »So also sehen Sie aus. Ich habe mich das nämlich beim Lesen manchmal gefragt, ohne viel Erfolg. Im Laufe der Zeit hatte ich eine reiche Auswahl von Möglichkeiten, je nach Thema und Tonlage.«

Olivia strahlte ihn an: »Ist das zu fassen! Sie mögen meine Stadt?«

»Oh ja, nur kenne ich London viel zu schlecht. Aber Sie helfen dem ja Stück für Stück ab. Setzen Sie sich, bitte, wir haben sicher noch viel zu reden. Darf ich eine Flasche Wein bestellen oder ist der Tag dazu noch nicht alt genug?«

»In der Hoffnung, nicht für humorlos gehalten zu werden, hätten wir lieber einen Tee.«

»Wunderbar, ich nämlich auch!« Er gab seine Bestellung auf und setzte sich zu ihnen. In bester Laune sah er seine neue Bekanntschaft an: »Arbeit oder Urlaub, was führt Sie nach Fehmarn?«

»Freundschaft«, lächelte Amanda ihr gesellschaftliches Lächeln.

»Ja, es gibt immer noch eine dritte Möglichkeit.« Tannenberger grinste. »Aber Sie haben sicher nicht mich damit gemeint?«

»Nein, um uns in die Zukunft zu beamen, sind wir zu altmodisch. Ich erhalte mir gern meinen Optimismus, solange es geht.« Amanda machte eine Pause, in der sie ihr Gegenüber nicht aus den Augen ließ: »Wir wollten Alexander Hyde besuchen.«

Neugier glomm in Tannenbergers Augen auf, es entging Olivia nicht. »Er ist der Freund, der Sie nach Fehmarn lockte?«

»So ist es. Er lebt einen Teil des Jahres in London, wussten Sie das?«, forschte Olivia.

»Ich weiß nicht viel über ihn. Sie sollten eine ›Skizze‹ über ihn schreiben. Ein polyglotter Londoner Künstler, tief in norddeutsche Landschaft eingelassen … passt sehr gut in Ihre Reihe. Danach würde auch ich über ihn Bescheid wissen.« Er sah von Amanda zu Olivia und wieder zurück: »Haben Sie ihn getroffen?«

»Nein, weder in London, wo er sich angekündigt hatte, noch hier.«

»… wo seine Plastik ›Fehmarn – Brücke in Europa‹ ohne ihn eingeweiht wurde.«

»Waren Sie bei der Einweihung dabei?«

»Nein, ich kam erst am Tag danach. Den Journalisten in mir interessiert der Verschwundene mehr als der Vorhandene.« Er sah auf. Schwarz und diskret stand die Chefin des Hotels im Hintergrund. »Mein Essen ist fertig? Wunderbar, mein Magen knurrt schon. Vorausschauend wie meistens haben Sie sicher drei Portionen in der Küche?« Auf ihr zustimmendes Nicken hin sah er seine Gesprächspartnerinnen erwartungsvoll an: »Sie werden mir das Vergnügen machen, mit mir gemeinsam zu essen? Die Küche dieses Hauses ist nur zu empfehlen. Inzwischen bin ich ganz sicher, dass wir viel zu reden haben werden. Dazu müssen wir uns stärken. Also?«

Er erntete Zustimmung.

»Aber bitte für mich nur eine kleine Portion. Ich habe den halben Vormittag gefrühstückt, und das ist noch nicht sehr lange her.« Olivia hörte seiner Bestellung aufmerksam zu. Offensichtlich konnte er Menschen schnell für sich gewinnen. Er traf auf ihren musternden Blick und hielt ihn aus.

»Wir sitzen hier im Zeichen des verschwunden Hyde, richtig? – Könnte es sein, dass er sich in Jekyll verwandelt hat und irgendwo in aller Ruhe malt?«

»Nein!«

Tannenberger betrachtete Amanda genau: »Eine entschiedene Antwort! Sie kennen ihn, ich nicht.«

»Wenn Sie selbst das glauben würden, säßen Sie nicht hier«, spielte Amanda den Ball zurück.

»Daran ist was Wahres. Und wie geht die Geschichte jetzt weiter?«

Das Essen wurde serviert. Olivia war für die dadurch entstehende Bedenkzeit fast dankbar. Sie sah dem weißhaarigen Mann mit der jungenhaften Stirn zu: seine Art beiläufiger Konversation, während die Chefin das Essen vorlegte; seine Weise, das Fleisch zu zerteilen. Eine Zusammenarbeit könnte funktionieren.

»Was interessiert Sie an dem verschwundenen Hyde?«, antwortete Olivia mit einer Gegenfrage.

Tannenberger aß in Ruhe weiter. Als er endlich aufsah, musterte er seine Gäste noch einmal, bevor er erwiderte: »Er ist nicht der Erste, der von der Insel auf Nimmerwiedersehen verschwindet, wissen Sie das?« Amanda bestätigte mit einer leichten Kopfbewegung. »Sie haben Zeitung gelesen?« Amanda bestätigte wieder schweigend. »Gut. Dann wissen Sie auch, was aus dem ersten Verschwundenen geworden ist … grausig! Mich interessiert, wer dahintersteckt!«

»Und wie wollen Sie das herausfinden?« Olivias Frage klang ganz harmlos.

»Das weiß ich noch nicht. Ich weiß nur, dass ich dieses Mal länger aushalten und tiefer graben will als in den ersten beiden Fällen! Mit dem dritten Brief ist für mich endgültig klar, dass wir es mit einer Serie zu tun haben. Ich finde Serienmörder eine aufregende Spezies Mensch. Natürlich muss man sie trotzdem stoppen. Journalisten arbeiten und denken anders als die Kripo, vielleicht kommt man gemeinsam zum Ziel. Und bis dahin habe ich fesselndes Material für meine Zeitungsartikel. Hoffentlich, bisher war es nicht so.« Er lehnte sich zurück und schwieg. Kurz darauf zogen sich seine Mundwinkel nach oben: »Ich habe meine Deckung verlassen, jetzt sind Sie dran.«

Olivia lachte frei heraus: »Was sagt die Kripo zu Ihren Ambitionen?«

»Ich bin ihnen lästig wie jeder Journalist, der zu viele Fragen stellt. Aber noch falle ich nicht besonders auf, weil ich keine speziellen Fragen stellen kann. Ich weiß einfach nichts, was sie nicht schon wüssten. Keiner von uns weiß wirklich etwas. Wir alle mahlen auf der Stelle im Nebel. Die ›Vereinigung Inselschutz‹ kann sich ins Fäustchen lachen.« Ein paar Bissen später fuhr er fort: »Mein Hauptinteresse gilt ökologischen Fragen. In dem Zusammenhang kennen mich einige Leute hier auf Fehmarn: Landwirte, Fischer, Naturschutzleute, und ich kenne die Insel ganz gut. Scharf besehen war es die Titulatur ›Vereinigung Inselschutz‹, die ursprünglich meine Neugier weckte. Die Kriminalfälle hätten das aus sich heraus nicht geschafft.«

Olivia saß plötzlich kerzengerade: »Die Polizei hat an mehreren Stellen Leichenteile gefunden – wo? Wissen Sie das?«

»In Ludergruben oder Ähnlichem.«

»Das meine ich nicht. Wo liegen diese Löcher? Wir müssten sie in eine Karte einzeichnen, vielleicht würde uns das weiterhelfen.«

Tannenberger sah sie überrascht an: »Das ist auch eine Möglichkeit. Bisher habe ich mich mit hundert Leuten über ökologische Fragen unterhalten, ohne dem Geheimnis dieses Inselschutzbundes einen Zentimeter näher zu kommen.«

»Wie wichtig sind Ihnen Naturschutzfragen?«

»Eminent wichtig. Sie schlagen noch meine Begeisterung für Serienmörder. Warum?«

»Weil Sie offenbar dem Unterzeichner der Briefe über diese Linie näher zu kommen hoffen. Der ›Inselschutz‹ könnte aber auch Tarnung sein.«

»Was bringt Sie zu dieser Annahme?«

»Die Ölfarbe an den Leichenfunden. Ich halte sie für einen Kunstfehler! Es ist Farbe des Herstellers, den die Malergruppe um Alexander Hyde verwendet. Der Täter legt eine Spur direkt zu ihnen. Warum? Gleichzeitig entsorgte er sein Opfer so sorgfältig, dass es ohne diesen Missgriff des Geocachers noch immer unentdeckt wäre. Warum eine falsche Spur zu etwas legen, dass nie entdeckt werden soll? Wenn man dies beides betrachtet, könnte die Unterschrift ›Vereinigung Inselschutz‹ eine weitere falsche Spur sein.«

»Aber was für einen Zweck haben Morde und Briefe als den, das ökologische Bewusstsein der Fehmaraner aufzurütteln?«

»Welches ökologische Vergehen hat Alexander Hyde auf dem Gewissen?«

Tannenberger grummelte: »Keine Ahnung. Was glauben Sie, wie mich diese Frage schon umgetrieben hat!«

»Und nie Zweifel daran bekommen, ob Inselschutz ausschließlich Naturschutz meinen könnte … Was macht Sie so sicher?«

Er schüttelte leicht den Kopf hin und her: »Ob Sie's glauben oder nicht: die Tatsache, dass die Briefe mit einer Schreibmaschine geschrieben wurden. Wer schreibt denn heute nicht mit PC? Das stellte mir zwingend das Bild eines Ökofreaks vor Augen, der jede technische Neuerung ablehnt, die Energie verbraucht. So einfach war das. Ich halte oder hielt das für seinen Kunstfehler, wenn Sie so wollen.«

Olivia nickte: »Das hat etwas Schlagendes … Was sagt denn die Polizei dazu?«

»Nun, sie forscht jetzt nach Leuten, die keinen Computer haben, obwohl man es von ihrem Berufsprofil her annehmen müsste.«

Die Eingangstür knallte und die Tür zum Barraum flog so energisch auf, dass alle Blicke dorthin schossen. Ein Mann im offenen Mantel stürmte herein, und auf Tannenberger zu: »Moritz, sie haben einen Vertreter aus Großenbrode verhaftet! – Ein Pils!«, rief er zur Theke hinüber, dann setzte er sich ohne Umstände zu ihnen. »Kann ich reden? Oder störe ich gerade wahnsinnig?« Ein rascher Blick streifte die Runde.

»Rede um Himmels willen!«

»Gut, alles klar. Die Kripo hat sich gefragt, wie der Geocacher zu seinem Fund kommen konnte. Es war wirklich ein dämlicher Zufall. Zwei Meter weiter fanden sie, was Tobias eigentlich gesucht hatte: einen ordentlichen flachen Haufen alter Zweige, darunter in einer Mulde eine Plastiktüte, darin eine weitere Plastiktüte und in der eine witterungsfeste Dose und darin Totenköpfe, Fledermäuse, Knochen und Gespenster, alles sehr klein und aus Plastik. Das Internet erzählte ihnen, dass der zu diesen Scherzartikeln gehörige Mensch sich den Decknamen Mabuse gegeben hatte. Die Kripo teilte seinen Humor nicht, ermittelte seine wahre Identität und verhaftete ihn ohne weitere Umstände.« Der Redner griff zu seinem Glas und leerte es in einem Zug.

»Es muss der falsche Mann sein, denn so viel Dummheit ist einfach unwahrscheinlich«, mutmaßte Tannenberger.

»Du hast den Mann ja nicht gesehen! Er ist klein und mausgrau – alles, die Gesichtsfarbe, die Haare, die Kleidung. Sie haben ihn nach Eutin gebracht, ich muss nachher noch hinüber. So einer, den keine Frau beachtet – wer weiß, wozu das in einem mausgrauen Gehirn führen kann.«

»Wenn er so klein ist, wie Du uns glauben machen willst, ist er nicht stark genug, um Harald Milz zu entsorgen, jedenfalls nicht dessen Rumpf.«

»Vielleicht liegt der noch in seiner Tiefkühltruhe im Keller, das würde er ja wohl hingekriegt haben!«

»Hoffentlich ist sein Keller groß genug für eine dritte Kühltruhe.« Moritz Tannenberger stemmte die Hände gegen die Tischkante: »Ich muss mir das selber ansehen, Du hast doch nichts dagegen?«

»Ich doch nicht, deswegen bin ich ja hier.«

»Abgemacht.« Tannenbergers Blick wanderte weiter zu Olivia und Amanda: »Ich würde Sie gerne wiedersehen, ließe sich das machen?« Ein ›Oh, ooh‹ seines Kollegen überhörte er und speicherte Amandas Handynummer in sein Gerät ein. Draußen vor dem Hotel verabschiedeten sie sich und die beiden Männer fuhren gemeinsam davon.

»Auf der Jagd nach einer Zeitungsmeldung oder auf der Fahrt zu einem Baustein in Sachen Mörderjagd … wird sich herausstellen. Amanda, Tannenberger gegenüber hast Du einfach ausgeschlossen, dass Alexander auf eigene Faust untergetaucht ist …«

»Natürlich! Meine Hoffnung binde ich doch nicht jedem auf die Nase und bestimmt keinem Journalisten, auch wenn er noch so vertrauenerweckend guckt.«

»Verstehe.« Olivias Blick schweifte über die Breite Straße und den Marktplatz, hing für einen kurzen Augenblick an dem Backsteinrathaus mit seinen farbigen Verzierungen und verfing sich am Kaufhaus. »Amanda, eine Waschmaschine zu haben, ist praktisch; aber nur, wenn man etwas hat, das man hineinwerfen kann. Wenn wir länger hierbleiben, und so sieht es ja wohl aus, muss ich ein paar nützliche Kleidungsstücke kaufen, um die Maschine zu beschäftigen. Du womöglich auch?«

Amanda neigte den Kopf, dieses Mal in theatralischem Vergnügen ziemlich tief: »Ich folge Dir und werde sehen. ›Einmal China und zurück!‹ Das sagt Frau Nüßler zu diesem Kaufhaus.«

Olivia sah sie etwas ratlos an.

»Ganz einfach: Du musst nur auf die Etiketten der Kleidungsstücke schauen. Also: auf nach China!«

Olivia trödelte durch alle Abteilungen, kaufte, was sie brauchte, und trödelte weiter. »Du benimmst Dich wie der perfekte Tourist«, flüsterte Amanda irgendwann. Sie tat es der Freundin gleich und versorgte sich gleichfalls mit Wäsche, Watte und Zahnpasta. Im Supermarkt kauften sie Waschpulver und Lebensmittel und kehrten mit vollen Plastiktüten zu Frau Nüßlers Haus zurück.

»Wie schnell die Menschen sich von ihrem Alltag wieder verschlucken lassen«, wunderte Olivia sich auf dem Heimweg.

»Samstag trugen alle Gerüchte und Klatsch davon, heute schon wieder Sonderangebote. Ich bin so lange zwischen den Ständern herumgegeistert, weil ich auf neues Gerede hoffte. Fehlanzeige. Total. Jetzt fühle ich mich ziemlich angestaubt. Magst Du einen Renner am Strand machen?«

10

Der Strand von Katharinenhof. Wieder knirschten die Steine und der feuchte Sand unter ihren Sohlen. Der Himmel hatte sich inzwischen mit gleichmäßigem Grau überzogen, dunkler dort, wo er mit dem Meer zusammenzustoßen schien. An einer großen Wasserlache blieben sie stehen. Das Wasser am Grund war tiefrot gefärbt, dabei völlig klar. Sie standen und schwiegen. »Sag mal was«, forderte Olivia schließlich die Freundin auf.

»Ich bin keine Geologin. Keine Ahnung, was die Farbe uns erzählt.«

»Schade. Jedenfalls wirkt sie unheimlich, wie alles im Moment. Ein menschenleerer Strand, an dem das Meer nagt. Schau, wie ausgewaschen dieser Wurzelballen über der Steilwand hängt. Ein Winter mit mehreren Stürmen wird den Baum entwurzeln. Und was hält dann die Küste?«

Sie gingen weiter. Der Strand beschrieb einen leichten Bogen. Dort, wo er wieder ins Meer vorsprang, hielt eine Baumgruppe seine sandige Erde. Die letzten gelben Blätter waren die einzige Farbe in dem zunehmenden Grau. Und die roten Haare einer Gestalt, die im Schutz der Küste langsam dahinging. Sie war auch am Sonntag dort gegangen. Olivia beschleunigte ihren Schritt, als sie um die Ecke verschwand. Die vielen Steine hielten sie davon ab, sich in Trab zu setzen. Der Strand vor ihr war menschenleer, als sie um den Vorsprung bog.

»Weg.«

»Geister pflegen zu verschwinden, wenn die Menschen aufdringlich werden«, stellte Amanda ruhig fest. »Unsere eiligen Tritte knirschten lauter als das Meer murmelt.«

Olivia ließ ihre Augen noch einmal sorgfältig wandern, bevor sie sich entschlossen umdrehte. »Lass uns zurückgehen, es wird immer grauer, selbst das Land kommt mir darin unscharf vor.«

Sie schauten, statt zu reden, jetzt auf dem Rückweg vor allem aufs Meer hinaus. Es war leer in seiner ganzen Weite. Nicht einmal Möwen flogen darüber. Als sie in dem Pfad durch das Wäldchen klippaufwärts stiegen, kam ihnen von oben jener Seemann entgegen, der Erster Offizier auf der ›Gorch Fock‹ gewesen war. Sie näherten sich bis auf Hörweite, dann trat er zur Seite. Auf seinen höflichen Gruß hin blieb Olivia stehen. Sie erwiderte ihn und schloss gleich eine Frage an: »Sie sind von hier, nicht wahr? Ich habe Sie in den letzten Tagen häufiger gesehen.« Die Falten in seinem Gesicht vertieften sich, freundlich und ein wenig belustigt. »Unten am Strand steht eine Wasserlache mit rot gefärbtem Wasser auf dem Grund. Ich habe eine solche Farbe in einer Pfütze noch nie gesehen. Kann man sie erklären?«

»Sie entsteht durch gelöstes Eisen. Es tritt hier immer wieder in Kontakt mit der Oberfläche. Auch in den Kalkschalen mancher Feuersteine sehen Sie diese tiefrote Farbe.«

»Fabelhaft! Darf ich Ihre Kenntnisse mit einer weiteren Frage anzapfen?«

»Nur zu.«

»Es gibt hier mitten in den Äckern immer wieder Gebüsch, an einer Stelle konnte ich sehen, dass es an einem Wasserloch steht. Das ist doch sehr ungewöhnlich ...«

Aufmerksamkeit mischte sich in seinen weiterhin freundlichen Blick. Er musterte sein Gegenüber, bevor er antwortete: »Das sind Sölle oder Kuhlen, wie man hier auch dazu sagt. Sie sind eine Folge der letzten Eiszeit. Beim Auseinanderbrechen der abtauenden Gletscher gab es besonders harte Einzelteile, die vom vorbeiströmenden Schmelzwasser mit Geröll zugedeckt wurden und erst sehr viel später endlich auch tauten. Dieses sogenannte Toteis ließ Hohlräume zurück, die voll Wasser liefen. Hier auf Fehmarn sind die Gletscher in besonders viele, besonders kleine Toteisstücke zerfallen, das Land ist übersät von Söllen. Sie finden sie bei genauem Suchen auch in den Dörfern und auf großen

Höfen. Hier, wie übrigens auch in Mecklenburg, benutzten die Bauern sie als Viehtränken und Brandschutzteiche.«

»Und heute lässt man sie zuwachsen?«

»Das klappt nicht, dazu sind sie zu tief. Jedenfalls nehme ich das an, denn selbst dort, wo an ihren Rändern Schilf wächst, bleibt diese Pflanze am Rand. Nein, in den Äckern dient das Gebüsch zur Randbefestigung und als Markierung. Es wäre doch verhängnisvoll, wenn ein Traktor geradewegs hineinfahren würde.«

»Und warum schüttet man sie nicht einfach zu? Damit wäre die Gefahr beseitigt.«

»Süßwasser ist ein Schatz, den man hütet – auf dem Meer ist man sich dessen sehr bewusst. Und eine Insel unterscheidet sich in dieser Hinsicht kaum von einem Schiff.«

Olivia zögerte scheinbar, kam dann aber doch mit der nächsten Frage heraus: »Warum graben die Jäger Ludergruben, wenn es so viele Wasserlöcher gibt, in die man die Reste einfach hineinwerfen könnte?«

»Ludergruben oder -kuhlen sind Erdlöcher. Entweder versucht man, damit Füchse in eine Falle zu locken, oder aber das Luder wird den Ameisen und anderen Kleinstlebewesen zum Zersetzen übergeben. Was, glauben Sie, würde aus dem klaren Süßwasser, wenn man es für solche Zwecke missbrauchen würde?«

Olivia mimte Zerknirschung ob so viel städtischem Unverstand und versuchte ein Resümee: »Das heißt, man umpflanzt die Sölle, um sie zu schützen, ansonsten kümmert man sich nicht um sie?«

»Ja, so ist es wohl. Es gibt Höfe, die durch entsprechende Randbepflanzung aus einer Viehtränke einen Zierteich gemacht haben oder man hält die Wiese kurz und stellt Bänke darum herum, wenn so eine Kuhle in einem Dorf liegt. Es gibt hier übrigens einen Mann, der sie als Hobbybiologe für Versuche nutzt: Er siedelt Froscharten und Schnecken in ihnen an oder seltene Schilfarten. Er ist viel unterwegs, immer mit dem Rad und meist mit einem selbstgebauten Anhänger, vielleicht haben Sie ihn auch schon gesehen so wie mich. Wenn Sie Glück haben, erzählt er Ihnen etwas über seine Versuche. Aber gehen Sie behutsam mit ihm um.« Er hob die Hand zum Gruß wie an eine nicht vorhandene Offizierskappe: »Wir treffen sicher wieder zusammen auf einem unserer Landgänge.« Damit setzte er seinen Weg klippabwärts fort.

Amanda schüttelte sich leicht: »Komm, wir brauchen einen heißen Tee!«

»Hm … ja«

»Was heißt das? Ist Dir nicht auch langsam ein wenig ungemütlich?«

»Schon … ungemütlich und angeregt zugleich … Ist noch Rotwein in der Flasche? Ich meine, der Tee schmeckt hier irgendwie nicht so richtig … Es muss an diesem meernahen Süßwasser liegen.«

»Die Sölle scheinen Dich ja sehr zu beschäftigen. Rotwein jedenfalls haben wir genug. Wir haben heute zwei neue Flaschen gekauft, hast Du das vergessen?«

»Stimmt, jetzt erinnere ich mich wieder daran. Dann komm, ich bin einverstanden mit heißem Tee.«

»›Pigalle‹ – an der Rückseite des Kaufhauses zwischen Rathaus und Kirche –, das kann nicht schwer zu finden sein. Und es ist nicht weit. Mit Suchen zehn Minuten, wenn wir unbedingt pünktlich sein wollen.«

»Wollen wir nicht. Warum sollten wir vor Moritz Tannenberger dort sein?« Amanda schlüpfte aus ihren Schuhen und legte die Füße hoch.

Olivia, die vor dem Tisch kniend den Stadtplan studiert hatte, ließ sich rückwärts auf die Ellenbogen gleiten und streckte sich ebenfalls aus. Sie genoss den dicken Teppich. »Es scheint weiterzugehen. Er klang, als hätte er einen Sack voll Neuigkeiten.«

»Wie viele Deiner Karten willst Du eigentlich vor ihm auf den Tisch legen? Du solltest Dir darüber bei Zeiten Gedanken machen, denn er will für seine Informationen vielleicht Gegenleistungen. Und wir wissen nichts über ihn, außer dass er wie Du für die Süddeutsche Zeitung schreibt und diese unheimlichen Vorfälle auf Fehmarn spannend findet. Das ist ziemlich wenig.«

»Er schien mir geradeaus, offen und zupackend, alles Eigenschaften, mit denen ich gern umgehe.«

»Trotzdem!«

»Richtig. Wir sind Frischlinge auf dieser Insel und müssen vorsichtig sein. Deswegen habe ich die letzten anderthalb Stunden mit der Süddeutschen telefoniert und im Internet recherchiert. Stichwort: Moritz Tannenberger. Ergebnis: Er ist für seine Zeitung in Norddeutschland unterwegs – Niedersachsen, Bremen, Hamburg und Schleswig-Holstein. Ich habe es mir auf der Karte angesehen, ein großes Gebiet rein nach Quadratkilometern. Und er schreibt relativ viele, relativ große Artikel. Durchaus machbar, aber doch echte Arbeit, denn die Artikel sind nah an den jeweiligen Menschen und dicht gespickt mit lokal gebundenen Informationen. Ich glaube nicht, dass er sie aus anderen Zeitungen zusammengeschustert hat.«

Amanda sah sie ein wenig überrascht und abwartend an.

»Schlussfolgerung: Er kann unter diesen Bedingungen Fehmarn und die Fehmaraner nicht genau genug kennen, und sie ihn nicht, um unauffällig Leichen zu be- und entsorgen. Von Motiven und so weiter ganz abgesehen.«

»Das ist vielleicht keine große Überraschung, aber doch angenehm zu wissen. Noch mehr Einsichten?«

»Ökologie ist auch in seinen Artikeln ein eindeutiger Schwerpunkt, dazu Umweltkriminalität, Sicherheitsfragen in den Häfen, Minderheitenprobleme und Kriminalität hinter den Deichen und in Hamburg – kurz: Beim Lesen seiner Artikel ergibt sich ein ähnliches Bild wie beim Zuhören heute Mittag. Das heißt, meiner Meinung nach können wir offen zusammenarbeiten, ohne dass ich ihm gleich mein Leben erzählen will.«

Sie betraten das ›Pigalle‹ mit jenem Maß an Verspätung, das noch nicht verärgert. Moritz Tannenberger kam ihnen erfreut entgegen und nahm ihnen ihre Garderobe ab. Sie setzten sich so entfernt von Theke und Eingang, wie es in dem relativ kleinen Raum möglich war. Olivia hatte den Schattenriss eines überlebensgroßen Toreros auf einer gelben Wand vor sich. Er erinnerte sie an die Geschichte von ›Carmen‹ oder an Sherry-Reklame. Tannenberger entpuppte sich als passionierter Teetrinker. Mit ihrem Einverständnis bestellte er eine besondere Teemischung, die bald in einer großen Kanne auf einem Stövchen neben ihnen auf dem Tisch stand.

»Haben Sie den Verhafteten gesehen?« Für Olivias Ungeduld hatten sie genug geplaudert, um sich aufeinander einzustimmen, sie konnten zum Thema kommen.

Tannenberger grinste: »Hab' ich, er ist so klein und mausgrau, wie Matthias sagte. Der würde nie auch nur einen Arm vom Rumpf trennen können, geschweige denn ein Bein, ausgeschlossen. Wir durften uns mit ihm unterhalten, der Kripo zuarbeiten, sozusagen. Der Mann ist Vertreter für jene Scherzartikel, die er in den Geocache gelegt hatte, im Weiteren für jenen überflüssigen Schnickschnack, den man zu Halloween und im Fasching kaufen kann, für Partys der besonderen Art und so weiter. In seiner Freizeit schaut er alte Filme, er liebt Stummfilme, interessiert sich für Vampire, Gespenster und Okkultes. Alles grau bis düster. Er lebt allein.«

»… und treibt sich im Internet herum …«

»Warum?«

»Wie wäre er sonst auf Geocaching gestoßen?«

»Ganz anders, er hat sich ein Pilotsystem für sein Auto gekauft. Er kann sich schlecht orientieren, sagte er. Das ist für einen Vertreter, der ständig über Land fährt, nicht ganz glücklich. Deshalb leistete er sich dieses neue Gerät. Die Beschäftigung damit führte ihn weiter zu jenem Spiel. Er fand es lustig, sah sofort die zusätzliche Werbemöglichkeit und schuf sich einen Grund, gelegentlich nach Fehmarn hinüberzufahren.«

»Wieder ›Warum‹?«

»Weil man sein Versteck und dessen Inhalt in Ordnung halten muss. Es gehört offenbar zum Ethos der Geocacher, dass die Angaben im Internet wirklich stimmen, man also nicht vor einem leeren oder aufgelassenen Versteck steht und so weiter. Also muss jeder, der einen Schatz ins Land trägt, sich auch regelmäßig um ihn kümmern.«

»Außerdem gehört es mit zum Vergnügen, nachzulesen, wie viele Leute vorbeigekommen sind, woher sie kamen und welche Nachricht sie hinterlassen haben«, ergänzte Amanda, »es handelt sich um eine ausgedehnte Pseudokonversation.«

»Kritisch?« Tannenberger sah sie an.

»Nein, gar nicht. Es ist offenbar für viele ein großer Spaß. Soweit ist es in Ordnung. Einmal begleitete ich einen Bekannten, der mir dieses neue Phänomen vorführen wollte. Auf dem Notizblock in seinem Versteck standen zwischen knappen Angaben, die lediglich Datum und Herkunft der Finder verrieten, auch sehr ausführliche Texte. Sie wirkten wie Teil eines ernsthaften Gedankenaustausches, der aber doch keiner sein kann, weil niemand jemanden kennt oder jemals Antwort bekommt. Dennoch hatten die Schreiber ganz offensichtlich das Gefühl, Teil einer weltumspannenden Gemeinschaft Gleichgesinnter zu sein. Das meine ich mit ›Pseudo‹. Diese Sorte Gemeinschaftsgefühl ist ein Fake.«

»Also doch kritisch.«

»Nicht dem Spiel gegenüber, wohl aber gegenüber dieser Selbsttäuschung. Haben Sie Mabuse nach den Nachrichten in seiner Dose gefragt?«

»Das brauchte ich nicht, er kam selber darauf. Er ist nämlich sehr stolz darauf, aus wie vielen Gegenden Leute seine Dose gefunden haben. Er malt sich aus, wie in all diesen Orten jetzt Reklame für seine kleinen Plastikschädel gemacht wird. Auf Fehmarn machen offensichtlich vor allem Deutsche und einige Österreicher Ferien.«

»Vertreibt er seine Artikel auch übers Internet?«, wollte Olivia wissen. »Es ist der einzige Weg, Nutzen aus dieser Art der Werbung zu ziehen, oder?«

»Das habe ich ihn nicht gefragt«, musste Tannenberger zugeben. »Ich habe ihn reden und Matthias Fragen stellen lassen und beiden zugehört. Der Mann ist letztlich durch den gleichen Zufall in Polizeigewahrsam gekommen wie Tobias, der Journalist, der Spaß am Geocaching hat, zu den Leichenteilen. Beide haben mit den toten Männern rein gar nichts zu tun. Dieser Vertreter beschäftigt sich mit dem, was ich aufgezählt habe, mit nichts mehr. Er ist uninteressant und unschuldig und wir können ihn vergessen. Das schlage ich jedenfalls vor. – Einer anderen Frage von Ihnen bin ich nachgegangen«, er sah Olivia so aufmerksam an, als habe sie etwas verbrochen, »und bin von dem Ergebnis selbst verblüfft.«

Er zog aus einer Mappe, die unsichtbar auf dem Stuhl neben ihm gelegen hatte, eine Landkarte und strich das zurechtgeknickte Viertel auf dem Tisch glatt. »Hier hinein habe ich die Fundorte der Leichenteile eingetragen. Sie sammeln sich auf wenigen Planquadraten im Südosten der Insel, schauen Sie.«

Katharinenhof, Staberdorf, Staberholz. Das war alles. Olivia hob den Kopf: »Wie viele Planquadrate hat die Polizei denn bis jetzt untersucht?«

»Sie sind wirklich nicht leicht zufriedenzustellen«, wieder dieser aufmerksame Blick. »Die Beamten zeigten mir auf ihrer Karte, was sie bisher abgehakt haben: Das Land von Burgstaaken und Burgtiefe nach Osten bis zur Küste, im Norden von Burg haben sie in einer Linie über Niendorf und Klausdorf wieder nach Osten bis zur Küste alles durchstochert. Heute zur Feierabendzeit diskutierten sie, ob sie weitermachen sollen, und wenn, ob flächendeckend oder stichpunktartig. Sie verabschiedeten mich, bevor sie zu einem Ergebnis kamen.«

»Damit sind Hundestaffeln, Hubschrauber und Massenaufgebot aus diesem Winkel der Insel vorübergehend verschwunden. Was haben Sie weiter erfahren?«

»Im Grunde nichts. Die Großfahndung nach Hyde läuft auf Hochtouren, doch stellt die Kripo Eutin sich die Frage, ob man sie nicht abblasen soll. Die Identifizierung von Milz' Leichenteilen lässt sie überflüssig erscheinen. Welchen anderen Spuren sie möglicherweise nachgehen, erzählen sie mir nicht.«

»Also müssen wir unsere eigenen Fragen finden. Schwierig …« Olivia unterdrückte einen Seufzer. Dabei blieb ihr Blick an der Karte hängen, die zwischen ihnen lag. »Merkwürdig, die Fundorte der Leichenteile und die Domizile unserer Malergruppe liegen in den gleichen Planquadraten. Zufall?«

»Was sonst?« Amanda sah sie erstaunt an. »Oder möchtest Du Juro mit der Rolle des Täters beehren?«

»Lassen Sie uns diese Möglichkeit durchspielen«, schlug Tannenberger vor.

»Nein, das werden wir nicht!« Olivia saß ihm kerzengerade gegenüber. »Viel zu leicht kann man sich auf diese Weise Täter zusammenkonstruieren. Und wohin soll das führen?«

»In die Wüste? Einwand akzeptiert. Was schlagen Sie stattdessen vor?«

Olivias Augen streiften wieder über die Karte: »Wir können nur ganz pragmatisch vorgehen. Wo wurde Harald Milz zuletzt gesehen? Und wo Martin Gillhoff? Was hat die Polizei dazu herausgebracht? Einsicht in die alten Akten bekommen Sie wohl nicht?«

»Ohne Weiteres nicht. Ich müsste ganz konkrete Fragen stellen, dann kann ich die Leute manchmal dazu bringen, mit mir gemeinsam in den Papieren zu stöbern.«

Auf diese Antwort hin gestattete sie sich einen hörbaren Seufzer, dabei schob sich ihre Hand auf die Karte: »Diese Kreise markieren Fundorte von Leichenteilen, die zu Milz gehören. Das ist ein Faktum. Zerlegt haben muss der Täter den Körper bei sich zuhause, denn das dauert. Damit stellt sich die Frage, wie er ihn nach Hause bekam. Erinnern Sie sich an irgendetwas?«

Tannenberger schüttelte nachdenklich den Kopf: »Nein, die Männer galten als verschwunden, damit habe ich mich zufriedengegeben. Schon damals habe ich mich vor allem für die ›Vereinigung Inselschutz‹ interessiert. Ergebnislos, wie Sie wissen.«

»Ich bin inzwischen ziemlich überzeugt, dass diese unauffindbare Vereinigung ein Tarnname ist. Die Irreführung hat jedenfalls über alle Erwartungen funktioniert.« Dieser Aspekt vergnügte die Schriftstellerin in Amanda.

»Vielleicht ist es aber gar nicht als Irreführung gedacht gewesen. Vielleicht hat sich nur ein Einzelner als Gruppe ausgegeben und versteht sich ganz ernsthaft als Inselschützer«, Tannenberger hielt dies im Moment für das Wahrscheinlichste.

»Wir müssen näher an die Opfer herankommen«, grübelte Olivia laut. »Alexander wurde von seinen Freunden am 18. September zuletzt gesehen. Wir müssen die Nachbarn von Felix Picard fragen, ob sie ihn in den darauffolgenden Tagen noch gesehen haben, oder wenigstens Licht hinter Picards Fenstern. Er könnte noch Picards Auto benutzt haben, vielleicht musste er Lebensmittel einkaufen … Lauter normale Vorgänge, über die niemand nachdenkt oder gar redet. Wir müssen mit der Vermieterin von Gillhoff sprechen. Wissen Sie, in welchem Haus in Katharinenhof er wohnte?«

»Nein, tut mir leid.«

Olivia ließ sich von den vielen Neins nicht mehr stoppen. »Thea Henning finden wir im Insel-Gymnasium. Ihre Erinnerung ist ein Jahr alt, aber vielleicht wird's trotzdem gehen. Wir können im Maklerbüro aufkreuzen, falls es das noch gibt.« Olivia holte tief Luft: »Immerhin können wir etwas tun – morgen. Das erleichtert mich ein wenig.«

Tannenberger schenkte heißen Tee nach. »Für meine Person sehe ich noch nichts zu tun – sehr unbefriedigend. Werden Sie mir trotzdem morgen Abend berichten, was Ihr Tag erbracht hat?«

Dieses Mal war es Olivia, die ihr Gegenüber aufmerksam musterte. Schließlich nickte sie: »Morgen Abend um dieselbe Zeit hier.«

11

Langsam rollten sie durch die Lindenallee vor Katharinenhof. Obwohl der Himmel heute weiß verhängt war, leuchteten die Herbstblätter der großen Bäume golden. Links neben der Straße lagen einige Häuser. In welchem mochte Martin Gillhoff eine Wohnung gefunden haben? Amanda stellte ihren Wagen an den Straßenrand und zu Fuß gingen sie zurück. Die Häuser aus rotem Klinker mit weißen Fensterrahmen standen in großen, ordentlichen Gärten. Olivia öffnete die Gartenpforte des ersten Hauses, das zwei Türglocken hatte. Sie gingen noch auf das Haus zu, als die Tür sich öffnete und ihnen eine aufrechte Gestalt mit weißen, streng nach hinten gekämmten Haaren, die in einem Knoten zusammengefasst waren, entgegentrat: »Was wollen Sie?«

»Guten Morgen. Wir suchen das Haus, in dem der Architekt Martin Gillhoff wohnte.«

»Der ist schon lange weg.«

»Wir wollen ihn auch nicht besuchen. Wir möchten mit seiner Wirtin sprechen«, erklärte Olivia höflich.

»Wollen Sie die Wohnung mieten?«

»Ist sie denn noch frei?«

»Das weiß ich nicht. Jetzt um diese Jahreszeit steht vieles leer, das eigentlich vermietet ist. Da müssen Sie schon selber fragen. Es ist das vorletzte Haus kurz vor dem Ende der Allee.«

Olivia bedankte sich und folgte Amanda zurück zur Straße. Als sie die Pforte schloss, nickte sie der Frau noch einmal zu, bevor ihr Blick in die hohe Allee hineinglitt. »So einfach ist das: das vorletzte Haus in der Straße. Komm, lass uns ausschreiten.«

Das Haus war schnell gefunden. Gleich daneben, direkt an der Straße, lag eine Kuhle mit verschiedenen Blattpflanzen umsäumt, dahinter kurzgeschnittenes Gras. Das alles konnte noch zum Garten gehören, als eigene Süßwasserquelle sozusagen. Die Frau, die ihnen die Tür öffnete, wirkte auf den ersten Blick wie eine Schwester derjenigen, mit der sie gerade gesprochen hatten, nur dass ihre weißen Haare kurzgeschnitten waren. Ja, Herr Gillhoff hatte bei ihr gewohnt, die Wohnung habe sie wieder vermietet, an einen entfernten Vetter und seine Frau, da weiß man wenigstens, wen man im Haus hat.

Olivia sah die Frau an. Etwas Strenges lag auf ihrem Gesicht, ging von den Zügen um den Mund aus und wurde durch die hellen Augen, die sie fest im Blick behielten, nicht gemildert. Und doch, das glaubte Olivia zu spüren, war sie gesprächsbereit, wenn man nur Zugang zu ihrer Art fand. Das Bewusstsein der eigenen Fremdheit begann, eine Kluft aufzureißen. Im letzten Moment sprang sie hinüber: »Wir sind nach Fehmarn gekommen, um unseren Freund, den Künstler Alexander Hyde zu besuchen. Sie haben sicher in der Zeitung gelesen, dass er verschwunden ist, wie vor ihm der Architekt Martin Gillhoff. Wir versuchen nun, auf unsere Weise unseren Freund zu finden. Deshalb wüssten wir gern, wohin Herr Gillhoff ging, als Sie ihn zum letzten Mal gesehen haben. Wissen Sie das am Ende noch, nach den vielen Monaten?«

Die Mundwinkel der Frau zuckten leicht, ihre hellen Augen glitten von Olivia zu Amanda hinüber, dabei trat sie einen Schritt in den Hausflur zurück. »Kommen Sie herein. Ich muss mich in Ruhe erinnern, das ist ja alles schon so lange her.«

Sprachlos folgten die Freundinnen ihr in eine helle, sehr aufgeräumte Küche. Sie setzten sich auf die Eckbank, die Frau zog sich einen Stuhl heran, von dem aus sie gerade Gardinen abgenommen hatte, und setzte sich ihnen gegenüber. Unter dem Versuch, sich zu erinnern, stand sie wieder auf und holte einen Kalender, ein steifes Papier in DIN-A4-Größe, wie es den Tageszeitungen beiliegt. Sie legte es vor sich auf das weiß-blau karierte Wachstuch und strich darüber. »Hier war es, da kam mein Mann aus dem Krankenhaus, das war ein Donnerstag. Und am Tag davor hat Herr Gillhoff sich nach seinem Befinden erkundigt und ist dann zu einem Spaziergang weggegangen. Das war am Nachmittag. Schon etwas spät, dachte ich mir noch. Er machte seinen Spaziergang meistens zum Strand runter, das ist ja doch ein Stück zu gehen, und im Frühjahr wird es doch noch früh dunkel.«

»Wann genau war dieser Mittwoch?«

»Eine Woche vor Gründonnerstag, hier«, ihr Finger strich über den Kalender und hielt an der richtigen Stelle.

»Wirkte er anders auf Sie als normalerweise?«

Nach kurzem Sinnen kam die Antwort: »Nein, gar nicht. Er war freundlich wie immer, etwas schnell, aber daran hatte ich mich gewöhnt. Dann ging er die Allee hinunter nach Katharinenhof. Die Leute verschwinden schnell aus dem Blick hier, wissen Sie.«

»Sie sind ganz sicher, dass Sie ihn danach nicht wieder gesehen haben?«

»Ja, das war so. Mein Mann kam am nächsten Tag aus dem Krankenhaus, deswegen ging ich am Tag davor abends zu meiner Freundin. Wir haben richtig in Ruhe geklöhnt. Als ich wegging, war Herr Gillhoff nicht da, bei ihm war alles dunkel. Am nächsten Tag fragte mein Mann nach ihm, er wollte wohl jemanden zum Reden, ist für'n Mann ja langweilig, den ganzen Tag zu sitzen. So dick ist 'ne Zeitung ja auch wieder nicht. Und die zwei haben gern mal geredet über die Insel und so weiter. Ich bin also hinaufgegangen, aber er war nicht da, obwohl sein Auto in unserer Einfahrt stand.«

»Wissen Sie etwas über sein Handy?«

»Das hat er immer in seiner Wohnung oben gelassen, wenn er spazieren ging. Einmal am Tag wollte er seine Ruhe haben.«

»Sie sagten, er sei meistens zum Strand gegangen. Hatte er einen festen Weg für seinen Spaziergang?«

»So ziemlich, ja. ›Felder habe ich überall‹, sagte er immer, ›aber ans Meer komme ich sonst nicht so schnell.‹ Die Steilküste hinter Katharinenhof ist ja auch besonders schön, wissen Sie. Nur baden kann man da nicht gut. Deswegen ist der Strand auch im Sommer nicht richtig voll, das gefiel ihm. Jetzt wird's dann voller, angeln kann man gut dort.«

Olivia zog eine Karte aus der Tasche ihrer Wetterjacke: »Bitte zeigen Sie mir den Weg, den Herr Gillhoff ging.« Sie zuckte erschrocken zusammen, als sie die Karte glatt strich, aber ihre Gastgeberin wunderte sich nicht über die kleinen Bleistiftkreise, sie konzentrierte sich ganz auf die Frage.

»Er ging die Allee hinunter und geradewegs über den Hof, hier, sehen Sie. Ich hatte ihn mit den Leuten bekannt gemacht und die Erlaubnis für ihn bekommen, bei ihnen durch zum Strand zu gehen. Die öffentliche Straße wär' doch ein tüchtiger Umweg. Sehen Sie hier.« Sie fuhr mit dem Finger die Straße entlang, die Amanda immer fuhr. »Er ging hier – und da hinunter – und am Wasser entlang«, ihr Finger zeigte den Fremden, was sie meinte, »und durch den Wald zurück oder umgekehrt, je nachdem, wie die Sonne stand. Er mochte sie nicht direkt im Gesicht haben.«

»Sie sind sicher, dass er an jenem Tag auch dort ging?«

Die Frau ließ sich wieder Zeit und überraschte ihre Gäste erneut, indem sie aufstand: »Kommen Sie, wir fragen das drüben auf dem Hof.« Sie griff zu einer dunkelblauen Filzjacke und schloss die Haustür zu. »Gehen Sie nur schon vor, ich komme mit dem Rad gleich hinterher.« Als sie die beiden Engländerinnen wenig später eingeholt hatte, rief sie ihnen zu, sie sollten nur einfach auf den Hof kommen, sie führe schon vor und suche die Hausfrau.

»So etwas ist mir noch nie passiert!« Olivia sah der Radlerin nach. »Die Leute sind hier anders als bei uns in London oder in Österreich, aber genauso hilfsbereit. Man muss nur mit ihnen reden.«

»Hast du jemals so offen gesagt, wonach Du suchst?« Amanda wunderte sich immer noch ein wenig.

»Nein, ich war auch noch nie so fremd an einem Ort, an dem ich Detektiv gespielt habe. Vorhin erschien mir Offenheit der einzige Weg zu sein. Und die Frau hat unsere Sorge sofort verstanden.«

Einen Kilometer zu Fuß hinter einem Radfahrer herzueilen, bedeutete eine kleine sportliche Herausforderung, wenn man die Radlerin nicht unnötig warten lassen wollte. Doch bald erreichten sie den Hof und mitten darauf stand ihre Botin im Gespräch mit einer anderen Frau. Sie war jünger, ein wenig derber; die Haare unter einem Kopftuch, die Füße in Gummistiefeln, hatte sie offensichtlich ihre Arbeit unterbrochen. Sie winkte den Ankömmlingen munter zu, näher zu kommen.

»Hallo! Sie sind Freudinnen von dem verschwundenen Künstler, habe ich gerade gehört. Das tut mir wirklich leid.«

»Vielleicht finden wir ihn«, entfloh es Amanda wider alle Vernunft.

Die Frau sah sie fast mitleidig an: »Ich weiß nicht, ob ich mir das wünschen würde.«

»Ingrid«, unterbrach die ehemalige Vermieterin von Martin Gillhoff weitere Offenherzigkeiten, »Herr Gillhoff ging immer über Euren Hof zum Strand. Das letzte Mal, als ich ihn weggehen sah, ging er auch in Eure Richtung, das war am Mittwoch in der Woche vor Gründonnerstag. Überleg mal, ob Du Dich an irgendetwas erinnern kannst. Vielleicht hattet Ihr schon Gäste oder Ihr verkauftet Osterlämmer oder sonst was Handfestes.«

Die beiden Frauen grübelten eine Weile hin und her und zu ihrer eigenen Überraschung fand sich eine konkrete Anknüpfung: »Jetzt hab ich's. Es war schon ziemlich spät, stimmt das? Die Dämmerung hatte eingesetzt. Ich fand ihn, wie er Jan tröstete, der war mit dem Dreirad umgefallen und brüllte. Wir begrüßten uns, ich bedankte mich und er ging weiter, während ich Jan ins Haus trug. Das war genau der Tag. Ich weiß noch, dass ich Karfreitag dachte, wie schnell bei Kindern doch eine Wunde verheilt, man konnte schon fast nichts mehr sehen und auf den Fotos von Ostern war die Wunde dann schon ganz weg.«

Ob Gillhoff auf seinem Rückweg noch einmal über den Hof gekommen war, konnte sie nicht sagen, sie hatte ihn jedenfalls nicht mehr gesehen. Sie zeigte den beiden Fremden den Weg zwischen den Gebäuden hindurch zum Strand. Dort war der Architekt immer gegangen. Man verabschiedete sich mit vielem Dank auf der einen Seite und guten Wünschen auf der anderen. Die beiden Nachbarinnen blieben noch redend beieinander. Die Engländerinnen sahen sich hinter der nächsten Gebäudeecke unvermutet dem Meer gegenüber, wenn auch noch über Baumwipfel hinweg. Der Himmel darüber zeigte ein leichtes Hellblau, ganz ähnlich der Augenfarbe, die hier häufig vorkam, ging es Olivia durch den Kopf. Auch Agnes hatte helle blaue Augen.

Sie gingen noch zweihundert Meter weiter, bis sie rundum freie Sicht hatten. Dann verglichen sie ihre Karte mit ihrem derzeitigen Standpunkt. Gillhoff musste bis vor an den Rand der Klippe gegangen sein, eine andere Möglichkeit gab es nicht. Dort hatte er sich zwischen rechts und links zu entscheiden. Rechts herum schien die Möglichkeit zu sein, von der seine Vermieterin gesprochen hatte: Am Strand entlang und durch den Wald zurück ergab so etwas wie einen Rundgang von ungefähr zwei Kilometern, dazu die Allee hinauf und hinunter, wieder zwei Kilometer und der Weg über den Hof und die Wiesen in beiden Richtungen zusammen ungefähr anderthalb Kilometer. Fünf bis sechs Kilometer ergaben eine gute Stunde Fußmarsch, das erschien Olivia sehr vernünftig. Links herum bedeutete ein kurzes Stück Strand und dann nur noch Straße, das hatte er sicher nicht gemacht.

»Allerdings hatte die Dämmerung eingesetzt«, gab Amanda zu bedenken.

Bis zur Gabelung schwiegen sie. Olivia sah sich um: »Ich glaube, er ist wirklich nach rechts abgebogen, allerdings zuerst durch den Wald und am Strand zurück, dort dürfte es ein wenig länger hell bleiben, der Rückweg auf festen Wegen wäre anschließend ja kein Problem mehr gewesen. Komm.«

Das Ackerland erstreckte sich weit hin mit einer leichten Erhöhung, die sich wenige hundert Meter später wieder senkte. Zu Fuß erwies sich das Land als nicht ganz so ebenmäßig flach wie vom Auto aus. Wie auf der Karte ausgewiesen, führte der Weg sie zwischen die Bäume. »Martin Gillhoffs letzter Gang – als er hier ging, ahnte er davon noch nichts«, sinnierte Amanda, »und auch nichts davon, welchen Gefallen er seinem Mörder damit tat, dass er so spät am Nachmittag kam.«

Sie standen unten am Strand. Es war nahezu windstill und selbst das Geräusch des auf den Strand laufenden Wassers hörte man nur, wenn man schwieg. »Hier habe ich in einem Sommer ein Stück Bernstein gefunden. Mein Vater ließ ihn von einem heimischen Juwelier einfassen. Ich habe ihn noch immer, in ihm ist das Glück vergangener Sommerferien eingeschlossen.«

»Das wird es auch bleiben. Doch Deine Erinnerungen an Fehmarn-Sommer sind erst dann wieder zugelassen, wenn wir Alexander gefunden haben.« Olivia sah die Freundin aufmunternd an: »Stell Dir vor, Du wärest an der Arbeit zu einem Roman, ausnahmsweise geschähe darin ein Mord und zwar an einer Küste wie dieser. Wo würde Dein Mörder warten?«

Der Name des Verschwundenen war wie ein Eisklumpen zwischen sie gefallen, doch die Aufforderung an die Schriftstellerin in Amanda taute ihn schließlich wieder auf. Sie löste den Blick vom Sand und sah sich um: »Erlauben wir uns für einen entspannten Moment, die Wirklichkeit als Spiel zu sehen. Ich sehe sie meistens so, Du weißt das. So erdenschwer wie in den letzten Tagen war ich schon ewig nicht mehr, jedenfalls nicht so konsequent. Felix Picard hat das auf dem Gewissen. Seit er am Donnerstagabend im Hotel auftauchte statt Alexander, habe ich Angst. Sie umgibt mich so vage und unfassbar wie Nebel und zwickt mich, wie wenn sich die Magenwände bei längerer Kälte zusammenkrampfen.« Mit einer energischen Kopfbewegung warf sie ihre langen Haare nach hinten und drehte sich den Bäumen zu.

Mit dem technischen Blick eines Regisseurs musterte sie das Gehölz, suchte nach dickeren Stämmen und schützenden Büschen, prüfte die Begehbarkeit des Bodens. »Weit hineingehen sollte man nicht«, sie strich zwischen den Stämmen herum, »die Grasbüschel sind dick und damit der Untergrund uneben, weiter oben sind lose Steine dazwischen. All das birgt die Gefahr unvorhergesehener Geräusche in sich. Mein Mörder, er wäre natürlich klug, würde sich hier unten hinter den beiden dicht beieinanderstehenden Stämmen verbergen. Sie schützen ihn einigermaßen vor der Entdeckung eines Spaziergängers, der den offiziellen Weg verlässt und zur Küste hinuntergeht. Nach oben ist er durch die Büsche dort verdeckt«, sie streckte den Arm in Blickrichtung aus, »und nach vorn braucht er keine Deckung, denn niemand, der zum Wasser geht, schaut sich um, jedenfalls nicht, wenn der Mörder sich nicht bewegt, und meiner tut das nicht.«

»Der, den wir suchen, hat bisher auch keine schwerwiegenden Fehler gemacht«, stimmte Olivia zu, »außer vielleicht der Ölfarbe, aber das muss sich erst noch erweisen ... Wie würde Deine Handlung weitergehen?«

Amanda lehnte sich an die beiden Stämme, zusammen bildeten sie eine bequeme Stütze: »Man kann stundenlang so stehen, ohne sich zu rühren, stelle ich gerade fest. Nur müsste mein Mörder aufpassen, nicht allmählich steif zu werden. Wir haben vergessen, nach dem Wetter zu fragen.«

»Ist mir nicht eingefallen. Aber geregnet haben wird es nicht, sonst wäre der kleine Jan nicht Dreirad gefahren. Also kann ein sturmgeprüfter Fehmaraner es eine Weile aushalten.«

»Strenge Logik. Wie die Handlung weitergeht, hängt von der Mordart ab. Die einfachste wäre, ein Gewehr oder eine Pistole anzulegen und abzudrücken, sobald der Mann stehen bleibt. Stehen bleiben wird er wie jeder, der ans Meer kommt.« Amandas Blick richtete sich auf die Ostsee. Eine Pause trat ein, in der ihre Gedanken den Blicken hinaus folgten: »Die atmende Weite der stillen See oder der rasche Atem aufgewühlter Wasser zieht jeden Menschen an, auch wenn er sich dessen nicht bewusst ist, und fordert diesen kurzen Moment des Innehaltens.«

Olivia betrachtete die Freundin, die das nicht einmal bemerkte, und wandte sich dann ebenfalls dem Meer zu. Doch nur kurz. Ihre Hand streifte Amandas Arm: »Es ist hier menschenleer, das wird Dein Mörder überprüft haben, bevor er abdrückte?«

Amandas Gedanken kehrten zu Olivia zurück. Einen schweigenden Augenblick sahen sie einander an. Amanda schüttelte leicht die langen Haare und befand sich wieder in der Situation: »So weit sein Blick reicht, hat er das festgestellt. Außerdem harrt er hier schon länger aus, denn normalerweise kommt Gillhoff etwas früher, damit hat er einen guten Überblick über die eventuellen Strandgänger. An jenem Mittwochnachmittag gab es keine.«

»Die Karte zeigt, dass die nächstliegenden Gebäude die von Katharinenhof sind und entgegengesetzt in Richtung Staberholz einige neben dem Parkplatz, von dem aus wir Freitag an die Küste gegangen sind. Beides weit genug weg, um auf einen einzelnen Schuss nicht zu reagieren, oder?«

»Sicher nicht, Jäger sind hier oft genug unterwegs. Das Geräusch ist ein bekanntes und kaum ein Laie hat die Schonzeiten im Kopf. – Mord durch Erschießen gefällt mir am besten, es ist schnell und unanstrengend. Eine andere Möglichkeit wäre: Er könnte den Mann hinterrücks erstochen haben. Aber dazu müsste er lautlos an ihn herankommen und ginge dabei das Risiko ein, von seinem Opfer vorher bemerkt zu werden. Es würde sich wehren, wahrscheinlich schreien. Das ist viel gefährlicher als ein einzelner Schuss oder auch zwei rasch aufeinanderfolgende. Ein Schrei in Todesangst klingt grauenvoll. Deshalb glaube ich nicht, dass er diese Mordart gewählt hat. Er könnte ihm auch eine Schlinge übergeworfen und zugezogen haben. Wenn er darin geschickt genug ist, kann das still und schnell vor sich gehen. Allerdings setzt es einige physische Kraft voraus.« Amanda löste sich von ihren Baumstämmen und kam wieder hinunter auf den Sand: »Wir befinden uns in öffentlichem Gelände, mein Mörder hat keine Zeit zu verschenken. Zwar sieht er herannahende Leute schon von Weitem, die ihn ihrerseits aber auch. Mit einer Leiche im Arm gäbe er kein gutes Bild ab. Das führt uns zum nächsten Punkt: Wie bringt er den Toten von hier weg zu sich nach Hause?«

»Zwischenüberlegung: Dass er Gillhoff auf einen Drink zu sich einlädt und ihn in den eigenen vier Wänden erschießt, schließt Du aus?«

»Ich schließe aus, dass er ihn in seinem Wohnzimmer erschießt. Wer will schon eine solche Schweinerei auf seinem Teppich. Dort würde er ihn eher erwürgen, wieder von hinten, oder vergiften. Erstechen ist für einen eigenen Raum so ungeeignet wie erschießen, außer vielleicht in der Küche.« Sie überlegte kurz: »Wir wissen von Agnes, dass Gillhoff keine Freunde auf Fehmarn hatte. Schau Dir die Karte an und stell Dir die Situation vor: Zwei Männer treffen sich am Strand, der eine lädt den anderen zu einem Drink ein. Als Erstes müssen sie eine halbe

Stunde gemeinsam wandern, um zu einem Auto zu kommen – darauf lässt man sich bei einem Freund ein oder vielleicht noch bei einem Geschäftspartner. Den Freund dürfen wir ausschließen, bleibt der Geschäftspartner. Sie fahren gemeinsam zu dem Einladenden, dort heben sie einen und wer bringt dann Gillhoff nach Hause? Die Ehefrau?«

»Keine plausible Situation. Ein Geschäftsfreund oder ein Bauherr, der mit seinem Architekten reden will, könnte ihn aber auch in sein Büro oder zu einer Baustelle mitnehmen wollen. Nach der Besprechung führe er ihn dann selbstverständlich nach Hause. Möglich, aber nicht allzu zwingend. Vielleicht brauchen sie aber auch kein Auto, denn unser Mann könnte in einem der Häuser an der Allee oben wohnen.«

»Ein Nachbar, der Gillhoff zu sich nach Hause mitnimmt und verschwinden lässt … Ausgeschlossen, er muss befürchten, von irgendwem mit seinem Opfer gesehen zu werden.«

»Wieder Fehlanzeige. Also nehmen wir unseren ersten Faden wieder auf: Der Erschossene liegt im Sand, hier wo wir jetzt stehen. Wie schafft Dein Mörder ihn nun weg?«

»Was tätest Du?«

»Ich würde ihn so bald wie möglich auf etwas Fahrbares laden, einen Karren oder Anhänger.« Olivia wippte auf den Fußspitzen: »Um etwas Schweres fortzurollen, ist der Strand zu weich. Also schleppte ich den Toten nolens volens nach oben auf den Weg.« Schon strebte sie wieder auf den Küstenpfad zurück. »Schau, hier kann man ohne Weiteres mit dem Rad fahren. Das Einfachste ist ein flacher Anhänger, auf den der Tote gezogen werden kann.«

Amanda stimmte zu: »Richtig. Mein Mörder deckt ihn mit einer alten Decke zu, über die er einige leere Säcke wirft und vielleicht ein paar Zweige. Es ist Frühling, entweder holt er sich Osterzweige ins Haus oder er hat in seinem Garten Büsche und will vorgeblich den Rückschnitt an der Strandböschung ablegen. Er braucht jedenfalls etwas, das die Form seiner Ladung kaschiert. Dann kann er davonradeln bis in seine Garage, die einen inneren Zugang zu seinem Haus haben sollte. Fertig.«

»Wie schön. Überhaupt«, Olivia sah auf die Uhr, »wir müssen uns sputen, nicht nur unser Mörder, wir selbst müssen auch eine halbe Stunde zur Straße zurücklaufen. Zwölf ist gerade durch und gegen ein Uhr ist Schulschluss. Thea Henning weiß nicht, dass sie warten soll.«

Auf dem zügigen Rückmarsch achteten sie genau auf ihre Umgebung, schließlich sahen sie jetzt alles aus der Gegenrichtung, und Olivia kämpfte darum, Amandas Gedanken am Fall Gillhoff zu halten. Wieder im Auto vergegenwärtigten sie sich, was sie über die Lehrerin und ihren ehemaligen Geliebten wussten. Die Fahrt dauerte weniger lang, als sie angenommen hatten. Amanda mutmaßte, dass ihr Wagen den Weg inzwischen von allein fand. Das ermöglichte ihnen, beim Läuten der Schulglocke entspannt wie Müßiggänger vor dem Lehrerzimmer an der Wand zu lehnen.

12

Thea Henning war mollig und nur wenig größer als Olivia. Mit ihrer reinen weißen Haut und den kurzgeschnittenen blonden Locken wirkte sie jung, obwohl sie ihren vierzigsten Geburtstag sicher schon gefeiert hatte. »Sie haben nach mir gefragt?« Ihre Stimme wirkte so hell wie ihre Haut und überraschte beim ersten Hören, weil sie nicht ganz zum Körperumfang passte.

Olivia stellte Amanda und sich vor und erklärte zum zweiten Mal an diesem Tag ihre derzeitige Situation. Die Reaktionen bei Thea Henning wechselten von Staunen über Schrecken zu Mitleid. »Warten Sie einen kurzen Moment. Ich hole schnell meine Sachen, dann gehen wir hinüber ins Stadtcafé, im Sitzen kann man leichter nachdenken.« Und schon war sie im Lehrerzimmer verschwunden.

Sie führte ihre beiden Besucherinnen durch einen etwas finster wirkenden Fußweg geradewegs zur Breiten Straße und so selbstverständlich ins Stadtcafé, wie man das bei einem Stammlokal macht. Wenig später stand vor jeder ein Becher Milchkaffee und ein großes Stück norddeutscher Bienenstich, gefüllt mit Vanillecreme und bedeckt mit einem Mandelüberzug.

»Sie sind zur Denkmalsenthüllung nach Fehmarn gekommen, habe ich das richtig verstanden?«, begann Thea Henning das Gespräch und rührte dabei den Zucker in ihrem Kaffee um. »Die beiden Briefe sind die gleichen: Der, der Dora Frese klar machte, dass Alexander Hyde nicht, wie verabredet, kommen würde, und meiner von vor einem Jahr, als mein Freund verschwunden war. Ich habe mit ihr darüber gesprochen, sie ist eine Kollegin von mir.« Die drei sahen einander an und schwiegen. Deshalb ergänzte Thea Henning sachlich, was ihr wichtig erschien: »Es ist hart, aber Sie brauchen Ihren Freund nicht mehr zu suchen. Lebend werden Sie ihn nicht mehr finden und alles andere kann die Polizei besser und viel unbeteiligter. Muten Sie sich diese Schrecken nicht länger zu, das ist mein Rat.«

Amanda sah die Lehrerin an und schwieg weiter. Olivia lehnte den Vorschlag mit einem nachdrücklichen Kopfschütteln ab: »Was die Polizei kann oder nicht kann, will ich jetzt nicht diskutieren. Ohne den Geocacher wüsste sie beispielsweise heute noch nichts Genaueres über Ihren Freund als vor einem Jahr. Die ›Vereinigung Inselschutz‹ kann auch nach dem dritten Fall noch ihre Anonymität bewahren. Solange das so bleibt, wird sie weitermachen. Die Vorstellung ist unerträglich! Ich habe in England einige Erfahrungen in Kriminalfällen gesammelt. Vielleicht können sie jetzt nützlich sein«

Thea Henning starrte sie einen Moment lang an und lachte dann einfach geradeheraus, ein wenig trocken, aber doch so, als hätte Olivias Feststellung sie aus den Schrecken der Realität befreit: »Ihr Engländer … Ich bin Geschichtslehrerin, wissen Sie, und habe die Menschen in den angelsächsischen Ländern oft bestaunt; ihre Entschlossenheit, kleine private Gruppen zu bilden, um irgendeinen Missstand zu beheben. Wir Deutschen erwarten eigentlich immer, dass der Staat sich um alles kümmert, was außerhalb unserer vier Wände liegt. Für Mord ist er allerdings sogar dann zuständig, wenn er innerhalb der eigenen vier Wände passiert. Das ist meine Meinung. Und da sitzen Sie und wollen sich allen Ernstes selber auf den Kriegspfad begeben. Halten Sie das wirklich für vernünftig?«

Amandas Kopfbewegung war unmissverständlich. Ebenso wenig ließ Olivia sich von Frau Hennings wortreicher Verwunderung beirren: »Betrachten Sie es als unseren Versuch, das Entsetzen zu bearbeiten. Das ist allemal vernünftig, finden Sie nicht?«

Das sah die Lehrerin ein: »Also fragen Sie und probieren Sie dabei den Bienenstich.«

Olivia stach einen Bissen ab, ließ dann aber die Gabel sinken: »Herr Milz verschwand vor ziemlich genau einem Jahr, es war auch Anfang Oktober, nicht wahr?«

Thea Henning nickte und wartete auf die nächste Frage.

»Für die Erinnerung liegt das lange zurück. Aber Sie werden über Ihre letzte Begegnung und die anschließende Zeit viel nachgedacht haben. Wissen Sie genauer, wann man ihn zum letzten Mal gesehen hat?«

»Es wird Sie wenig überraschen, wenn ich sage: Ich weiß es ganz genau. Ich sah ihn als Letzte. Es war ein Freitag. Wir aßen gemeinsam zu Abend, bei mir. Um sieben Uhr hatte er einen Termin hinten in der Feriensiedlung Fehmarnstrand, man kommt über Staberdorf dorthin.«

»Sieben Uhr abends im Oktober? Ist es da nicht schon finster?«

»Ja, darüber wunderte ich mich auch, Harald aber nicht sonderlich. Sein Kunde hatte ihm erklärt, er habe sich die Ferienresidenz und ihre Umgebung genau angesehen und es ginge ihm nur noch um die konkrete Wohnung, die könne er bei elektrischem Licht genauso gut besichtigen. Er musste noch am selben Abend nach Rendsburg zurück. Harald war gewohnt, zu ungewöhnlichen Uhrzeiten unterwegs zu sein, weil die Leute nun mal in ihrer Freizeit Immobilien anschauen. Er hatte kein Problem damit.«

»Das heißt, er fuhr an jenem Freitag gegen halb sieben bei Ihnen weg und wurde nicht mehr gesehen?«

»Ja, so war es.« Ein bitterer Zug legte sich um ihren Mund.

»Er hatte nach jenem Termin nicht zu Ihnen zurückkommen wollen? Bitte entschuldigen Sie die indiskrete Frage, aber …«

»Nein, da der Abend sowieso gestört war und er früh am anderen Morgen irgendwo auf dem Festland sein musste, wollte er in Heiligenhafen übernachten.«

»Und stattdessen stand sein Auto in der Ferienresidenz und niemand wunderte sich darüber?«

»Dort wohnen nur Urlauber. Die meisten vermieten ihre eigenen Wohnungen, wenn sie sie nicht selber nutzen; so finanziert sich die Neuerwerbung im Laufe der Zeit von allein, das ist recht praktisch. Es bedeutet aber auch, dass die wenigsten einander kennen und in der Folge kümmert sich niemand um den anderen und schon gar nicht um ein Auto. Vermutlich stand Haralds Wagen dort länger als der Urlaub irgendeines Touristen dauerte.«

»Gibt es keinen Hausmeister?«

»Der war zu genau der Zeit krank. Seine Vertretung hockte neben dem Telefon und kam vermutlich nie dort hinaus.«

»Ist das zu fassen. So glückliche Fügungen – aus der Perspektive des Mörders – sind beinahe unheimlich.«

»Wenn Sie meinen. Ich denke, sie kommen einfach vor. Es gibt die absonderlichsten Vorgänge, die kein Mensch so absurd planen könnte, wie sie wirklich ablaufen. Ein kranker Hausmeister ist nicht sehr wichtig, denn zur Mordzeit hätte er sowieso hinter seinem Küchentisch gesessen und Wurstscheiben abgeschnitten. Und um ein parkendes Auto hätte er sicher wochenlang das Laub herumgefegt und dabei den Kopf geschüttelt. Sie glauben doch nicht im Ernst, er hätte sich derart ungemütliche Gedanken gemacht, dass er schließlich die Polizei angerufen hätte. So sind die Menschen nicht.«

»Vermutlich haben Sie recht«, stimmte Olivia zögernd zu. »Gab es Anzeichen dafür, dass Herr Milz seinen Kunden traf und ihm die Wohnung zeigte?«

»Nein, das war aber auch gar nicht möglich, weil sie frisch geputzt war. Harald ließ seine Immobilien regelmäßig einmal pro Woche durchwischen und lüften, damit sie perfekt sauber und die Luft gut war. Zwischen seinem Verschwinden und dem Erscheinen der Polizei wurde jene Wohnung dreimal gelüftet und gesäubert.«

»Der Traum eines jeden Mörders. Es darf nicht wahr sein.«

»Ja, jetzt, nachdem sich herausgestellt hat, dass Harald ermordet wurde, erscheint seine Wohnungspflege auf einmal übertrieben. Doch im Voraus konnte darauf niemand kommen.« Entschlossen nahm sie ihren Kaffeebecher zwischen beide Hände und trank in kleinen Schlucken, ohne abzusetzen. Ihre Gäste störten sie nicht dabei. Nach dem letzten Schluck sah sie auf: »Bis heute habe ich noch nicht ganz begriffen, dass die Funde in der Luderkuhle und Harald zusammengehören. Ich weiß es nur sehr theoretisch, aber vielleicht ist das auch besser so.« Thea Henning sprach ihrem Bienenstich entschieden zu und die beiden Engländerinnen folgten ihrem Beispiel.

»Als ich vor einem Jahr mit meinem Brief zur Polizei ging«, nahm die Lehrerin den Faden einige Bissen später wieder auf, »hielten die Beamten freiwilliges Untertauchen für das Wahrscheinlichste. Eine Entführung schlossen sie aus, weil keine Erpressung gefolgt war und Mord ohne Leiche fanden sie ebenso wenig plausibel. In Haralds Wagen fanden sie keine Hinweise auf einen Fremden und die Spuren, die das Auto des Mörders hinterlassen haben mochte, waren nach drei Wochen Herbstwetter am Strand unweigerlich getilgt. Das Handysignal war unauffindbar, aber so etwas regt die Polizei ganz offensichtlich auch nicht auf. Es gab nicht die winzigste Spur. Ohne den Brief dieser ›Vereinigung Inselschutz‹ hätten wir tatsächlich alle glauben müssen, er habe sich abgesetzt – allerdings ohne zu ahnen, warum und wovon er nun leben mochte. Diese Möglichkeit mahlte das ganze Jahr in meinem Kopf. Außerdem stand sein Wagen an jenem verlassenen Winkel der Insel. Um von dort wegzukommen, hätte Harald einen Helfer gebraucht, einen Kameraden für die Flucht, das leuchtete mir nie ein.«

»Konnte die Polizei den Kunden finden, der sich für jene Wohnung interessiert hatte?«

»Nein, aber das wird Sie sicher nicht mehr überraschen. Er hatte sich Theodor Schmitz genannt und von seinem Handy telefoniert.«

»Demnach war er nie im Büro in Burg?«

»Nein, er sagte der Mitarbeiterin, er habe die Anzeige gesehen und sei gleich dorthin gefahren. Es gefalle ihm dort und er würde sich bis zum Abend die Umgebung ansehen.«

»Aber doch nicht mehr im Finsteren?«

»Sie dachte darüber nicht nach und Harald auch nicht. Es gab eben verrückte Kunden.«

Olivia stellte noch manche Frage und Thea Henning bemühte sich um Antworten. Heraus kam am Ende nicht viel mehr, als dass die Menschen nun mal erstaunliche Wesen sind, denen man zur eigenen Unterhaltung zwar zuschauen konnte, deren Handlungen aber häufig unbegreiflich blieben.

Wenig später standen die Freundinnen in ihrer kleinen Küche im Nüßler'schen Haus. Olivia hatte festgestellt, der Mensch verfüge über zwei Mägen: einen für Süßes und einen für Salziges. Nach dem Stück Bienenstich musste sie dringend das innere Gleichgewicht wieder herstellen. Nachdenklich schnitt sie eine dicke Scheibe Körnerbrot ab und halbierte sie. Amanda streute fertiggeputzten Salat in eine Schüssel, gab Essig, Öl und Salz darüber und stellte schließlich fest: »Der Fehler an Thea Henning ist, dass sie sich nie wundert.«

Eine Stunde später schauten die beiden sich auf dem Parkplatz der Ferienresidenz hinter Staberdorf um. »Milz parkte ziemlich weit unten, habe ich das richtig verstanden«, wollte Amanda wissen.

»Möglicherweise stehst Du genau auf seinem Parkplatz.«

»Fein.« Amanda lehnte sich an ihr Auto und sah zu den Appartementhäusern hinüber: »Hier würde ich nie freiwillig parken, wenn ich in eines der Häuser wollte ...«

»Wir wissen nicht, wie viele Autos an jenem Abend hier standen.«

»Auch nicht mehr als heute, oder glaubst Du das? Es sei denn, jemand hat ein großes Herbstabschiedsfest gegeben ... Nein, er parkte hier unten, weil der Mörder hier stand und ihm zuwinkte. Ich stelle mir vor, der ging mit ihm noch einige Meter auf den Strand zu, stellte dann eine oder auch mehrere Fragen zu den Häusern, Milz drehte sich nach dort um, er arbeitete präzise, also schaute er immer, bevor er antwortete – und schon wurde ihm das Gehirn ausgeblasen.«

»Die Waffe hätte er nicht bemerkt?«

»Nein, weil der Mann sie an der Stelle, an der er Milz Fragen zu den Häusern stellte, unter den Sträuchern neben dem Weg abgelegt hatte. Im Finstern konnte man sie nicht sehen, wenn man sie dort nicht vermutete. Ich denke dabei an ein Gewehr, eine Pistole hätte er in der Tasche, wahrscheinlich jedenfalls. Und schau«, Amanda lebte sich in den Fall ein, »Milz sackte zusammen und verschwand für die Blicke aus jenen Fenstern hinter diesen Büschen. Mein Mörder hätte sich gleich nach dem Schuss einige Schritte zurückgezogen. Als Milz zu Boden ging, wandte er sich um und bummelte wie ein Spaziergänger davon. Lange zehn Minuten ging er weg und kam wieder zurück, in denen aber niemand aus einem der Häuser gerannt kam, um nach dem Geräusch und seinem Verursacher zu suchen. Als alles menschenleer blieb, zog er seinen Anhänger heran, lud Milz auf und radelte nach Hause.«

»Nach Staberdorf«, Olivia sah auf die Karte, die sie wieder in der Hand hielt.

»Das wäre für ihn das Nächste und Bequemste. Ich halte aber für unwahrscheinlich, dass er seine Mordpläne schon in der Tasche trug, als er auf Wohnungssuche ging. Es kämen also auch Meeschendorf, Vitzdorf oder die Häuser in der Allee vor Katharinenhof in Betracht. Sie alle gruppieren sich um Deine Bleistiftkreise, siehst Du.«

»Hm, hattest Du heute Morgen die Alleehäuser nicht ausgeschlossen?«

»Nur für den Fall, dass Gillhoff lebend und aufrecht das Haus seines Mörders betrat, nicht für den Fall, dass er unter Kartoffelsäcken verborgen herangerollt käme.«

Olivia drehte sich noch einmal langsam um die eigene Achse: »Es ist Jagdzeit und drüben um Gut Staberhof herum sah ich Rehe. Also könnten auch hier auf den Feldern welche herumlaufen. Warum also sollte ein Schuss jemanden in die finstere Kälte eines Oktoberabends locken oder auch nur ans Fenster. Thea Henning jedenfalls hätte sich nicht darum gekümmert. Alles kann durchaus so oder ähnlich abgelaufen sein, wie Du es Dir vorstellst. – Lass uns hinüber zu Picards Nachbarn fahren, solange es noch hell ist. Ich fürchte, mir wird heute schon die Dämmerung missfallen. Sogar vor geöffneten Haustüren.«

Amanda ließ den Motor an: »Wer von ihnen wird sich überhaupt an Alexander erinnern? Das allein ist eine nicht uninteressante Frage.«

13

Langsam rollten sie zwischen weiten Ackerflächen auf Staberdorf zu. Amanda schien wieder über ihren fiktiven Mörder zu grübeln, sonst hätte sie sicher das Gaspedal weiter durchgetreten. Rechts neben der Straße verdeckte ein Knick die Aussicht auf das Meer und vor ihnen tauchten die ersten Häuser auf.

»Schau«, Amanda bremste beinahe auf Stillstand herunter, »dieses Eckhaus liegt ideal für einen Menschen mit einem heimlichen Hobby: nach vorn offen – alles normal und harmlos, zu den Nachbarn hin hohe, dichte immergrüne Hecken und …«, im Weiterrollen sahen sie in die Einfahrt, »eine Garage direkt ans Haus gebaut. Leider kann man nicht hineinschauen, also sehen wir nicht, ob es innen eine Tür direkt in den Wohnbereich gibt. Übrigens soll es auch Leute geben, die den Boden ihrer Garage mit Kacheln auslegen. Für den Fall bräuchte unser Mörder seine Leiche gar nicht bis ins Badezimmer zu schleifen, er müsste nur Lumpen vor das Tor legen, damit das Blut nicht nach draußen läuft.«

»Amanda!«

»Was hast Du? Man muss das alles bedenken, bevor man einen großen Körper zerlegt.« Sie ließ ihren Wagen langsam weiterrollen. »Ein Bauernhof – auch eine Möglichkeit. Wenn man selber schlachtet …« Sie trat die Bremse bis zum Anschlag durch: »Siehst Du den Mann da hinten?«

»Klar, sein Hemd ist auffällig genug. Warum?«

»Schau ihn Dir ganz genau an.«

Olivia gehorchte. Der Mann trug ein langärmeliges, großkariertes Hemd in Grün- und Brauntönen, dazu eine weite Cordhose in einem undefinierbaren Braun. Die Gestalt in diesen weiten Kleidungsstücken, vielleicht waren sie von einem größeren Menschen geerbt, war schmal, hatte die Schultern nach vorn gezogen und den Kopf darüber auch. Der Schnauzbart war hell wie die kurzen Haare. Der Mann stand regungslos da und starrte sie an; sie oder das Auto, Olivia hätte das nicht entscheiden wollen. »Ich glaube, ich habe alles gesehen. Können wir weiterfahren?«

Langsam ließ Amanda die Kupplung kommen. Der Wagen begann zu rollen. Der Mann regte sich nicht.

»Bist Du sicher, dass die Gestalt lebendig war?«, erkundigte Olivia sich.

»Eigentlich muss sie das sein. Ich habe sie nämlich schon einmal gesehen, auf dem Marktplatz in Burg. Sie regte sich da allerdings genauso wenig wie jetzt.« Langsam fuhr Amanda weiter.

»Und warum habe ich sie nicht gesehen?«

»Du schautest Tannenberger und seinem Kollegen hinterher. Meine Augen blieben an dem karierten Hemd hängen und irgendwie an der Reglosigkeit. Der Mann starrte in Richtung der Kreuzung und hielt sich dabei an seinem Fahrrad fest. Quer über dem Lenker lag ein kurzer Spaten.«

Olivias Kopf flog herum: »Bist Du sicher?«

»Ziemlich. Das ist aber noch nicht alles: Ein paar Meter hinter dem Mann riss einem Mädchen der Boden seiner Plastiktüte. Es muss gerade vorher ein Sonderangebot Tierfutter gekauft haben, denn es rollten zahllose kleine Konservendosen in alle Richtungen. Mehrere Passanten halfen ihm beim Einsammeln, es gab Gelächter. Dieser Mann schien von alledem nichts zu merken. Er starrte unbewegt in seine einmal festgelegte Richtung.«

»Eine ganze Szene – und ich habe nichts davon mitbekommen.«

»Mach Dir nichts daraus. Du warst in Gedanken noch bei dem Gespräch mit Tannenberger. Als er außer Sicht war, wolltest Du von mir wissen, warum ich ihm andere Antworten gab als Dir, erinnerst Du dich?«

»Stimmt, wir gingen anschließend ins Kaufhaus …«

»Ich hatte die Szene auf dem Marktplatz längst vergessen. Nur taucht der Mann jetzt an einem geographisch merkwürdigen Punkt wieder auf … Und hier wohnt unser neuer Freund.

Was ist das? Eine Versammlung vor seiner Tür?« Amanda parkte ihr Auto zügig neben dem seinen und stieg aus.

Felix Picard kam ihnen schon entgegen: »Wie schön, Sie zu sehen. Ich bin erleichtert, dass Sie nicht die Flucht ergriffen haben. Kommen Sie, die Menschen sind Nachbarn und in heller Aufregung. Gerade war die Kriminalpolizei hier und befragte alle.«

Er stellte die beiden Engländerinnen vor und auch seine Nachbarn. Rußke hatten sie bei ihrem letzten Besuch vorbeiradeln sehen, die anderen Gesichter waren vollständig neu. Ein älterer Mann, leicht gebeugt, in blauem Drillich, den manche Bauern in ihren Ställen bei der Arbeit trugen, trat einen Schritt vor und erklärte: »Wir sollten uns jetzt verabschieden, es gibt nichts mehr zu sagen. Und Sie«, dabei sah er Picard freundlich an, »haben ja jetzt auch Gäste. Ich wünsche einen schönen Abend.« Damit ging er ein wenig schwerfällig, aber zügig davon. Die anderen guckten schweigend, nickten einer nach dem anderen zu Picard hinüber und wandten sich allmählich zum Gehen. Einzelne schielten über die Schulter zurück, bevor sie endgültig verschwanden. Rußke griff zu seinem Rad, Olivia näherte sich ihm scheinbar zögernden Schrittes: »Bitte entschuldigen Sie, wenn ich Sie aufhalte. Ich hörte, dass Sie in einigen der Sölle hier in der Umgebung Tiere angesiedelt haben oder Pflanzen.« Der bärtige Mann sah sie an, ohne durch eine Miene zu verraten, was er über diesen Vorstoß dachte. »Für mich sind diese kleinen Teiche mitten in den Äckern etwas völlig Neues und ich wüsste gern mehr darüber.«

»Ein andermal vielleicht. Jetzt braucht Ihr Freund Sie und mich entschuldigen Sie bitte, ich muss noch meinen Unterricht vorbereiten.« So radelte er davon. Olivia stöhnte verhalten. Offizier Lüders hatte recht, dieser Mensch war scheu, und heute jedenfalls scheuer als sie behutsam gewesen war.

Felix führte seine Gäste in die Wohnküche, machte Licht und zog die Vorhänge zu. Ohne viele Umstände verteilten sie sich auf die alten, zusammengewürfelten Sitzmöglichkeiten. Olivia streckte ihre Beine aus und legte sie übereinander. »Was wollte die Polizei hier?«

Der Maler hatte sich in einen riesigen Ohrensessel versenkt und den Kopf wieder zwischen die Schultern gezogen. Seine Fingerkuppen gegeneinandergelegt sah er die beiden Frauen an, fast schien er dankbar für ihre Anwesenheit. »Sie wollten von allen wissen, wann sie Alexander jeweils zuletzt gesehen hatten und möglichst wo und bei welcher Beschäftigung.«

»Kennen Sie die Antworten?«

»Den Polizeigesprächen habe ich natürlich nicht zugehört. Aber meine Nachbarn kamen anschließend hier auf dem Hof zusammen, um sich auszutauschen. De facto weiß es keiner mehr genau, man sieht einen Nachbarn am Fenster vorbeigehen und macht seine Sachen weiter, ohne es abzuspeichern. Das war auch der Polizei bewusst, aber manchmal hat sie Glück, so heute mit Rußke. Er erinnerte sich, dass er am 19. September abends in seinem Garten einen Strauß aus Rosen und Gräsern geschnitten hat, um ihn anderntags mit zum Friedhof nach Burg zu nehmen. Alexander ging einmal ums Dorf, das machte er manchmal in fortgeschrittener Dämmerung. Bei der Gelegenheit haben sie Floskeln ausgetauscht.«

»Warum machte er das? Hier ist doch nicht London.« Amanda wunderte das mehr, als ihr lieb war.

»Frische Luft vor dem Abendessen …«

»Das glaube ich Ihnen nicht. Ein ordentlicher Tagesrhythmus passt nicht zu Alexander, nicht mal hier auf Fehmarn.«

»Stimmt. Um ehrlich zu sein, er liebte es, bei den Leuten in die erleuchteten Fenster zu gucken.«

»Und das ist interessant?« Amanda weigerte sich, das für möglich zu halten.

»Versetz Dich einen kurzen Augenblick lang in Deine Sommerferien hier auf der Insel zurück«, schlug Olivia vor. »Hättest Du so etwas nicht auch für ein unterhaltsames, kleines Abenteuer gehalten, das Deine Fantasie noch beim Einschlafen beschäftigt?«

»Du hast recht«, Amanda schaute fast traurig, »wenn Alexander jetzt hier mit uns zusammensäße, hätte ich ihn sicher gefragt, was er beim Fenstergucken entdeckt hat. Nicht, dass ich viel erwartet hätte, aber man kann es andererseits auch nicht wissen …« Sie sah zu Felix hinüber.

Der nickte nach kurzem Nachdenken: »Alexander hat zum Beispiel festgestellt, dass in überraschend vielen Wohnzimmern Kronleuchter von der Decke hängen. Solch opulente Beleuchtungskörper sind nicht das Nächstliegende in dieser kargen Gegend, fanden wir. Beim Essen sinnierten wir darüber, ob sie die alte Verbundenheit der Fehmaraner zum dänischen Königshaus anzeigen.« Seine Augen eilten zur Tür und ein stilles Lächeln streifte sein ernstes Gesicht. Eine junge Katze, grau getigert, mit weißen Ohren, kam lautlos auf Felix zu und legte sich auf seine Füße. Erst jetzt bemerkte Olivia, dass hinter seinem Sessel auf einem Stoß alter Zeitungen eine schwarze Katze lag. Ihre Ohren bewegten sich kurz, dann schlief sie weiter.

»Mögen Sie die Dämmerung auch?«, wollte sie wissen.

Er nickte bedächtig: »In der Dämmerung tritt die Bedeutung der Farbe stark zurück. Das haben Sie vermutlich auch gelegentlich beobachtet. Um aus dem Verschwimmen einer Ansicht Konkretes hervortreten zu lassen, braucht es dann Linien. Doch wie deutlich dürfen sie ins Auge springen? Die Natur zeigt sich mir vor allem in farbigen Flecken. In der Dämmerung ist das Flächige am deutlichsten. Linien erscheinen dabei allenfalls als Abgrenzung zwischen zwei Farben, werden zu etwas Abstraktem. Dabei ist die Welt voll von ihnen, meint man; nicht aber die natürlichen Farben, und schon gar nicht die in der Dämmerung. Es gibt Abende, an denen ich draußen bleibe, bis es ganz finster geworden ist und, ohne meine Hand zu sehen, Stimmungen der Finsternis, der Nacht in Linien übertrage, sogar Vogelrufe.«

»Sie können im Finstern zeichnen?«

»Ja, ich mache das oft. Ich notiere gewissermaßen meine Eindrücke, setze sie in Linien um, selbst in blinder Nacht.« Er formulierte langsam und nachdenklich. Die Katzen regten sich und Felix reagierte darauf, indem er ebenfalls nach draußen horchte. Schritte näherten sich dem Haus und er stand auf. ›Es klingt nach einer Frau‹, entschied Olivia bei sich.

Es war eine Frau. Agnes kam herein und neben ihr witschte eine dritte Katze in den Raum, sprang auf einen der freien Sessel und richtete sich auf, sie war ebenfalls schwarz, bis auf das Schwanzende, dessen Spitze blitzte rotbraun. Nach der allgemeinen Begrüßung eroberte Agnes den Sessel neben Felix, bevor die kleine Katze in Nachahmung der großen hinaufspringen konnte, hob das Katzenkind auf ihren Schoß, lehnte sich zurück und schaute sich in der Runde um: »Worüber habt Ihr gerade gesprochen?«

In Felix' Augenwinkel stahl sich andeutungsweise ein Lächeln: »Wir sprachen über das blinde Zeichnen.«

Agnes betrachtete noch einmal jeden Einzelnen, ihr Rundblick endete bei Felix: »War denn die Polizei heute nicht bei Dir?«

Seine Augenwinkel waren wieder gestrafft: »Doch, bei mir und bei allen Nachbarn. Sie hatten viel Zeit mitgebracht. Sind sie etwa auch bei Euch gewesen?«

»Sind sie, deshalb kam ich her, um zu sehen, wie es Dir geht.« Sie sah ihn auffordernd an.

»Ja, wir sprachen, wie gesagt, gerade über das Zeichnen. Dabei ging es mir recht gut. Davor – nun – sie störten mich erheblich, schon deshalb, weil sie unter meinem Fenster parkten, um dann erst einmal alle Nachbarn aufzusuchen – jedenfalls ist meine Küche jetzt so aufgeräumt und sauber wie selten, das wieder ist angenehm.« Er sah sie an und schwieg.

»Felix, nun rede schon, was haben sie von Dir gewollt?«

Er sah sie noch eine Weile schweigend an, bevor er ruhig zusammenfasste: »Ich habe den Eindruck, sie halten mich für einen der möglichen Täter. So weit hat es der Trick mit der grünen Ölfarbe gebracht.«

»Das haben sie gewagt zu sagen?«

»Nein, noch nicht. Aber ich bin nicht nur Maler, ich verstehe auch etwas von Sprache. Polizisten lernen nicht nur, Verhöre zu führen, sondern auch, verdeckt zu drohen. Ich studierte es heute ausführlich.«

»Und bleibst so ruhig dabei?«

Er nickte wieder sein gemessenes Lächeln: »Noch fällt das nicht sehr schwer. Ich habe mir fest vorgenommen, ruhig zu bleiben, bis alles aufgeklärt ist. Dann kann ich immer noch wüten. Oder ich habe bis dahin so viele neue Zeichnungen gemacht, dass der Zorn sich darin verzehrt hat … Was wollten sie von Euch wissen?«

»Sie forschten nach Streitereien zwischen Euch drei Malern, nach Zwistigkeiten zwischen Euch und Euren Nachbarn …«, Agnes' Hand grub sich in das Katzenfell, »… lauter sinnloses Zeug. Du siehst, ich für mein' Teil bin richtig wütend, weil sie sich in einer völlig falschen Richtung umsehen. Alexander werden sie auf diesem Wege nicht finden und den Mörder von Milz schon überhaupt nicht!«

»Was macht Juro jetzt?«

»Er schleudert gelbe Farbe in seine schwarze Landschaft, Du weißt, er arbeitet an dieser Stimmung vor einem großen Hagelschauer über der Ostsee.«

Felix nickte ein weiteres Mal und schwieg.

»Wenn ich es recht bedenke«, meldete sich Olivia in das Schweigen, »heißt das alles zusammengenommen: Die Polizei hat keine neuen Fakten. Also redet sie mit den Leuten, wie wir es heute auch gemacht haben.«

»Nur zivilisierter«, wandte Amanda ein, »ich meine uns.«

Felix und Agnes bekamen eine Zusammenfassung der letzten zwei Tage. Zum Schluss stand Olivia auf, um ihre Jacke abzustreifen, ihr war beim Reden warm geworden. Dabei zog sie die Landkarte aus der Tasche, stellte den leeren Kerzenhalter auf den Boden und breitete sie auf dem niedrigen Tisch zwischen den vieren aus. »Die Bleistiftkreise markieren die Fundstellen der Leichenteile. Amanda und ich nehmen nach den heutigen Gesprächen an, dass Gillhoff hier an der Küste«, sie fand einen Bleistift in der Tasche und zeichnete entsprechend ein Kreuz ein, »und Milz hier am Rand der Feriensiedlung ermordet wurden.« Sie sah in zwei entsetzte Augenpaare und erkannte ihre unbedachte Formulierung: »Wir gehen zurzeit davon aus, dass Gillhoff dem Schicksal von Milz folgte. Wir suchen nach einem Handlungsmuster, dazu braucht es mehr als ein Beispiel.« Sie zeichnete ein Kreuz für Milz an die andere Küstenstelle. »Felix wohnt mittendrin. Das erleichtert der Polizei ihren Verdacht.«

Agnes starrte, weiß um die Nase, auf die Karte und zog zögernd mit dem Finger einen Bogen darüber. Er lag über dem, den Amanda auf dem Parkplatz der Feriensiedlung stehend vorgeschlagen hatte: von der Küste über Katharinenhof, Vitzdorf, Meeschendorf nach Staberdorf und an der Ferienresidenz Staberdorf wieder an die Küste. »Seht Ihr, wie wenige Menschen in diesem Landstrich wohnen? Die meisten von ihnen kenne ich, ich bin in Vitzdorf aufgewachsen und lebe nun schon viele Jahre hinter Gut Staberhof. Einer der Menschen in einem der vier Orte führt ein Doppelleben … aber wer … Was wir bisher wissen, trifft auf so viele zu, fast alle fahren mit dem Rad zwischen den Dörfern hin und her, selbst die Leute aus Burg nehmen das Rad, wenn sie zum Schwimmen an den Strand wollen. Das flache Land ruft geradezu nach einem Fahrrad, außerdem ist der Blick vom Sattel gerade so viel höher, dass man fast immer irgendwo das Meer sieht. Mir gefällt das auch.«

»Leben denn auch viele allein in einem Haus?«

»Sicher, auch wenn mir gerade keiner einfällt … aber das ist auch gar nicht zwingend. Die Höfe haben so viele einzelne Gebäude, da fände sich mit Sicherheit ein Winkel in einer Scheune … Ich will mir das nicht vorstellen. Es gibt auch ungenutzte Scheunen, wenn auch nur einzelne, und Scheunen, in denen die Segelschiffe überwintern, dahinein geht niemand unter der Zeit …«

»Lüders lebt allein und Rußke … Man kann mit dieser Frage nicht ernsthaft an unser Problem herangehen«, Felix widerstrebte der Gesprächsverlauf ganz offensichtlich.

»Asmus Rußke wohnt nicht mehr durchgehend allein. Du musst es nicht bemerkt haben, aber er hat außen am Haus eine Treppe in die Dachwohnung hinauflegen lassen und vermietet sie, wenn er kann. Von dem Balkon der Dachwohnung hat man einen freien Blick über die Ostsee bis nach Mecklenburg.«

»Bist Du dort oben gewesen?«

»Ja, warum nicht? Wir sind Nachbarskinder, wusstest Du das nicht? Er ist sechs Jahre älter als ich, trotzdem nahm er mich früher mit hinaus, wenn er am Strand Tiere beobachtete oder Pflanzen suchte. Ich fand das sehr aufregend.«

»Sie sind mit ihm befreundet?«

»Was wundert Sie daran?« In Agnes' Antwort schwang Abwehr mit, oder bildete Olivia sich das ein? »Auch mit schweigsamen Menschen kann man sich verstehen, sehr gut sogar. Jedenfalls zeigte er mir die Wohnung, bevor die ersten Gäste kamen.«

»Felix' Mahnung ist richtig«, nahm Olivia einen anderen Faden wieder auf. »Auf Verdacht hin im sprichwörtlichen Heuhaufen zu stöbern, bringt nichts. Wir müssen uns weiter umschauen und hoffen, dass wir irgendwann Teile finden, die wir zu einem Bild zusammensetzen können. Dazu ist es leider noch zu früh. Dennoch habe ich Angst, wenn ich auf die Karte schaue, nicht wegen der Dörfer an sich, sondern wegen der Leere dazwischen. Wer dort im Finstern unterwegs ist, wird von niemandem gehört oder gesehen. Felix, Sie dürfen nach Einbruch der Dunkelheit nicht mehr aus dem Haus gehen!«

Agnes strich mit der Hand fast sanft über die Karte: »Sie kennen das Land nicht so gut wie ich, sonst wüssten Sie, wie weit und flach die Landschaft hier zwischen den Dörfern ist. Und auch, dass jeder hier jederzeit gesehen wird. Man kann in dieser offenen Weite nicht morden und die Leichenteile anschließend verstecken, ohne dabei gesehen zu werden.«

»Und doch ist es geschehen. Alexander wohnte in genau diesem Haus – allein, als er verschwand.« Olivia sprach leise, saß dabei aber aufrecht auf der Sesselkante. »Schauen Sie, vor Felix' Wohnung liegt nichts als Landschaft. Auf der Karte ist es leere Weite. Felix sagte selbst, dass er darin genügend Möglichkeiten findet, ungesehen zu sitzen und zu malen. Am helllichten Tag! Es ist also gar nicht so schwierig, sich unsichtbar zu machen. Man glaubt es nur immer – ich auch.«

Agnes starrte einen Moment lang auf die Karte, von da in Olivias offenes Gesicht und sprang auf: »Ich muss zu Juro zurück!« Die kleine Katze beklagte sich mit leisen Lauten über ihren Absturz, doch da war Agnes schon auf und davon.

Felix wartete in der offenen Tür, bis Agnes weggefahren war, dann schloss er sie und dieses Mal schob er auch den Riegel vor.

»Draußen ist es inzwischen beinahe finster. Die Hecke am gegenüberliegenden Feldrand steht undurchdringlich schwarz da, so kam es mir vor. Ich fand sie zum ersten Mal bedrohlich und bekam beinahe Angst. War das Ihr Ziel?« Hoch aufgerichtet stand er im Raum.

»Nein, Angst ist eher schlecht«, Olivia sah zu ihm hinauf, »aber Gefahr lauert da draußen in den finsteren Hecken, echte Gefahr. Alexanders und Ihre äußere Situation ist dieselbe. Deshalb meine ich es wirklich ernst: Bleiben Sie nach Einbruch der Dämmerung zu Hause und öffnen Sie die Tür auch nur, wenn Sie mit dem Menschen draußen gesprochen haben und sich seiner völlig sicher sind.«

»Vielleicht gibt es so jemanden im Moment gar nicht …«

»Sie können auch mit uns kommen. Frau Nüßler hat noch freie Betten, vermutlich würden Sie in einem davon ruhiger schlafen als hier. Was meinen Sie?«

Die kleine Katze stand inzwischen wieder auf ihren Füßen und sah zu den Menschen hinauf. Lautlos ging sie zu Felix und rieb sich mit leisen Tönen an seinem Hosenbein. »Ich kann nicht gehen, außerdem habe ich noch zu arbeiten. Zu Semestervorbereitungen kann man sich zwingen. Das lenkt mich ab. Zusätzlich werde ich Fenster und Türen fest verschließen. Trotzdem danke für Ihr Angebot.«

Er blieb auch dieses Mal in der offenen Tür stehen, während seine Gäste zum Auto gingen. Doch als Amanda mit aufgeblendeten Scheinwerfern bremste, verstand er, winkte kurz und drückte die Tür ins Schloss.

14

An diesem Abend öffnete Olivia die Tür zum ›Pigalle‹ nur zwei Minuten nach der verabredeten Zeit. Tannenberger erwartete sie, heute standen eine große Teekanne und ein Teller mit Gebäck schon bereit. Sie waren die einzigen Gäste. Olivia setzte sich wieder dem Torero-Schatten gegenüber: »Wird es so leer bleiben?«, wollte sie wissen.

»Kaum. Die meisten Leute bleiben aber nicht sehr lang. Gestern kamen und gingen etliche, während wir hier saßen. Sie haben nicht darauf geachtet?«

»Nein«, sie schüttelte den Kopf, »nein … es ist ja auch unwichtig … Was haben Sie heute gemacht?«

Tannenberger musterte sie, wie es schien, leicht belustigt, und sah zu Amanda. Von ihr erntete er einen freundlich-auffordernden Blick und gab sich geschlagen: »Mit Small Talk halten Sie sich nicht lange auf, habe ich recht?«

»Wäre Ihnen das denn lieber?«

»Nun, es kann nett sein und man lernt einander dabei auf andere Weise kennen.«

»Eine riskante Annahme«, Amanda sah ihn mit unverändertem Gesichtsausdruck an.

Er musterte sie ausdauernd. Schließlich stimmte er zu: »Sie haben recht. Wozu uns hinter Wortgefechten verstecken, ein versteckter Mörder reicht völlig. – Was habe ich also heute gemacht. Sie haben mich mit Ihren Plänen ganz schön in Zugzwang versetzt«, diese Feststellung galt Olivia, die ihn abwartend ansah. Ruhig lagen ihre Hände um den warmen Teebecher. Hier, mitten in Burg, in einem öffentlichen Lokal, fühlte sie sich freier und leichter, als in der menschenleeren Dunkelheit der schmalen Landstraßen.

»Ich habe mein ökologisches Steckenpferd weitergeritten und zwar bis Lübeck«, eröffnete Tannenberger seinen Bericht. »Sehen Sie, ich dachte mir, der Fall Harald Milz passt zu einem ökologischen Überzeugungstäter, wie er sich hinter ›Vereinigung Inselschutz‹ verbergen könnte. Ich meine immer noch, dass diese Kennzeichnung etwas mitteilen will. Also musste ich stöbern, ob Martin Gillhoff nicht auch mit einem seiner Projekte gegen den Naturschutz verstößt. Sein altes Büro war nach kurzem Hin und Her kooperativ und legte mir die Pläne für Gammendorf vor. Zur Erinnerung: Gillhoff kaufte einzelne Grundstücke, die schließlich ein zusammenhängendes Gelände ergaben. Hier in Burg liegt es mitten im Ort, dagegen lässt sich aus ökologischer Sicht nichts einwenden. Also musste der Pferdefuß in Gammendorf stecken. Und wie er da steckt! Er wollte eine Feriensiedlung mit Appartements und Bungalows bauen, insgesamt hundertdreißig Betten, dazu ein Freibad, eine Sommerrodelbahn, Minigolfanlage und Kinderspielplatz, Imbissbude, Café und Restaurant mit Tanzbar. Ergänzend stellte er sich einen Pendelbus zum nahegelegenen Strand vor, oben an der Nordküste, Lolland gegenüber.«

»Das wäre eine Insel von Außerirdischen auf dieser Idylle in der Ostsee. Hielt er das für durchsetzbar?« Amanda schauderte; unmerklich schob sich eine Augenbraue hoch: »Man könnte so eine Anlage auch als Käfighaltung für Menschen betrachten: Alle sind auf einem festumgrenzten Gelände gut aufgeräumt und die übrige Insel darf ihr friedliches Gesicht behalten. So gesehen müsste man darüber nachdenken, ob der Plan nicht tatsächlich in den ›Integrierten Inselschutz‹ aufzunehmen wäre.«

»Sie machen mir Spaß!« Tannenberger schaute sie einen Moment lang fassungslos an, bevor er dröhnend loslachte: »Zootierhaltung für Menschen als ökologisches Schutzprogramm. Dabei meinen Sie es nicht einmal zynisch, habe ich recht?«

»Ich versuchte nur, mir Gillhoffs Pläne anschaulich vorzustellen. Sie können meine Reaktion zynisch nennen, immer noch besser als der staubtrockene Ernst unseres Mörders. Hätte er meinen Ausweg gehabt, könnte Gillhoff noch leben. Der war bis zu seinem Tod offenbar fleißig an der Arbeit. Ob die Gammendorfer Genaueres wissen?«

»Keine Ahnung. Irgendwer jedenfalls muss davon Wind bekommen haben, denn unser Mörder wird es gewusst haben. Oder?«

»Sonst würde er unserer Theorie widersprechen. Können Sie in der Richtung noch weiter recherchieren? Morgen?« Olivias Hartnäckigkeit belustigte Tannenberger auch heute, obwohl er gerne zugab, dass sie damit recht hatte.

»Ich werde es versuchen.« Wieder zog er die Landkarte aus seiner Mappe. Diese Abläufe glichen denen vom Vorabend so genau, dass die Schriftstellerin in Amanda die Wiederholung des szenischen Ablaufs einen Moment lang erfreute.

Tannenberger stimmte ihr zu: »Immer dasselbe, aber Karten vereinfachen manchen Denkprozess. Olivia brachte sie mit der Frage nach der Lage der Ludergrubenleichenfundstellen – das Wort des Jahres – ins Gespräch und ich halte überzeugt daran fest. Sehen Sie, hier oben ist Gammendorf. Dieses eingekreiste Gebiet ungefähr wollte Gillhoff bebauen. Drei Höfe grenzen unmittelbar daran an. Dort werde ich morgen Fragen stellen. Und mich anschließend nach dem nächsten Wirtshaus umsehen. Zufrieden?«

»Sehr sogar. Der einzige Schönheitsfehler an Gammendorf ist seine Lage: weit außerhalb unseres Ludergrubengebietes.« Olivia drehte die Karte um und fuhr ein weiteres Mal die Linie von Küste zu Küste mit dem Finger entlang.

»Das beunruhigt mich nicht«, hielt Tannenberger sofort dagegen, »Gillhoff wohnte immerhin dort.« Sein Zeigefinger klebte auf der Karte. »Haben Sie dazu etwas herausgefunden?«

Notgedrungen lieferte Olivia eine zweite Zusammenfassung ihrer Nachforschungen ab – dieses Mal auf Englisch: Für Amanda bedeutete es am Ende eines langen Tages eine Erleichterung, Tannenberger konnte folgen und gegen ihre unmittelbare Umgebung wirkte es als Schutzschild. Jedenfalls hoffte Olivia das, sprach leise und vermied Namen.

Tannenberger unterbrach sie gelegentlich, um ihre Überlegungen auf der Karte nachzuvollziehen. »Ich weiß gar nicht, ob ich dort schon mal war … Küstenwanderungen fallen nicht unbedingt in mein Aufgabengebiet.« Er grübelte laut über der Karte: »Unser Mann muss ganz schön in die Pedale treten, und das mit einem schwerbeladenen Anhänger … Als Student bin ich oft mit einem Kommilitonen auf der Querstange mitten durch Hamburg gefahren, war weiter kein Problem. Und nur weil man tot ist, wiegt man ja nicht gleich mehr, es kann schon gehen. Mit schwerer Last bietet sich an, nach Süden zu fahren. Unser Mann käme auf der festen Straße als Erstes nach Staberdorf. Wäre doch zu schön, wenn er dort wohnen würde. Aber aus dieser Bemerkung spricht allzu deutlich meine Faulheit. Ich nehme inzwischen niemanden mehr auf die Querstange, falls ich überhaupt mal mit dem Rad fahre.«

Er lehnte sich zurück und griff nach seinem Teebecher: »Anders geht es vermutlich nicht. Eine Leiche schultert man nicht. Die einzige Alternative wäre ein Traktor! Er ist bequemer als ein Rad, hat einen viel geräumigeren Anhänger und fährt direkt in die Scheune … Manch einer schlachtet selber und ist folglich erfahren im Zerlegen von Säugetieren.«

»Wozu braucht er bei dieser Infrastruktur eine Ludergrube?«

»Weil er das Ergebnis seiner Schlachtung nicht aufisst, ganz einfach. Und wenn der Hund es täte, dürfte niemand dazukommen. Viel zu gefährlich. Die meisten Landwirte hier jagen …«

»… und sind passionierte Umweltschützer?«

»Wie kommen Sie denn da drauf? Ach so, ich sehe, ich habe über der praktischen Möglichkeit die Motivation aus den Augen verloren. Nein, die Bauern hier sind die schlechtesten Umweltschützer, die Ihre Fantasie sich ausmalen mag. Sie kippen ihre Gülle auf die Felder, wann immer sie zu viel davon haben und reden gleichzeitig von sauberem Grundwasser. Auch wenn es dann wieder stinkt, wollen sie Tourismus um jeden Preis. Jeder nicht hundertfünfzigprozentig ertragreiche Acker wird für Ferienhäuser freigegeben. Jede Scheune, die für Schweine nicht mehr taugt, für Touristen umgebaut.«

Er widmete sich seinem heißen Tee. »Es gibt natürlich auch unter ihnen dann und wann ein weißes Schaf ... ein eigener Hof und eigene Schlachtung ... als Bauernsohn kann man sich natürlich einen Traktor ausleihen ...«

»Und was sagen Sie zu einem Geländewagen? Der würde auch mit jenem Radwanderweg fertig«, Amanda sah in dem Journalisten ihr eigenes Ich gespiegelt. Bevor ihr der Freund hier auf Fehmarn verloren gegangen war, hatte sie ihre Mitmenschen ganz genauso spielerisch betrachtet. Neuerdings neigte sie zu Felix Picards Ernsthaftigkeit.

»Nein, geht nicht!«, schlug Tannenberger ihren Vorschlag ab. »Kein wirklich umweltbewusster Mensch fährt diese lächerlichen Blechkisten. Rad oder Traktor, anders geht's nicht.«

»Und dass er jemanden traf, mit dem er zu dessen wartendem Auto spazierte, schließen Sie aus?«, vergewisserte Olivia sich.

Tannenberger überlegte kurz. »Sie sagten, er hat hier auf der Insel keine Freunde?« Sie stimmte zu. »Dann schließe ich es noch zweifelsfreier aus als Sie. Der Geschäftsfreund oder Kunde, den er dort am Strand hätte treffen können, wäre genau wie der Architekt mit seinem Freizeitvergnügen oder seinem Fitnessprogramm beschäftigt gewesen. Da er damit sicher fortfahren wollte, gipfelt die höchste meiner Vorstellungen in einer Terminabsprache. Danach hätten die zwei sich wieder getrennt. – Nun zu Milz, bei Ihrer Tatkraft war der sicher heute auch noch dran.«

Er hörte den kürzeren Bericht ohne zu unterbrechen an. Als Olivia endete, fuhr er mit dem umgedrehten Bleistift über die Karte: »Staberdorf wäre wirklich gar zu schön, aber Meeschendorf ist auch nicht wirklich weit und es führen geteerte Straßen dorthin, darauf fährt man doch gleich ganz anders, jedenfalls wenn unser Mann das Rad benutzt.« Sein Bleistift strich in die Gegenrichtung: »Oder Gut Staberhof, das ginge auch. Es hat mehr als eine Scheune und liegt herrlich einsam.«

»Wir brauchen mehr Fakten«, stellte Olivia nüchtern fest. »Sie haben nicht zufällig auf einer der zuständigen Polizeiwachen vorbeigeschaut?«

»Selbstverständlich, ich wollte Sie auf keinen Fall enttäuschen.« Tannenberger grinste breit, doch schnell wurde er wieder sachlich: »Erste harte Information: Die landesweite Fahndung nach Alexander Hyde geht weiter, Scotland Yard wurde gestern Abend um Mithilfe gebeten, ebenso die Tiroler Landespolizei in Innsbruck.«

»Dann gibt die Polizei ihm doch noch eine Lebenschance!« Amanda konnte es kaum glauben.

»Offenbar, aber sie haben mir nicht verraten, warum. Zweite harte Information: Bis heute Spätnachmittag war die Suche nach Ludergruben und möglichem unstatthaftem Inhalt abgeschlossen, und zwar für dieses Gebiet«, sein Bleistift markierte das Land nördlich der Linie Niendorf-Klausdorf und östlich der Bundesstraße mit den Orten Bannesdorf, Presen und Marienleuchte. »Sie haben nichts Aufregendes mehr entdeckt und überlegen, ob sie in der Umgebung der einschlägigen Ludergruben Wasserproben aus den Kuhlen nehmen lassen sollen.«

»Kein ökologisch verantwortungsbewusster Mensch würde Trinkwasser verseuchen!«

Überrascht sah Tannenberger Olivia an: »Prompter Konter. Sie haben schon darüber nachgedacht?«

»Wir sprachen mit einem Hiesigen darüber.«

»Offenbar sind Sie wieder einen Schritt schneller als die Polizei.«

»So nährt man seine Hoffnung … Was weiter?«

Er lachte: »Machen Sie auch mal Pause?«

»Wir suchen einen Mörder und ich möchte noch vor dem Winter zurück nach London.«

»Ernsthafte Schneeverwehungen sind erst nach Silvester vorgesehen.«

»Die Lawinengefahr bleibt vermutlich selbst dann nahe null … und trotzdem …«

Tannenberger gab sich schweigend geschlagen. Statt einer Antwort goss er heißen Tee nach. Olivia gab ihm ihren Becher gern herüber und dankte ihm bei der Zurücknahme mit einem Lächeln, dass er freundschaftlich aufnahm. »Ich verstehe, dass Sie vorankommen wollen. Vermutlich führen Sie in London ein vollkommen anderes Leben. Mein journalistisches Dasein dagegen ist an diese Mischung aus Hetzen und Herumhängen gewöhnt. Wenn mir das sogenannte Herumhängen zu neuen Gedanken verhilft, sei es durch die Leute, bei denen ich hänge, oder durch ihre Themen, kann ich es genießen, so wie ich auch jede Form von Klatsch genieße. Als Gymnasiast schwankte ich mit meinen Berufsplänen zwischen Psychoanalytiker und Journalist.« Er hob seinen Becher und trank ihr zu.

»Bei dem dritten Punkt, den ich von der Polizei mitbringe, können wir Ihren Vorwärtsdrang und meine Klatschneigung verbinden«, fuhr Tannenberger nach einer kleinen Pause fort, in der er seinen heißen Tee geruhsam zu sich genommen hatte. »Genau genommen handelt es sich nicht um eine Information, sondern um eine Spekulation meinerseits. Ich plauderte eine Weile mit den Wachhabenden in Eutin und brachte dabei heraus, wenn auch nicht abgesegnet, dass die Ermittlungen in Richtung Ihrer beiden Malerfreunde laufen.«

Olivias Augen wurden schmal. Das war die einzige Reaktion. Amanda zeigte überhaupt keine. Tannenberger grinste: »Sie verblüffen mich ein weiteres Mal. Warum fahren Sie nicht voll Empörung von Ihren Sitzen?« Er nahm Olivia fest in den Blick: »Sagen Sie nichts, ich weiß schon: Empörung würde uns keinen Schritt weiterbringen – aber es hätte mir gefallen. Im Ernst gesprochen bedeutet diese Ölfarbe an dem Leichenfund den einzigen Hinweis, den die Kripo überhaupt hat. Also verfolgt sie ihn. Was soll sie auch sonst tun?«

»Diese Frage könnte ich auch nicht beantworten«, gab Olivia zu.

»Wo genau wohnen die beiden Maler?«

»Felix Picard wohnt in Staberdorf und Juro Kienhardt unmittelbar hinter Gut Staberhof. Beide Wohnorte passen zugegeben wunderbar ins Bild. Für Felix Picard muss ich Ihnen leider entgegnen, dass er zum Zeitpunkt des Verschwindens von Milz und Hyde sicher nicht auf Fehmarn war und im Fall Gillhoff sehr wahrscheinlich nicht. Er verließ Fehmarn in unmittelbarer zeitlicher Nähe zu dessen Verschwinden, es bleiben fünf Prozent Möglichkeit, dass er an jenem Tag doch noch hier war.«

»Nun, da die Fälle sich so ähnlich sind, dass man von einem Täter ausgeht – die Polizei sieht das auch so – kann er es damit ohnehin nicht sein. Es sei denn, er wäre als Picard gegangen und als Alias zurückgekehrt. Das perfekte Alibi.«

»Er weiß, wie man sich in der Landschaft unsichtbar macht«, spielte Amanda Tannenbergers Gedanken weiter.

Olivia schaute die zwei über ihren Teebecher hinweg an: »Das stimmt. Er kann das aus dem gleichen Grund wie die Rehe: Er flüchtet vor den Menschen. Er ist Maler mit jeder Faser seines Wesens! Nichts sonst hat in seinen Gedanken und seinen Gefühlen Platz.«

»Manchmal kann der Alltag sehr aufdringlich sein Recht fordern.« Obwohl Olivia stumm zustimmte, las Tannenberger in ihren Augen, wie unmöglich der Mordverdacht gegen Picard ihr vorkam. »Und Kienhardt?«

»Er wohnt mit seiner Frau das ganze Jahr über hier, aber mehr als diese schlichte Tatsache und der zwischenzeitliche Besitz jener grünen Ölfarbe sprechen nicht gegen ihn.« Olivia schüttelte so energisch den Kopf, dass ihre dunkelbraunen Haare auch dieses Mal waagerecht vom Kopf standen. Dann schloss sie ihre Hände wieder um den warmen Becher und hörte Tannenbergers Überlegungen zu Juro Kienhardts möglichen Motiven zu. Doch das dauerte nicht lange. Ziemlich schnell grinste er sie wieder mal an: »Sie haben recht, so geht das nicht. Mit Worten kann man jeden verdächtig machen. Trotzdem habe ich den Eindruck, dass wir heute weitergekommen sind. Morgen werde ich mich in Gammendorf herumtreiben. Haben Sie beide schon Pläne?«

»Amanda und ich könnten die Vorsitzende dieses Brücke-Vereins, Frau Frese, aufsuchen. Es muss einen Grund geben, der Alexander zum Opfer machte. Oder wollen Sie dieses Gespräch übernehmen?«

»Nein, machen Sie nur.«

»Weiter hoffe ich, dass nach Ihren Ergebnissen in Lübeck von diesem Gammendorf gleichfalls eine Spur zum ›Inselschutz‹ führen könnte.«

»Ich fahre hin. Danach statte ich abwechslungshalber der Burger Polizeistelle einen Besuch ab und belausche die Kollegen in meinem Hotel.«

»Burger Polizei – dort weiß man sicher, was aus dem Verdacht gegen Rußke geworden ist.« Tannenberger verstand nicht, wovon sie sprach. »Der Mann ist einer der bekanntesten Inselschützer, jedenfalls in unserem Inseleck. Vor vielleicht drei Jahren geriet er unter Verdacht, Leserbriefe an das Fehmarnsche Tageblatt geschrieben zu haben. Sie enthielten Forderungen zur Ausweitung des Inselschutzes und wurden immer drohender, je länger keinerlei Reaktion kam. Die Polizei ermittelte gegen ihn.«

»Jetzt verstehe ich. Ich kümmere mich darum. Treffen wir uns am Abend wieder hier?« Er lachte. »Die verschworenen Drei – irgendwie nehme ich heute den Optimismus mit, dass wir gemeinsam den Täter finden können.«

15

Der neue Tag begann unter grauem Himmel, doch schon bald erzählten die gelben Lindenblätter vor den Fenstern von der Sonne hinter all den farblosen Schleiern. »Es sind weniger Blätter als bei unserer Ankunft«, murmelte Olivia in ihren Frühstückskaffee, »so lange wohnen wir nun schon hier. Eine ganze Woche. Himmel!« Die Tasse klirrte beim Zusammenstoß mit der Untertasse, in der stand plötzlich ein Kaffeesee. »Als Allererstes muss ich heute meine ›Londoner Skizze‹ zu Alexander druckfertig machen. Samstag muss sie erscheinen.«

Amanda schaute dem losbrechenden Wirbel gelassen zu: »Was sein muss, muss sein. Ich könnte derweil im Insel-Gymnasium vorbeigehen und mit Frau Frese eine Absprache für heute Nachmittag treffen. Anschließend werde ich einen Bummel durch Burgs gute Stube unternehmen und horchen, ob sie mir nicht doch noch alte Geschichten zuflüstern mag.«

»Wunderbar. Wenn Du unser Detektivspiel weitertreibst, kann ich viel ruhiger hier hocken bleiben.«

»Spiel – ich habe mich noch nie so wenig spielerisch gefühlt wie in den letzten Tagen.« Mit dieser düsteren Feststellung wandte sich Amanda zum Gehen.

In einem Winkel ihres Schlafzimmers stand ein sehr kleiner alter Schreibtisch aus dunklem Holz. Olivia stellte ihren Laptop auf die glänzende Holzfläche und zog einen Stuhl davor. Und schon waren die leuchtenden Lindenblätter draußen für sie verloren. Als ihr Blick sie nach anderthalb Stunden wieder streifte, kehrte sie von einer langen Reise nach London und durch die Südsee mit einem in ihrem Geiste sehr lebendigen Alexander Hyde nach Fehmarn zurück. Sie sprang auf und in der leeren Fläche des großen Raumes lockerte sie ihre Glieder, wie sie es in ihren Kindertagen in Salzburg gelernt hatte, als sie noch auf eine Laufbahn als Primaballerina gehofft hatte.

Entspannt sauste sie die Treppe hinunter, um ihren Text per E-Mail auf den Weg nach München zu bringen. Dort an Frau Nüßlers Schreibtisch fand Amanda sie bei ihrer Rückkehr. »Dora Frese hat um sechs Uhr abends Zeit für uns. Bis dahin könnten wir Ferien machen«, schlug sie vor.

Frau Nüßler trat aus ihrer Küche, heute trug sie ein gestreiftes Hemdblusenkleid, und sah ihre beiden Gäste abwechselnd an: »Sie hätten wirklich ein wenig Ferien verdient. Mir will scheinen, Sie sind vom Aufstehen bis zum Schlafengehen mit Denken beschäftigt.«

Olivia stand auf und unterdrückte weitere Dehnübungen. »Wir könnten einen großen Spaziergang machen, am Strand von Katharinenhof oder bei Staberhuk, dort gibt es auch ein kleines Wäldchen, durch das wir noch nicht gegangen sind. Was meinst Du?«

Als Amanda mit der Antwort zögerte, sprang Frau Nüßler ein: »Kennen Sie das Fischrestaurant drüben in Lemkenhafen? Nein? Dann lassen Sie sich zuallererst von mir zum Mittagessen dahin einladen. Es ist dort alles ganz einfach, Sie sitzen auf langen Holzbänken an polierten Tischen und werden mit Plastikbesteck aus Pappschalen und Papier essen müssen, wenn Sie nicht einfach die Finger benutzen. Fisch, es gibt dort nur Fisch, aber viele Arten und vielfältig zubereitet. Es wird Ihnen schmecken. Und mit viel Fisch im Magen können Sie danach eine große Wanderung unternehmen. Was halten Sie davon?«

Nach kurzem Für und Wider wurde Frau Nüßlers unerwartetes Angebot angenommen. Die Freundinnen hatten verstanden, dass Fehmarn für sie ohne einen Besuch in diesem Fischrestaurant unvollständig blieb. Und warum nicht, Fisch mochten sie beide. Obendrein bedeuteten einige Stunden mit Frau Nüßler für Amanda Ferien der besonderen Art.

›Der Rauchfang‹ zeigte sich als rotes Ziegelsteinhaus mit tief heruntergezogenem Dach, dessen Giebelseite zur Straße schaute. In ihr war offenbar von alters her Fisch geräuchert worden, drei

Räucherkammern gab es in der Gaststube noch immer. Vor der linken Wand standen lange, schmale Tische mit einfachen Bänken zu beiden Seiten. An der Wand und an den Stützpfeilern hingen Requisiten aus einer untergegangenen Lebensform. Wären Olivia und Amanda vertraut mit dem Leben der Fischer von Fehmarn gewesen, hätten die vielen Dinge ihnen sicher Geschichten erzählen können.

Nach eingehender Diskussion über den Inhalt der vielen Gefäße hinter der Theke traf Frau Nüßler die Auswahl für ihre Fischmahlzeit. Die meisten Tische waren leer und sie entschieden sich für den hintersten. Er stand vor einem kleinteiligen Fenster, durch das man aufs Wasser sah.

»Wie schön der Blick nach draußen ist, aufs Wasser«, Amanda sprach leise, als käme ihre Stimme für diesen kurzen Augenblick aus ihrer Kindheit. »Hier haben sicher immer Fischer gelebt, nicht wahr?«

Sie hatten sich gesetzt, Frau Nüßler mit dem Rücken zum Fenster, ihre Gäste ihr gegenüber mit der freien Wahl, sie oder das Wasser draußen anzuschauen.

»Richtig, hier haben immer Fischer gelebt«, bestätigte sie. Unter dem Reden öffnete sie die großen Bögen Pergamentpapier zwischen ihnen, schob jeder eine Scheibe schwarzes Brot und Servietten hinüber und begann, die Meeresforelle zu zerlegen. »Der jetzige Besitzer, er ist gut und gerne zehn Jahre älter als ich, beschloss nach der Eröffnung der Sundbrücke, sein Boot im Hafen zu lassen, stattdessen den Fang anderer appetitanregend zu verarbeiten und den Leuten auf harten Bänken in seiner alten Fischerkate zum Essen anzubieten. Die Touristen kamen in Scharen, sie kommen sogar vom Festland über die Brücke, nur um hier Fisch zu essen. Als gäbe es drüben in Heiligenhafen keinen ... Kurz und gut, diese alte Kate wurde zu einer Goldgrube und ihr Besitzer zum Millionär, nur weil er die Idee hatte, die Leute mit den Fingern fettigen Fisch aus Papier essen zu lassen.« Sie schob ausgelöste Forellenstücke über das Papier zu ihren Gästen hinüber. »Probieren Sie, der Fisch ist wirklich gut. Darin liegt natürlich das Geheimnis dieses Erfolges, das ist klar.«

»Wieso sprechen Sie von Forelle? Ist das nicht ein Süßwasserfisch?« Olivia wunderte sich gerade, wie wenig sie vom Meer wusste.

»Man nennt sie auch Ostseelachs, um die Verwirrung vollständig zu machen«, über Frau Nüßlers Gesicht huschte ein verständnisvolles Lächeln, »sie gehören zur Familie der Forellen, die auch ein Lachsfisch ist, und verhalten sich auch so. Zum Laichen wandern sie die Flüsse hinauf, aber nur so weit als unbedingt notwendig, außerdem muss das Wasser klar sein. Rhein oder Elbe sind schon lange kein Angebot mehr.«

»Verstehe.« Olivia probierte das geräucherte Fischfleisch. »Das ist gut!«

»Ja, nicht wahr, das freut mich.« Frau Nüßler beobachtete, dass auch Amanda schmeckte, was sie gerade aß. »Mein Lieblingsfisch war der Räucheraal«, fuhr sie fort, »aber seit ich gehört habe, wie bedroht er ist, esse ich ihn nicht mehr! Auf keinen Fall!«

»Aber man kann ihn hier noch bekommen …«

»Ja, leider. Ich habe mit den Leuten schon gestritten, aber Sie sehen, Geschäft ist Geschäft. So ohne Weiteres kann man da wohl nichts machen. Lassen wir das lieber hier und jetzt, ich will mich in Ihrer Gesellschaft nicht ärgern.«

»Ich muss zugeben, auch den Aal habe ich für einen Süßwasserfisch gehalten. Wieder falsch, nicht wahr?« Frau Nüßler nickte lachend.

»Pech. Wo lebt er dann?«

»Aal an sich lebt überall an den nordeuropäischen Küsten, also auch in der Ostsee. Aber Ihr Irrtum ist nur ein halber. Ein Teil der Fische bleibt vor den Küsten, ein anderer zieht die Flüsse hinauf, verbringt sein Leben im Süßwasser und kehrt erst nach vielen Jahren wieder ins Meer zurück, zum Laichen.«

»Sie verhalten sich umgekehrt wie Lachse?«, staunte Olivia.

»So ungefähr. Sie führen ein globales Leben, wenn Sie so wollen. Das Leben aller Aale beginnt in der Sargassosee, beim Bermuda-Dreieck, Sie erinnern sich, einem der größten Schiffsfriedhöfe der Weltmeere. Die meisten Aal-Larven treiben mit dem Golfstrom Richtung Europa und im Laufe ihres dritten Lebensjahres erreichen sie die Küsten von Spanien und Irland. Zu dem Zeitpunkt sind sie noch klein, ungefähr so groß wie ein durchschnittlicher Mittelfinger. Bis zur Weser- und Elbmündung brauchen sie ein weiteres halbes Jahr und die, welche unbedingt in die Ostsee wollen, sind noch mal drei Monate unterwegs. Überall an den Küsten ziehen sie die Flüsse hinauf, die Männchen weniger, die Weibchen mehr, sie werden auch viel größer. Nach zehn bis fünfzehn Jahren im Süßwasser machen sie sich auf den Rückweg in die Sargassosee, paaren sich, laichen und sterben.«

»Verrückt, völlig verrückt, und sie haben nicht einmal richtige Flossen.«

»Ja, es ist verrückt. Den ganzen weiten Rückweg in die Sargassosee fressen sie auch nicht mehr. Aal ist fett, sehr fett, er ist geräuchert wirklich köstlich. Aber das Fett reicht ihm selbst für siebentausend Kilometer Rückweg – gegen den Strom, auch das noch. Ich finde es unglaublich!«

»Gibt es hier Aale?«

»Nur wenige. Es gibt auf Fehmarn keine Flüsse, die sie hinaufwandern könnten. Aber an der Küste kann man ihn finden.«

»Hallo, min Deern, hast Du wieder mal vom Leben der Aale erzählt? – Guten Tag, willkommen im ›Rauchfang‹.« Ein älterer Mann in dunkelblauer Wetterjacke und einer dunkelblauen Seemannsmütze auf dem Kopf tauchte aus ihrem Rücken auf und lehnte sich neben das Fenster.

»Richtig, Jung. Das ist doch interessant.« Frau Nüßler sah ihn ein wenig streng an.

»Jo, isses, isses. Schmeckt es denn auch?«

»Ja, das tut es. Sonst würde ich ganz schnell nicht mehr kommen. Wie geht's Dir, was macht die Gesundheit?«

»Oh, alles in Ordnung. Alles friedlich und ruhig. Was man von Euch drüben ja nich' sagen kann.«

»Was meinst Du damit?« Eine angedeutete Strenge kehrte in Frau Nüßlers Blick zurück.

»Nun guck man nich' so. Wir haben keine Leichenteile in unseren Kuhlen, das is' aber auch 'ne Unordnung bei Euch.«

»Ja, das ist scheußlich, da hast Du recht. Und die Polizei hat noch immer keine Ahnung, wer das getan hat.«

»Nee, dazu war'n die Teile zu alt. Natürlicher Verfall kann auch was Gutes haben. Alles 'ne Frage des Standpunktes. Was redet man bei Euch drüben denn so unter der Hand? Irgendwer weiß doch immer was. Es gibt keine Geheimnisse hier auf der Insel, das glaube ich nich'.«

»Niemand weiß was. So ist das. Und keiner will wahrhaben, dass einer der verschwundenen Männer wirklich in Stücken wieder aufgetaucht ist, hier auf der Insel. Denn das heißt doch: Er ist nicht Gott-weiß-wohin verschwunden, sondern er wurde hier bei uns umgebracht und weggeschafft. Und keiner hat's gemerkt, genau wie Du sagst. Das gefällt niemandem, also red' man nicht viel darüber, verstehen tut's sowieso keiner.«

»Glaub ich, glaub ich. Weißt Du, was man hier darüber denkt?«

»Nu'?«

»Der verschwundene Maler war's. Un' jetzt hat er kalte Füße gekriegt und sich davongemacht. Für ihn war das ja nich' schwer, noch einen dritten Brief zu schreiben. Und dazu die Ölfarbe unter den Fingernägeln, Du weißt schon. Wer hat denn sonst so was? Und wenn Du mich fragst, die Polizei glaubt das auch, sonst bräuchten sie ihn ja nich' mehr überall in der Welt suchen zu lassen. Dann müssten Sie nur drüben bei Euch noch genauer nachgucken.«

Amanda sah Olivia fragend an: »Ich bin nicht sicher, ob ich alles richtig verstanden habe …?«

»Deiner Miene nach zu urteilen, hast Du das. Und warum«, sie drehte sich wieder dem blau gekleideten Mann zu, »glauben Sie, dass der Maler das alles getan hat?«

»Ja, das weiß ich auch nich'. Aber wer versteht schon die Künstler, wissen 'se, was ich meine? Bewiesen isses ja auch noch nich'. Aber wundern würd's mich auch nich'. – Nun lasst es Euch man weiter schmecken.« Damit ging er zur hinteren Tür hinaus.

Olivia sah seinem etwas breitbeinigen Gang durchs Fenster nach und schüttelte energisch den Kopf.

»Das war der Chef dieses Fischrestaurants. Nehmen Sie ihm das Gerede nicht übel«, suchte Frau Nüßler zu vermitteln, »er weiß ja nicht, dass Sie mit dem verschwundenen Maler befreundet waren. Und ich nahm an, es sei Ihnen lieber, wenn ich ihm das nicht gleich auf die Nase binde. Deswegen habe ich Sie ihm nicht vorgestellt. Außerdem setzt er gern gewagte Thesen in die Welt und guckt, was die Leute daraus machen. So viel Trubel hier auch im Sommerhalbjahr herrscht, ist doch nicht wirklich etwas los, das ihn ernsthaft beschäftigt.«

»Es gab schon mal eine Art ›Inselschutz‹-Briefe, habe ich gehört«, fiel Olivia plötzlich ein. »Sie gingen als Leserbriefe an das hiesige Tageblatt. Erinnern Sie sich daran?«

»Dunkel. Ich glaube, zwischendrin geriet ein Lehrer vom Insel-Gymnasium unter Verdacht. Nur, weil er Biologie unterrichtet. Das ist doch wirklich etwas kurz gedacht, sagen Sie selbst!«

»Wissen Sie noch, wie die Geschichte ausging?«

Frau Nüßler sah ihr Gegenüber kopfschüttelnd an: »Nein, weiß ich nicht. Wahrscheinlich verlief es im Sande, was bedeutet: Er war's nicht und die Polizei sollte nicht blamiert werden. Die meisten Polizisten sind von der Insel, Sie verstehen …«

Amanda war in Gedanken bei dem vorherigen Gespräch geblieben: »Die anderen waren es, das ist eine zuverlässig auftauchende These«, sie sah wieder aufs Wasser hinaus. »Wenn irgendwo da draußen Alexander noch atmen und malen würde … es wäre wirklich schön.«

Als die drei anderthalb Stunden später in die stille, lindengesäumte Straße in Burg zurückgekehrt waren, hatten sie sich ein gutes Stück durch die Fischkarte probiert. »Ich fühle mich wie ein Rollmops«, Olivia musste plötzlich lachen, »nur viel lebendiger. Frau Nüßler, Ihre Einladung war eine fabelhafte Idee!«

Bevor sie sich endgültig voneinander trennten, bekam Olivia das Telefonbuch, um nach Offizier Lüders zu suchen: »Ich weiß nicht genau, was ich mir von seiner Adresse verspreche, aber Informationen sind immer nützlich.« Oben auf dem dicken Teppich in ihrem Wohnzimmer fand sie seinen Namen dann auch bald. Er wohnte in Meeschendorf, vom Namen rückzuschließen, musste es die Hauptdurchgangsstraße sein.

»Und nun?«, Amanda saß mit hochgelegten Füßen auf dem Sofa. »Willst Du bei ihm läuten?«

Olivia sah zu ihr hinauf: »Am liebsten täte ich das. Aber dazu fehlen mir die konkreten Fragen. Immerhin haben wir einen zusätzlichen Fixpunkt auf unserer Karte und er liegt im erhofften Gebiet. Lass uns hinüberfahren, vielleicht treffen wir ihn zufällig.«

16

Sie fanden ihn tatsächlich. Hinter Gut Staberhof schritt er auf die Steilküste zu. Sie ließen den Wagen am Straßenrand stehen und gingen denselben Weg. Offenbar spürte er, dass er nicht mehr allein unterwegs war. Er drehte sich um und als er sie erkannte, blieb er stehen. Statt einer Begrüßung äußerte er: »Da sind Sie wieder, ich habe Sie auch gestern gesehen.«

Olivia sah zu ihm hinauf. In seinem Blick lag eine Mischung aus Anerkennung und Belustigung. ›Wie kommt er dazu‹, fragte sie sich und wischte den Gedanken noch im Entstehen beiseite. »Ein Spaziergang zum Meer unter diesem Himmel«, mit einer leichten Armbewegung schwang ihre Hand zu dem lichten Blau über ihren Köpfen hinauf, »ist einfach ein Vergnügen.«

Er stand wie festgewachsen in der Ackerkrume und sah sie an. Mit einem kurzen Blick zu Amanda nickte er: »Als ich Sie zum ersten Mal sah, hätten Sie vergnügt, entspannt, vielleicht ein wenig neugierig sein sollen, aber Sie waren es nicht. Sie waren so ernst, wie eine Festveranstaltung mit Nebelhörnern, Fischerbooten und weißen Tauben es von Rechts wegen nicht zulässt.«

Seine Feststellung teilte sich Olivia wie eine Druckwelle mit, die an ihr anbrandete, sich teilte und seitlich vorbeizog. Sie trug ein Angebot an sie heran, zugleich mit der Freiheit, es auszuschlagen. Sie nahm an: »Wir waren dort mit einem Freund verabredet, der nicht kam.«

Ihre Blicke trafen sich. »Mit dem Bildhauer Alexander Hyde, der noch immer nicht gekommen ist?« Seine tiefe Stimme schien sich über der Wintersaat zu verlieren. Olivia horchte ihr nach. Was veranlasste ihn dazu, dieses Gespräch anzufangen? Sollte sie offen sein, so offen wie die Felder um sie herum vor ihnen lagen?

Ihr Blick flog darüber hin und bestätigte ihr, dass der Blick so frei auch wieder nicht war. Es gab diese Gebüsche um die Sölle und es gab die Knicks, Schutz für Rehe und Mörder. Sie sah wieder zu ihm hinauf. Sein prüfender Blick, der jetzt sie traf, mochte auf See der Wolkenbildung oder den Wellen gegolten haben. »Sie haben recht, er ist noch immer nicht gekommen.«

»Wäre er gekommen, würden Sie nicht mehr über die Felder von Fehmarn laufen. Was suchen Sie hier? Hier und an der Küste?«

Seine Frage löste ein Dröhnen in ihren Ohren aus. Es schien aus den Feldern aufzusteigen und sie zu umkreisen wie eine Windhose, in deren ruhigem Zentrum sie stand, für den Moment sicher, aber getrennt von der Welt der Menschen.

»Wir versuchen, ihm auf andere Weise zu begegnen«, übernahm Amanda die Antwort. »Dies hier ist das Land, in dem er viel gemalt hat. Manches Bild brachte er mit nach London und jetzt sehe ich die wirkliche Welt zu der Welt, die er gemalt hat. Dieses Schauen und Erinnern ist wie ein wortloses Gespräch mit ihm.«

Johann Lüders nickte: »Dann lassen Sie uns zur Küste vorgehen. Im vorigen Sommer saß er sehr häufig dort vorn und malte das Meer, im Vordergrund ein schmaler Sandsaum oder ein Streifen der Baumwipfel, vielleicht haben Sie eines dieser Gemälde gesehen. Man sah gerade so viel von der Küste, dass ich wusste, er fühlt sich nicht wie auf einem Schiff. Er überließ sich nicht dem Meer, seiner Freiheit ...«

Während sie auf das Meer zugingen, nahm Lüders den Gesprächsfaden wieder auf: »In diesem Sommer kehrte Hyde dem Meer den Rücken. Wissen Sie, warum?«

Olivia stellte fest, dass Amanda sich ein wenig darüber wunderte, wie genau dieser Fremde beobachtete und wie wenig er das verhehlte. Doch behielt die Freundin ihre Gedanken für sich und beantwortete seine Frage: »Es scheint, dass er im vergangenen Winter die Berge entdeckt hat, die Alpen. Ihre steinerne Unverrückbarkeit stand auf einmal gegen die veränderliche Bewegung des Wassers.« Sie sah prüfend zu ihm hinauf: »Die Berge können einen aufnehmen, einen teilhaben lassen an ihrer Kraft, verstehen Sie, was ich meine?«

Lange sah Lüders hinaus auf die See: »Wenn die See uns aufnimmt, ist das unser Ende. Man kann sein Leben darangeben, sie kennenzulernen. Doch weder harte Arbeit noch Tapferkeit noch Selbstaufopferung haben sie je freundlich gestimmt. Sie kennt kein Erinnern, keine Treue und kein Mitleid. Der Mensch kann sie nicht bezwingen, so wie er das bei der Erde versucht. Er kann nicht einmal dann ein Teil von ihr werden, wenn er sein ganzes Leben auf See verbringt. Ihre Unergründlichkeit, ihre Veränderbarkeit nimmt ihn nicht einmal wahr.« Endlich wandte er sich doch wieder den Menschen zu, die neben ihm standen und gleich ihm in die Unendlichkeit hinaussahen. »In jenem Begreifen starb ein Teil meines Selbst. Das habe ich damals als junger Offizier empfunden. Ich bin nicht der Einzige, der dieses Begreifen durchlitt. So elementar ist die Beziehung eines Seemannes zum Meer. Ich fuhr zu der Zeit auf einem Windjammer, einem jener gewaltigen Segelschiffe, die heute nur noch im Dienst der Marine, als Schulschiffe über die Meere ziehen.« Um seine Augen zog sich ein Lächeln. »Die See verführt einen immer wieder mal zu einem Pathos, das bei anderen Themen undenkbar wäre.«

Als das allgemeine Schweigen anhielt, kehrte Lüders zu Alexander zurück: »Warum sah ich Ihren Freund immer wieder hier draußen mit seinen Malutensilien, obwohl die Berge ihn der See abspenstig gemacht hatten?«

Amanda blickte noch immer aufs Meer hinaus, als sie antwortete: »Weil kein Tag verging, an dem er nicht wenigstens seinen Stift in Gang setzte. Er war der festen Überzeugung, dass nur beständiges Üben freies Schaffen ermöglicht. Er strebte durchaus nach Freiheit. Aber vielleicht hat er in diesem Sommer begriffen, dass es eine andere war als die des Meeres … könnte doch sein …« Damit kehrte auch sie der See den Rücken: »Schauen Sie bitte, der Radfahrer dort hinten, ist das jener, der meiner Freundin mehr über diese Kuhlen erzählen könnte?«

Lüders folgte ihrem Blick: »Genau der. Wenn wir etwas Glück haben, kommt er hierher. Die Kuhle, an der wir vorhin vorbeigingen, ist eines seiner natürlichen Aquarien.« Der Mann seinerseits hatte sie nun ebenfalls gesehen und trat langsamer in die Pedale. Lüders reagierte darauf, indem er sich aus der kleinen Gruppe löste und ihm entgegenging. Der Mann bog in den Feldweg ein und bremste kurz darauf vor dem Offizier ab. Da standen sie nun voreinander: annähernd gleichgroß, der eine mit grauen, kurzen Haaren und einem kurzgehaltenen Bart, der andere mit dichten braunen Haaren, länger und windzerzaust, mit dunklem Vollbart und nach vorn gebeugt, als wäre ihm entgangen, dass er seine Lenkstange losgelassen hatte.

Nach der Begrüßung holte Lüders Amanda und Olivia mit einer Armbewegung zu sich: »Diese beiden Engländerinnen lernte ich hier auf meinen Spaziergängen kennen. Sie scheinen genauso viel unterwegs zu sein wie ich. Gerade sprachen wir über das Meer.« Der bärtige Mann griff wieder zur Lenkstange, während er die fremden Frauen musterte. Er schien Olivia wiederzuerkennen, doch seine Gesprächsbereitschaft war nicht größer als vor Picards Haustür. Er sagte nichts.

Lüders riskierte derweil einen Blick in die Bauholzkiste, die zu einem Fahrradanhänger umgebaut worden war: »Was transportieren Sie da in diesem Plastikgefäß?«

Der Bärtige gab Lenkstange und Musterung auf und trat neben den Offizier. Er hob einen eckigen, halb mit Wasser gefüllten Behälter heraus und stellte ihn auf die dunkle Erde. »Ich bringe einige Muscheln, die ich in dieser Kuhle ansiedeln möchte. Sie sind ungewöhnlich klein.« Auf Lüders fragenden Blick hin ergänzte er: »Vielleicht liegt es an dem Aquarium in der Schule und sie brauchen die freie Natur, vielleicht fehlt ihnen ein Nahrungselement, von dem ich leider noch keine Ahnung habe.«

Die Muschelschalen sahen wie ein aufgespannter Fächer aus, der sich aus einem rechteckigen, gewellten Stück Kalkschale aufspannte. »Ihre Schale ist vollkommen ebenmäßig«, bewunderte Olivia die fremden Lebewesen, »wie heißen sie?«

»Es sind Malermuscheln. Den Namen haben sie tatsächlich dadurch erhalten, dass früher die Maler in ihren Schalen Wasserfarben anrührten. Nur waren sie, wie gesagt, deutlich größer, bis zu zehn Zentimeter.«

»Gibt es noch mehr Muscheln mit so sprechenden Namen?« Olivia stand gebeugt über dem Wasserbehälter und sah auf die Muschelschalen. Die Tiere, die imstande waren, diese vollendeten Gehäuse zu schaffen, sah man nicht. Rußke ließ sie nicht aus den Augen.

»Nun?«, ermunterte Lüders ihn.

»Es gibt zum Beispiel Tellerschnecken.« Rußke antwortete mehr seinem Bart als den Menschen, immerhin streifte sein Blick Lüders. »Das sind keine Muscheln, sie leben aber in denselben Gewässern. Beide brauchen Süßwasser.« Widerwillig ging er schließlich zum nächsten Soll. Er kniete sich nieder und holte zwei Schnecken auf seine Hand, beide Schneckenhäuser waren erstaunlich flach und wie Spiralen gedreht. »Hier sind zwei – ihr Name erklärt sich von selbst, nehme ich an. Diese mit den geringeren Windungen ist eine sogenannte Posthornschnecke, sie kann sich sehr gut an die Wasserqualität anpassen, weil sie einen vorstreckbaren Hautlappen in der Atmungshöhle hat, der ihr gewissermaßen als Kieme dient. Mit dieser zusätzlichen Vorrichtung kommt sie auch mit schlechterem Wasser zurecht, als wir es hier haben. Denn die andere Art, diese wesentlich feiner gedrehte Spiralige Tellerschnecke braucht unbedingt Wasser mit hohem Sauerstoffgehalt.«

Er trat von der Wasserkante zurück und hielt seine offene Handfläche seinen Zuhörern hin. Die Begeisterung für die erstaunlichen kleinen Lebewesen hatten seinen Widerstand gegen die Fremden einen Akt lang besiegt. »Diese Schnecken heißen auch Purpurschnecken und ich versuche, Ihnen zu zeigen warum.« Behutsam klopfte er mit dem Fingernagel auf das Gehäuse der Tiere und zum begeisterten Staunen seiner Zuschauer sonderte die Posthornschnecke einen roten Tropfen ab. »Sie verstehen jetzt auch ihren alten Namen, nicht wahr? Diese Flüssigkeit ist Hämoglobin, roter Blutfarbstoff, der den Sauerstoff im Blut nicht nur löst, sondern auch chemisch bindet. So wird der Sauerstoffgehalt des Wassers optimal ausgenutzt.«

Nach einem Blick auf die Umstehenden setzte er die kleinen Tiere am Uferrand ins Wasser.

Er richtete sich auf und sein Blick fiel erneut auf die beiden Frauen. Er nahm den Wasserbehälter mit den Malermuscheln vom Boden auf: »Ich würde sie jetzt gern in Ruhe aussetzen.«

Instinktiv machte Olivia einen Schritt zurück, Amanda trat auf den Feldweg hinaus und Lüders bedankte sich für sie alle mit einer leichten Verbeugung. Im Zurückgehen erzählte er knapp von zahlreichen Aquarien und Herbarien, die Lehrer Rußke im Insel-Gymnasium aufgestellt hatte. Er setzte alle möglichen Tier- und Pflanzenarten hinein und beobachtete sie mit seinen Schülern. Nach Ende eines Lernprojektes setzte er die Tiere in einen der Sölle oder auch ins Meer zurück und brachte andere. So hielt er viele Schüler lange an der Stange. Am Küstenpfad trennten sie sich. Im letzten Moment hielt Olivia ihn zurück und griff in ihre Jackentasche. Zwischen der zusammengefalteten Karte zog sie einen Zeitungsausschnitt heraus: »Kennen Sie den Mann? Haben Sie ihn auf Ihren Spaziergängen einmal gesehen?«

Lüders erkannte das Foto mit einem Blick: »Es ist dieser unselige Handelsvertreter. Ja, ich sah ihn hier und da. Einmal sprach ich ihn an und ließ mir erklären, was er mit seinen Plastiktüten und Ästen trieb. Er ist harmlos.« Er tippte wieder leicht an seine nicht vorhandene Kappe und ging davon.

Es sprach fast alles dafür, gab Olivia sich gerne zu, dass der kleine Mann, der sich Mabuse nannte und das Spiel des Geocaching dazu benutzte, für seine kleinen Halloween-Schädel Werbung zu machen, mit den verschwundenen Männern überhaupt nichts zu tun hatte. Sie schaute noch einmal über die Schulter zum Soll zurück, bevor sie mit Amanda dem Pfad oberhalb der Küste in die andere Richtung folgte, vor sich Staberholz.

»Den Dr. Mabuse hielt die Welt auch für einen Ehrenmann, bis sich das Gegenteil herausstellte«, bezog Amanda nach einigen fünfzig Metern gegen Lüders Stellung. »Man sieht den Leuten ihre Grausamkeit nicht an. Auch er nicht!«

Der Himmel hatte unter ihren Gesprächen seine Farbe verloren, ganz genauso das Land, obwohl die Dämmerung gerade noch nicht eingesetzt hatte. Im Schatten der Knicks wirkten die Feldränder bereits düster. Als sie einen Trampelpfad hinunter zum Wasser entdeckten, folgten sie ihm. »Merkwürdig«, Olivia horchte in die Luft hinauf, »nie höre ich hier Möwengeschrei. Vermutlich sind die Vögel um diese Jahreszeit schweigsam. Oben in dem Wäldchen leben Krähen, sie waren auch ganz still. Als hätten sie für dieses Jahr einander alles mitgeteilt.« Mit rascherem Schritt schlugen sie am Wasser entlang den Rückweg ein.

Auch hier bauchte die Insel so weit ins Meer hinaus, dass der Blick hinausgetragen wurde, weil er das Land nicht einsehen konnte. Umso leichter glitt er an der Küstenlinie entlang, als sie um die Spitze bogen. In der Ferne sahen sie die Frauengestalt, der sie noch nie näher gekommen waren.

Amanda verlangsamte ein wenig das Tempo: »Siehst Du sie? Melusine ist wieder da.«

Dem Meer den Rücken zugewandt, stand sie gebeugt über dem Sand und regte sich nicht. Als sie sich allmählich aufrichtete, blieb ihr Kopf gesenkt, ihr Gesicht hinter der Überfülle ihrer roten Haare verborgen. Wenige Meter vor der ins Schauen versunkenen Gestalt blieben die Freundinnen stehen. Olivia hoffte, sie möge sie entdecken, bevor sie wieder mit der Küste verschmolz. Also wartete sie und Amanda mit ihr.

Offenbar hatte die Gestalt sie wahrgenommen. Eine dunkle Stimme drang unter den Haaren hervor: »Er konnte nicht wissen, dass ein Sturz von der Steilkante tödlich sein kann.« Eine Hand strich die Haare zurück und große meerblaue Augen sahen auf. »Sehen Sie den Aal hier vor meinen Füßen? Seine Zeit war gekommen, er musste zurück ins Meer, aber dieser Findling am Fuß der Steilküste brach ihm das Rückgrat.«

Die Angesprochenen traten näher und Olivia hockte sich nieder. Vor ihr lag ein dunkler, glänzender Leib, beinahe eher eine Schlange als ein Fisch, deutlich länger als einen halben Meter. Sie sah an der schmalen Frauengestalt hinauf. »Von wo kam er denn?«

»Das wüsste ich auch gerne. Aber er kann nur aus einem der Sölle oben gekommen sein.«

Olivia erhob sich nach einem verwunderten Blick auf den toten Leib und sah fragend in die meerblauen Augen.

»Aale kommen aus dem Meer, verbringen ihr Leben im Süßwasser und kehren am Ende ihrer Zeit ins Meer zurück. Der Ruf des Meeres ist so stark, dass sie sich auch aus Binnengewässern aufmachen und sich über feuchte Wiesen dem Strand zuschlängeln. Nachts, sie sind immer nachts unterwegs. Der Mensch sieht sie normalerweise nicht. Zwischen dem Süßwasseraufenthalt dieses Aales und dem Meer lag verhängnisvollerweise die Steilküste.«

»Sein Maul sieht gefährlich aus. Wovon lebt er?«

»Er ist ein Raubfisch, man sieht es, nicht wahr? Mit dem spitzen Maul ernährt er sich von Insektenlarven und Würmern und von Schalentieren, Muscheln, Schnecken, Krebsen. Als Küstenbewohner könnte man ihn für einen Feinschmecker halten.«

»Und umgekehrt essen manche Feinschmecker gern Räucheraal«, drehte Amanda den Spieß herum.

Die meerblauen Augen trafen sie, während Olivia nach kurzem Aufblicken wieder den seltsamen Fischleib betrachtete. Die Bauchseite des dunklen Körpers schien silbrig zu schimmern. »Was geschieht jetzt mit ihm?«, wollte sie wissen.

»Die Möwen werden ihn finden«, lautete die ruhige Antwort. »So wird er im Tod einigen Meeresbewohnern das Leben verlängern. Wir sind alle Teil des immerwährenden Kreislaufes.« Ein letzter Blick, die Hände in den Manteltaschen schienen sich zu Fäusten zu ballen und die Ellbogen drückten sich durch. Die schmale Gestalt ging in die Richtung davon, aus der Olivia und Amanda gerade gekommen waren. Die Freundinnen setzten ihrerseits ihren Weg am Strand fort. Als Olivia sich noch einmal umwandte, war der Strand leer.

Jede grübelte für sich. So stiegen sie die Steilküste hinauf. Auf dem Weg zum Auto kamen sie am Fahrrad des bärtigen Lehrers vorbei und an dem Soll, in dem er seine Muscheln aussetzte. Ihn selbst verbarg das dichte Gebüsch und schützte ihn vor weiteren Fragen. Olivia fühlte ein leichtes Gruseln den Rücken hinaufkriechen: »Komm, lass uns schnell zum Auto laufen, bevor dieses flache Land uns auch verschlingt.«

17

Dora Frese wohnte in einem der roten Ostpreußenhäuser an der Straße, die aus Burg hinaus Richtung Burgstaaken führte. Sie hatte Tee gekocht, auf dem flachen Couchtisch standen eine Schale mit dicken braunen Kandiszuckerstücken, ein Kännchen Milch und ein Teller mit Keksen. Alles wirkte gastlich und doch spürte Olivia ziemlich sicher, dass sie nicht willkommen waren. Frau Frese stellte allgemeine Fragen zu ihrem Fehmarn-Aufenthalt, als hätte sie normale Touristen vor sich.

Eine Weile spielte Olivia mit. Doch die Stimmung wärmte sich unter diesem Geplauder nicht auf. Dora Frese schien entschlossen, ihrerseits nicht auf den verschwundenen Künstler zu sprechen zu kommen. Da half alles nichts. »Frau Frese, Ihr Verein heißt ›Brücken – heute‹ – um welche Brücken geht es?«

»Nun, Fehmarn liegt zwischen den zentraleuropäischen Staaten und Skandinavien. In den vielfältigen Prozessen des sich zusammenschließenden Europa wollten wir unserer Insel eine Stimme geben, ein Gespräch anstoßen. Wir glauben, dass die einzelnen Menschen miteinander sprechen sollten. Wenn sie das schaffen, können sie diesen Prozess mitgestalten, statt über ihre Köpfe hinweg die Dinge einfach geschehen zu lassen.«

»Wann überhaupt haben Sie sich zusammengeschlossen?«

»Vor zehn Jahren.«

»Die Skulptur ist gewissermaßen Symbol eines Jubiläums …«

»… und eines Erfolges, wir haben mehr Gespräche und Reisen zwischen den Nachbarländern zustande gebracht, als ich mir erhofft hätte. Dänische und schwedische Nachbarn waren bei der Enthüllung anwesend, haben uns mit ihren Spenden unterstützt.«

»Ich finde das großartig!« Olivia war durchaus ehrlich begeistert. Sie dachte an ihre zahllosen Artikel in der Süddeutschen Zeitung, die den deutschen Lesern England mit seinen vielen kleinen Besonderheiten aufschließen sollten.

»Und wie kamen Sie auf die Idee mit der Skulptur?«

»Jaaa … irgendwie … Wir machten uns Gedanken darüber, wie wir auch die Touristen erreichen könnten … Ich weiß es heute nicht mehr so genau. Sie war jedenfalls irgendwann da, es gab eine große Startspende … Mehr oder weniger unbemerkt hatte die Sache sich verselbständigt.«

»Und wie kamen Sie auf Alexander Hyde?«

»Das war nicht schwierig. Wir wollten einen Künstler von der Insel und außer ihm macht hier sonst niemand Skulpturen. Ihm gefiel die Idee mit den Brücken … Es ergab sich sozusagen von selbst.«

»Hat Ihre Vereinigung unter den Fehmaranern auch Gegner?«

»Wie kommen Sie denn darauf?« Dora Freses Gegenfrage klang wie eine Rüge.

»Das Verschwinden von Alexander Hyde und der Brief dieser ›Vereinigung Inselschutz‹ legen sie nahe. Haben Sie sich das in der letzten Woche nicht selbst gefragt?« Olivia legte so viel Verwunderung in ihre Stimme, dass Frau Frese ihren Widerstand ein wenig zurückzog.

»Nun ja, es gibt immer Leute, die anderer Meinung sind, das ist gut und richtig so. Und natürlich gibt es Leute, die allein das Wort ›Brücke‹ schon in Rage bringt. Damals in den Sechzigern, als die Sundbrücke gebaut wurde, gab es wilde Proteste gegen den Bau. Eigentlich weiß heute jeder, dass die Brücke gut für uns ist. Trotzdem gibt es jetzt wieder massiven Widerstand gegen eine Brücke hinüber nach Lolland, nach Dänemark. Es gibt immer Menschen, die sich vor dem Neuen fürchten. Das ist es, glaube ich.«

»Aber die Fähren oben in Puttgarden fahren so regelmäßig, dass man sie getrost aneinanderhängen könnte. Das ergäbe ebenso eine Brücke.«

»Ein wenig verstehe ich den Protest gegen die zweite Brücke«, warf Amanda ein. »Noch ist Fehmarn eine Insel. Zwar gibt es diese

Brücke zum Festland, aber wenn man sie überquert hat, fühlt man sich wie auf einer Insel, vor einem liegt ein Land, das rundum von Wasser umschlossen ist. Mit einer zweiten Brücke wäre dieses Stück Erde an zwei Seiten festgebunden, nur noch ein Trittstein in der Ostsee, über den der Verkehr hinwegrollt.« Sie lächelte zu Olivia hinüber: »Auch Peter Schlemihl setzte nur einen seiner Siebenmeilenstiefel auf Fehmarn auf, als er um die Welt raste, aber er musste genau treffen, wenn er keinen nassen Fuß bekommen wollte. Bei zwei Brücken muss niemand mehr einen Gedanken an das Meer verschwenden. Und was wird aus einer Insel, wenn niemand mehr an das Meer denkt, das sie umgibt?«

»Das wird nicht geschehen!«, protestierte Frau Frese entschieden. »Der Verkehr fließt darüber hin, das ist jetzt auch nicht anders. Wir Insulaner dürfen das Meer keinen Augenblick vergessen. Was glauben Sie, geschieht in einer Sturmnacht, wenn wir die Deiche nicht mehr pflegen? Das ist es ja: Fehmarn ist und bleibt eine Insel, daran ändert auch eine weitere Brücke nichts. Sie macht das Zusammenleben der Nachbarn einfacher, das ist alles.«

Zu Olivias Überraschung entspann sich zwischen Amanda und ihrer Gastgeberin eine lebhafte Diskussion über das Für und Wider einer Beltbrücke. Amanda schlug sich nach einer Woche Übung in der deutschen Sprache tapfer. Olivia studierte, wie stark alle Argumente von Emotionen gesteuert wurden. Sie lieferten reiches Material für verbissene Kämpfe. Amanda focht allerdings nur spielerisch, mit leichten Formulierungen und leichtem Lächeln. Sie endete mit einem überraschenden Ausfall: »Wer liebt Fehmarns Isolation so sehr, dass er Sie hasst?«

»Warum mich? Warum unseren Verein? Kann das Verschwinden von Herrn Hyde nicht ganz andere Gründe haben?«

»Warum ließ dieser Drohbriefschreiber die beiden vorausgegangenen Männer verschwinden?«, hielt Olivia sofort dagegen.

»Vielleicht war es ja gar nicht derselbe, die Schreibmaschine war eine andere.«

»Aber der Text und der ganze Ablauf sind identisch.«

»Das kann man nachmachen. Die Zeitungen berichten immer ausführlich genug.«

»Glauben Sie das wirklich?«

»Es ist immerhin eine Möglichkeit. Und die Polizei weiß noch so wenig, dass diese Möglichkeit nicht unwahrscheinlicher ist als andere.« Damit hatte Dora Frese ihren sicheren Hafen gefunden. Olivia bemühte sich noch eine Weile, sie wieder hinaus aufs freie Wasser der Spekulationen zu locken, aber erfolglos. Ein wenig fassungslos erhob sie sich schließlich, bedankte sich artig und trat hinaus in den frischen Herbstwind.

In letzter Sekunde fiel ihr noch etwas ein: »Vielleicht erinnern Sie sich, Frau Frese. Vor Jahren gab es Leserbriefe an das Fehmarnsche Tageblatt zum Thema Inselschutz. Kann es sein, dass Herr Rußke sie geschrieben hat?«

»Nein. Er beobachtete diese Vorgänge nur, allerdings sehr scharf. Zu Anfang war er erfreut, dass sich endlich Stimmen für den Schutz der natürlichen Insellandschaft erhoben. Aber niemand, weder ein Leser noch ein Journalist, ging darauf ein. Die Briefe wurden dringlicher und Asmus bemühte sich, den Schreiber herauszufinden, ergebnislos.«

»Merkwürdig.«

»Das fanden wir auch. Als ihn die Sache nicht losließ, riet ich ihm, eine Annonce an den oder die anonymen Schreiber in die Zeitung zu setzen: Sie sollten mit ihm Kontakt aufnehmen. Aber so offiziell vortreten wollte er dann doch nicht.«

»Kam je heraus, wer diese Briefe geschrieben hat?«

»Nein, ich denke nicht, ich wüsste jedenfalls nichts davon.« Frau Frese sah an ihnen vorbei in die Dunkelheit hinaus: »Warum bleiben Sie hier? Um diese Jahreszeit wird es bereits sehr zeitig finster, und auch sonst ...«

»Wir suchen unseren Freund.«

»Um den bemüht sich aber doch die Polizei. Was könnten Sie dem schon hinzufügen?«

»Wir können mit den Leuten reden. Und wenn auch nicht jeder jeden kennt, wie es immer heißt, so kennt doch jeder ziemlich viele der anderen. Vielleicht fällt Ihnen nach unserem Gespräch doch noch irgendetwas ein, das weiterführt. Könnte doch sein. Manchmal weiß man auch nicht, wie wichtig eine

Kleinigkeit sein kann, die man nebenher beobachtet hat. Das Land ist so flach …«

»Das stimmt. Ich verstehe sowieso nicht, wie das alles unbemerkt geschehen konnte. Geben Sie auf sich acht. Ich hätte viel zu viel Angst, da draußen herumzulaufen. Irgendwann findet dieser ›Inselschutz‹ heraus, dass Sie ihn suchen, und dann …«

Als Amanda den Wagen gewendet und Frau Frese die Haustür geschlossen hatte, unkte Olivia: »Frau Frese hat Alexander beseitigt, weil sie die Spendengelder versaust hat. Vielleicht liegt er vor seinem letzten Werk im Wasser der Hafeneinfahrt und dient als Fischfutter.«

»Ich finde das nicht sehr komisch!«

»Nein, ist es auch nicht. Entschuldige. Frau Frese fand ich auch nicht komisch, jedenfalls nicht im komödiantischen Sinn, in dem von ›seltsam‹ allerdings schon.«

Sie hatten Frau Nüßlers Haus noch nicht erreicht, als Amandas Handy läutete. Es war Felix Picard. »Geht es Ihnen immer noch gut?«

Olivia, die sich gemeldet hatte, weil sie auf dem Beifahrersitz saß, spürte seine Sorge und verstand ihn: »Wir sind immer unterwegs, es ist alles in Ordnung. Leider gibt es keinen Durchbruch. Es ist finster. Sind Sie brav zuhause?«

»Bin ich. Agnes rief gerade an und lud mich zum Abendessen ein. Sie bat mich, Sie und Amanda mitzubringen. Wird das gehen? Haben Sie Lust? Und Zeit?«

Nach kurzer Abstimmung mit Amanda willigte Olivia ein: »Wir kommen gern. In ungefähr einer Stunde, ist das recht? Und bleiben Sie im Haus. Wir holen Sie ab!«

In ihrer Ferienwohnung streckte Olivia sich auf dem weichen Teppich aus: »Dies könnte mein Lieblingsplatz auf Fehmarn werden«, teilte sie leichthin mit. »Nun zu Moritz Tannenberger.«

Er meldete sich gleich. Als er ihre Stimme erkannte, warnte er: »Sagen Sie nicht, Sie haben heute Abend etwas Besseres vor. Ich wäre tief enttäuscht.«

Olivia lachte endlich einmal: »Ich beginne Ihre Theatralik zu lieben. Leider haben wir zwar nichts Besseres, aber doch

Zwingenderes vor. Wenn Sie Informationen hüten, die bis morgen anbrennen, könnten wir uns kurz vor Mitternacht treffen. Ansonsten würden wir uns freuen, wenn Sie morgen zum Frühstück hierherkommen könnten. Was sagen Sie?«

»Ich bin tief enttäuscht. Und ich komme gern zum Frühstück zu Ihnen. Leider brennt nichts an, aber der Tag ist ja auch noch nicht zu Ende.«

18

Amanda rollte vor Felix Picards Haustür aus und hupte zweimal kurz. Es klang wie ein lustiges Jagdhorn und drückte die Finsternis für einen Moment hinter den Knick auf der anderen Seite der Straße. Er stieg ein. Gemeinsam rollten sie zu den Kienhardts.

»Gibt es Neuigkeiten?«, wollte Olivia sofort von ihm wissen.

»Nein, ich denke nicht. Agnes will uns nur um sich versammeln; das ist es, vermute ich. Und sich Ihnen gegenüber wenigstens manchmal gastfreundlich zeigen, wenn Fehmarn schon ziemlich versagt. Etwas in der Art sagte sie.«

»Mögen Sie ein wenig von Agnes erzählen? Was macht sie, wenn Juro malt?«

»Sie baut eine ganze schützende Welt um ihn. Manchmal fürchte ich, dass er gar keine Ahnung mehr vom normalen menschlichen Leben hat, von ganz normalen Freuden und Schwierigkeiten. Gerechterweise muss man für Agnes ins Feld führen, dass Juro immer schon mit einer Ausschließlichkeit für seine Arbeit gelebt hat, die dem alltäglichen Leben extrem fern war. Ihn beschäftigten von Anfang an die ganz großen Fragen von Mensch und Natur und ihrer Wechselbeziehung, niemals ein einzelner Mensch, ein spontan auftauchendes Thema, das vorüberzieht und wieder vergessen wird. Agnes wusste das, als sie sich für ihn entschied.«

»Schauen Sie, da vorn«, unterbrach Olivia Felix. »Sehen Sie den Radler, der auf uns zukommt? Hat er nicht ein großkariertes Hemd an?« Schon waren sie aneinander vorbeigefahren, Radler und Auto. »Ob ihm nie kalt ist?«, überlegte Olivia weiter. »Ich hätte um diese Tageszeit eine Wetterjacke über meinem Hemd.«

»Ich sehe diesen Mann immer nur in einem seiner großkarierten Hemden«, bestätigte Felix. »Inzwischen vermute ich, dass ich für meinen Teil immer nur das Hemd wiedererkenne, nie den Mann, also gar nicht sagen kann, ob er manchmal etwas anderes trägt.«

»Was wissen Sie über ihn?«

»So gut wie nichts, wir haben noch nie ein Wort miteinander gewechselt. Er wohnt auf dem großen Hof, der zwischen Rußke und mir liegt, von der Straße sieht man nur die Einfahrt. Also begegnen wir uns gelegentlich, aber er nickt immer nur stumm und geht oder fährt zügig weiter. Ich bin damit ganz einverstanden.«

Olivia nickte in die Dunkelheit, dann drehte sie sich halb zu Felix um: »Kehren wir zurück zu Agnes.«

»Richtig, bei ihr waren wir stehen geblieben. Nun, einen Teil des Tages verbringt sie an ihrem Schreibtisch, über Essays oder wissenschaftlichen Aufsätzen, je nachdem. Sie hat Kunstgeschichte und Soziologie studiert, in Hamburg. Eines ihrer Spezialgebiete ist die Geschichte der Mode und was sie uns heute über das Leben der Menschen von früher erzählt.«

»Und das macht sie in ihrer Abgeschiedenheit? Braucht sie dazu denn keine Bibliotheken?«

»Sie fährt manchmal für ein paar Tage nach Hamburg. Juro fährt gar nicht so selten mit. Innerhalb der erreichbaren Möglichkeiten wenigstens führt Agnes ihn in die Welt der Menschen. Sein Kunsthändler sitzt in Hamburg. Man muss einkaufen. Sie gehen ins Theater. Die zwei sind keine Maulwürfe, auch wenn Juro so tut, als wäre er einer.«

Und wieder ertönte das Jagdhorn, das eigentlich eine Hupe war. Agnes stand in der erleuchteten Tür, als sie zu Fuß um die Hausecke bogen. Sie trug auch dieses Mal ein langes, schmales Kleid, das handgewebt aussah. Heute war es dunkelblau und ließ ihre langen Haare golden erscheinen.

In dem großen Wohnraum waren alle Vorhänge zugezogen und etliche Kerzen brannten. Ihr Schein ließ die Gräser und Algen, die an den Wänden hingen und in Vasen neben den Kerzen standen, Schattenarabesken an die Wände zaubern. Olivia empfand etwas wie Geborgenheit, vielleicht lag es auch daran, dass ihr der Raum und seine Bewohner langsam vertrauter wurden.

Sie versammelten sich gleich um den gedeckten Esstisch. Auf ihm standen zahlreiche Schalen angeordnet, jede mit einem anders angerichteten Fisch gefüllt, dazu ein großes dunkles Brot und Tee. Während Agnes ihn einschenkte, registrierte Olivia das leere Schnapsglas vor jedem Platz, das einstweilen leer blieb. Vermutlich sollte sein Inhalt später den Fisch noch einmal zum Schwimmen bringen. Aber für den Augenblick hegte sie freundschaftliche Gefühle für die Leere des Glases.

»Neuigkeiten?« Olivia legte den Kopf leicht zur Seite und schaute freundschaftlich in die Runde. »Was sagt der Fehmaraner Klatsch?«

»Nichts, oder doch so gut wie nichts«, Agnes irritierte das offensichtlich. »Es kommt mir vor, als wollte niemand mit mir über die Ereignisse reden. Aber warum nicht? Wenn ich in die Gesichter schaue, glaube ich inzwischen, alle halten mich für den Täter. Dabei ist das doch schon deshalb nicht möglich, weil man ziemlich sicher annimmt, dass es einer oder mehrere Männer gewesen sind. Milz war schwer und was man mit ihm angestellt hat, erfordert ziemlich viel Kraft. Soviel habe ich mitbekommen oder meine Mutter, um ehrlich zu sein. Mit ihr redet man einstweilen noch.« Olivia starrte sie an. Ausnahmsweise hatte es ihr die Sprache verschlagen. »Sie staunen, stelle ich fest. Ich auch, dass können Sie mir glauben. Ich fühle mich so deutlich ausgegrenzt, dass es richtig unbehaglich wird. Nur Asmus redete heute mit mir offen und wie immer, ausgerechnet er, der Schweigsame. Aber Klatsch erfährt man von ihm nicht, natürlich nicht.«

»Darf ich fragen, was Sie miteinander sprachen?« Olivia hatte ihre Sprache wiedergefunden.

»Ach, ganz normal. Er fragte, wie es uns geht und ich ihn dasselbe. Er brachte ein neues Trockenplankton zu seinen

Malermuscheln und wollte Schlammschnecken für ein Aquarium im Insel-Gymnasium holen.«

»Aus dem Soll drüben vor der Küste, rechter Hand davon liegt Staberholz?«

Agnes lächelte: »Aus genau dem, ich nehme es wenigstens an. Ich überholte ihn mit dem Auto und hielt. Und wie immer, wenn ich ihn treffe, guckte ich in seinen Anhänger. Das mache ich seit Kindertagen so. Damals hatte er seine Aquarien zuhause, heute in der Schule. Das ist der einzige Unterschied.«

»Schon damals hielt er Tiere in den Söllen?«

»Nein, nein, so kann man das wohl nicht sagen. Er beobachtete, was sich in einzelnen Söllen in unserer Nähe so alles tat, aber er nahm keinen Einfluss auf das Leben darin. Damit begann er nach seinem Studium, als er hierher zurückkehrte ... irgendwann ... Er fragte übrigens nach Ihnen beiden. Nehmen Sie es ihm nicht übel, aber ich glaube, Sie stören ihn ein wenig und das hat er sich gewiss anmerken lassen.«

»Warum stören wir?«

»Um diese Jahreszeit hat er das Land hier weitgehend für sich allein und er ist nun mal ein Einzelgänger, der lieber mit Schnecken und Muscheln redet als mit Menschen. Ich erzählte ihm von Ihnen, um besseres Wetter zu machen. Aber ich weiß nicht, ob das hilft.«

»Was haben Sie ihm von uns gesagt?«

»Nun, dass Sie Freunde von Alexander sind und inzwischen über dem schrecklichen Verschwinden auch zu unseren wurden.«

»Wollte er wissen, warum wir auf dem Land herumlaufen und arme Einheimische ansprechen?«

»So schlimm ist er auch nicht«, Agnes musste fast lachen, »aber ich kann mir vorstellen, wie widerstrebend er sich ins Gespräch ziehen lässt. Nein, er wollte nur wissen, wieso Sie noch da sind, wenn Ihr Freund doch nicht gekommen ist. Ich sagte ihm, dass Sie nach ihm suchen. Darüber schüttelte er erwartungsgemäß den Kopf, gab sich aber zufrieden. – Sie müssen essen, bitte nehmen Sie sich von allem.«

Mit einer der Schalen in der Hand hielt Olivia noch einmal inne: »Agnes, wenn Sie mit dem Auto unterwegs waren wie heute, oder mit dem Rad, haben Sie dann auch einmal den Mann gesehen, der sich um den Geocache kümmerte?« Sie stand auf und holte sein Foto aus der Jackentasche von der Garderobe draußen.

»Ich sah das Bild in der Zeitung, aber ich erinnere mich nicht, ihn je draußen gesehen zu haben.« Ihre Antwort kam ruhig und definitiv.

Olivia steckte den Zeitungsausschnitt zurück und setzte sich wieder. »Mir ist über dem Stichwort ›Zeitung‹ gerade eingefallen, dass es mal Leserbriefe zum Inselschutz gegeben haben soll. Und dass Ihr Freund Asmus Rußke unter Verdacht geriet, der Autor zu sein.«

Agnes ließ erstaunt die Hände sinken: »Davon weiß ich gar nichts. Merkwürdig … doch, warten Sie. Das liegt Jahre zurück. Asmus freuten diese Briefe damals. Aber sie blieben ohne jede Wirkung, wie das meiste Gedruckte. Ich habe keine Ahnung, wer sie geschrieben hat, Asmus auch nicht. – Sie müssen essen, bitte!« Entschlossen hielt sie Olivia die nächste Schale hin.

Die Fischspeisen unterbrachen das Gespräch und ein ganz normales Durcheinander beherrschte die Runde. Es tat allen wohl. Olivia glaubte die Entspannung, die sich in Felix ausbreitete, zu spüren. Sie sah ihren Tischnachbarn an und empfing ein Leuchten aus seinen dunklen Augen.

»Es gibt mehr Leute, die nicht gern mit uns reden«, nahm Olivia den vorherigen Gesprächsfaden auf, nachdem sie die Speisen gewürdigt hatte. »Wir kamen gerade von Dora Frese, als Felix uns anrief.«

»Alexander hätte dort ein kurzes Vergnügen gefunden«, warf Amanda dazwischen, »auch in ihrem Wohnzimmer hängt ein Kronleuchter, ein kleiner, aber ein Kronleuchter.«

»Hatte sie die Vorhänge zugezogen? Es war finster, als ich anrief.«

»Nein«, überlegte Amanda kurz, »nein, das hatte sie nicht. Alexander hätte ihn beim Spazierengehen sehen können. Es ist nur etwas weit von hier.«

»Wenn ich überflüssige Zeit hätte, würde ich es wie Alexander machen. Ich finde es immer interessant, zu sehen, wie die Leute wohnen«, teilte Olivia ehrlich mit, »auch wenn ich selbst meine Vorhänge zuziehe, bevor ich abends das Licht anschalte.«

»Die Leute gehen mit einem gewissen Recht davon aus, dass man nicht in ihre Fenster schaut«, entgegnete Agnes, »und ob Sie's glauben oder nicht, man tut es hier auch nicht. Ich wurde streng erzogen.«

»Trotzdem verstehe ich es nicht …«

»Ursprünglich war es protestantisch korrekt, offenzulegen, dass man nichts zu verbergen hatte. Das Leben sollte vor aller Augen ablaufen. Dieses demonstrative Zurschaustellen bewirkte das Gleiche wie ein zu tiefes Dekolleté: Man schaute nicht hin, möglichst jedenfalls. Das Offensichtliche ist nicht aufregend, jedenfalls nicht aufregend genug, um die gültigen Umgangsformen zu brechen. Seit Langem denkt man darüber nicht mehr nach, es ist eben so. Viele könnten die Vorhänge auch gar nicht zuziehen, weil sie nur schmale Stoffstreifen an den Seiten der Fenster aufgehängt haben, um der Wohnlichkeit willen.«

»Das ist schade, denn man sollte nicht ganz vergessen, dass schwere Vorhänge die Kälte abhalten, zumal in stürmischen Nächten, die es hier doch geben muss«, in Olivia rumorte immer noch ein Rest Unverständnis.

»Dagegen halten wir unsere Fenster bis heute klein und mit Querstreben.«

»Hm, überzeugt. Umso mehr, als Sie sich nicht daran halten. Ihre Glasfront ist auch gar zu schön!«

»Ja, wir lieben sie auch«, stimmte Agnes zu. »Tagsüber leben wir mit der Landschaft da draußen. Mit der Finsternis will ich allerdings nicht leben. Deshalb die Vorhänge. Diese großen Fenster kann ich mir abends und nachts ohne sie nicht vorstellen. – War Ihr Gespräch mit Dora Frese hilfreich?«

»Ganz und gar nicht. Sie lässt den Gedanken einfach nicht an sich heran, dass es ernsthaften Widerstand gegen ihre Bürgervereinigung überhaupt geben könnte. Was meinen Sie?«

»Ich sprach mit Thea, ich traf sie heute im Supermarkt, deswegen wundert es mich nicht allzu sehr. Dora scheint sich mitschuldig an Alexanders Verschwinden zu fühlen. Sie glaubt, dass er wegen der Plastik und dem Wirbel, den allein schon die Tourismuswerbung darum gemacht hat, ins Fadenkreuz öffentlicher Aufmerksamkeit geraten ist. Aber was erklärt das schon?«

Olivia überlegte: »Der Weg zwischen Tourismuswerbung und Inselschutz kann unter Umständen sehr kurz sein. Wenn man bedenkt, dass die öffentliche Wirkung der vorhergehenden beiden Morde nicht sehr durchschlagend war, schon gar nicht für den Umweltschutz, bot die Denkmalsenthüllung mit Alexanders Fernbleiben zusammengenommen eine unerwartet spektakuläre Möglichkeit, der sturen, eingleisigen Tourismuspolitik endlich einen wirkungsvollen Querschläger hineinzuhauen.«

»... den der Fund des Geocachers verdorben hat ... Glück hat dieser Mörder nicht gerade«, stellte Amanda fest. »Manche Leute haben einfach immer Pech, er ist so einer. Er setzt sich für den Schutz seiner Insel ein und keiner hört ihm zu. Endlich ist er so sauer, dass er mordet und wieder verändert sich nichts in den Köpfen der Leute. Der Zufall beschert ihm eine Aufmerksamkeit erheischende Möglichkeit, die ein dahergelaufener Journalist kippt, rein zufällig und völlig unabsichtlich. Eigentlich kann er nur noch sich selber in die Luft sprengen.«

»Das würde die Insel wenigstens wieder sicher machen ...«, Olivia schauderte. »Doch noch mal zurück zu Dora Frese: Uns gegenüber tat sie, als habe das eine nichts mit dem anderen zu tun, also die Plastik nichts mit Alexanders Verschwinden. Als habe überhaupt nichts mit irgendetwas anderem zu tun, auch der Fall Milz nichts mit dem von Alexander. Allerdings warnte sie uns beim Weggehen vor dieser diffusen Inselschutzvereinigung ganz im Allgemeinen, als würde sich in ihr oder überhaupt auf der Insel allmählich Angst einnisten vor einer Gefahr, die sich nicht fassen, nicht mal einkreisen lässt; allenfalls so weit, dass sie im Finstern zuschlägt ... Um von unseren Beobachtungen zu Ihren, Agnes, zurückzukehren: Ich werde nie verstehen, dass ein Mensch, der sich mitschuldig fühlt an einem Unglück, die Hilfe verweigert, die dieses Unglück zumindest lindern könnte. Das Gegenteil ist doch richtig und wichtig und, wenn Sie so wollen, auch eine Art Wiedergutmachung, wenn es das gibt. Verstehen Sie mich bitte nicht falsch, ich denke nicht, dass Frau Frese eine Mitschuld trifft, aber umso weniger kann ich ihr Verhalten uns gegenüber nachvollziehen.« Olivia atmete tief durch und widmete sich dem Fisch auf ihrem Teller.

Die anderen taten es ihr nach – außer Amanda, die belustigt die gesenkten Köpfe betrachtete. »Möchten Sie hören, welche Theorie man drüben in Lemkenhafen zusammengebastelt hat?« Alle Köpfe hoben sich, außer dem von Olivia. »Alexander ist die graue Eminenz hinter der ›Vereinigung Inselschutz‹. Und jetzt hat er sich davongemacht, bevor es aufflog.« Fassungslosigkeit malte sich auf die eine oder andere Weise in jedem der Gesichter. Niemand wollte diese Theorie kommentieren.

»Dieses Stück hier auf meinem Teller ist was für ein Fisch?« Olivia war nach ihren Gesprächen mit Frau Nüßler von ihrer Unkenntnis sehr überzeugt.

»Das ist Räucheraal.«

»So kann ich ihn wenigstens noch probieren.« Sehr aufmerksam widmete sie sich dieser einmaligen Situation. »Meine Güte, er ist wirklich gut! Ich habe gehört, er zählt zu den bedrohten Fischarten?«

»Von welchem Fisch hört man das heute nicht.« Mehr sagte Agnes dazu nicht.

»Wir sahen heute einen toten Aal am Strand. Wie konnte er dahinkommen? Eine Frau mit einem Meer roter Haare stand vor ihm. Kennen Sie sie?« Olivia fasste Juro fest ins Auge.

»Vermutlich kam der Aal an Land, um mit ihr zu reden – und überlebte es nicht, weil er sich zu lange aufhielt.« Juro sagte es ganz ernsthaft. »Ich sehe diese Frau häufig, aber ich habe noch nie mit ihr gesprochen.«

»Wer ist sie?«

»Ich weiß es nicht. Sie ist da und im nächsten Augenblick verschwunden. Ich habe etliche Skizzen von ihr, deswegen bin ich sicher, dass sie wirklich ist.«

»Sie zeichnen Menschen? Draußen?« Es fiel Olivia schwer zu glauben. Dieser wortkarge, abweisende Einsiedler sollte unter den Augen der Menge sitzen und zeichnen? Ausgeschlossen! Doch er überraschte sie noch mehr.

»Ich mache das sehr viel, besonders im Sommer, wenn der Strand voll ist und niemand sich über einen zeichnenden Mitmenschen wundert. Gesichtsausdrücke, Körpersprache ... Ich habe viele Skizzen.« Ihr fragender Blick rang ihm weitere Sätze ab: »Die Physiognomie verbindet den Menschen mit der Natur. Die Geschichten von Trollen, Gnomen und Riesen setzen Mensch und Natur seit Jahrhunderten in Bezug zueinander, Sie wissen das. Diese Geschichten gaben dem Unbegreiflichen an Bergen, Höhlen, Geräuschen und so weiter menschenähnliche Gestalt. Sie schufen damit für die Zuhörer ein Gegenüber, mit dem diese umgehen konnten. Gleichzeitig nahmen die Menschen immer etwas von sich selbst in den Felsen oder den Wolken wahr, etwas unformulierbar Verwandtes. Davon bin ich überzeugt. Umgekehrt sind in ihnen selbst Kräfte am Werk, die sich ihrem Bewusstsein entziehen und sie als sehr natürliche Wesen dastehen lassen. Der sich seiner selbst nicht bewusste Teil der Menschen füllt die meisten meiner Skizzenblätter. Es gibt gewaltige Kräfte, die in ihnen genauso wirksam sind wie in einem Adler oder einem Hasen, oder auch in einem Hagelsturm. Das ist es, was mich am meisten umtreibt und nach draußen unter die Menschen jagt.«

»Wenn ich Ihre Skizzen betrachten würde, könnte ich darauf die Menschen als solche erkennen?« Juro nickte, jedenfalls konnte man seine sparsame Kopfbewegung so deuten. »Wie geht es dann weiter? Bringen Sie etwas von den Gefühlen oder Gesten aus diesen Skizzen in Ihre Landschaftsbilder ein?«

»Darum geht es: um die gewaltigen Kräfte der Natur und damit im Menschen. Gefühle werden zu Farben, wie mir auch Töne zu Farben werden.« Als Juro Olivias abwartenden Blick nicht abschütteln konnte, ergänzte er: »Der Schrei des Hasen, man hört ihn hier, immer in äußerster Not, ist gellendes Gelb; dunkelviolett das Heulen der Eulen.« Ein leichter Schnaufer deutete an, dass er mehr nicht sagen würde.

Olivias Augen wanderten zu Agnes: »... die Frau mit dem Meer roter Haare ...«

Agnes schüttelte den Kopf: »Ich kenne die fragliche Frau nicht, obwohl ich Juros Skizzen gesehen habe. Unten am Strand bin ich auch selten und nie zu ihren Zeiten – offenbar.«

»Wann sind Sie denn dort?«

»Nur ganz früh morgens.«

»Irgendwo auf Fehmarn muss sie leben, weil sie immer da ist ...«

»Sie scheint immer unten am Strand zu sein, Juro sah sie nie woanders und Sie auch nicht. Was kann diese Frau da unten schon sehen, das für Sie wichtig sein könnte?« Agnes verstand Olivias Beharrlichkeit nicht ganz.

»Auch sie muss dahin kommen, verstehen Sie? Und eigentlich doch auf den gleichen Wegen wie wir, schließlich gibt es nicht viele Möglichkeiten. – Dieser Fisch schmeckt ausgezeichnet!« Olivia beschloss, sich zu stärken. Nach einigen weiteren Bissen ließ sie das Besteck wieder sinken: »Das alles kann nur heißen, dass Melusine ihre Haare straff zusammenbindet und wahrscheinlich hochsteckt oder unter eine Mütze schiebt und mit einer freundlichen Mimik, an der niemand hängen bleibt, durch Burg wandelt. Jeder dort wird ihre Maske für das richtige Gesicht halten. Ich würde ihr gern dort begegnen ...« Sie sah doch wieder Juro an: »Welche Maske verwenden Sie als Strandmaler?«

Überrascht sah er von seinem Teller auf. Nach kurzer Verzögerung antwortete er nüchtern: »Es gibt eine Reihe von Möglichkeiten: falsche Bärte, Augenbrauen und Perücken. Nicht einmal Felix würde mich erkennen, solange er mich nicht anspricht.«

Der so ins Gespräch Gezogene ließ seinen Blick sinnend auf dem Freund ruhen, bis sich allmählich ein unverkennbares Lächeln in seinen Mundwinkeln durchsetzte: »Erinnerst Du Dich an unser Zusammentreffen im Staberholz im zurückliegenden Frühjahr? Es war um die Osterzeit.«

Juro nickte. »Damals, als Asmus mich nicht erkannte?«

Jetzt nickte Felix und alles schien gesagt. Das war zu viel für Amandas Zurückhaltung: »Sie können uns die Geschichte nicht vorenthalten. Und ich bin sicher, Sie haben sie noch nicht so häufig erzählt, dass Sie selbst davon ermüdet sind.«

»Man sollte sie überhaupt nicht erzählen! Asmus gegenüber ist das nicht fair«, protestierte Agnes ungewohnt energisch.

»Es wird immer interessanter«, Amanda legte ihre Linke leicht auf Agnes' Arm. »Ich liebe Geschichten. Und ich schwöre, sie nicht auszuposaunen. Fangen Sie an, Felix.«

Das Lächeln in dessen Gesicht saß noch immer in den Falten um Mund und Augen: »Die Geschichte spielt, wie gesagt, drüben im Staberholz. Juro hatte sich als Trollähnlicher maskiert. Für einen echten Troll ist er zu schmal, denke ich immer, aber er kam so einem Geschöpf schon ziemlich nahe: verfilzte Haare, buschige Augenbrauen und ungepflegter Vollbart, gebeugte Haltung. Ich traf ihn auf der Lichtung mitten im Gehölz. Wild gestikulierend und schimpfend sprang er vor einem der Bäume auf und ab und brachte nach einer ganzen Weile einen Mann dazu, aus der großen Buche herunterzusteigen. Ich persönlich hätte mir das gut überlegt, aber der Baumsteiger hatte sich offensichtlich in Zorn treiben lassen, landete mit einem respektheischenden Sprung vor dem wilden Troll und begann seinerseits auf ihn einzuschimpfen. Es ging um Krähen, so viel konnte ich mir zusammenreimen.« Die Freunde sahen sich an; auch Juro vergnügte sich unverkennbar an dieser Erinnerung. Er sagte allerdings kein Wort.

Felix seinerseits beugte sich Amandas Lächeln. »Juros Schimpfkanonade steigerte sich bis zu dem Angriff, dass nur ein der Natur vollkommen unkundiger Barbar den brütenden Rabenkrähen nachstellen kann. Der Teufel solle ihn holen! Den hatte der Baumsteiger inzwischen wohl gesehen, denn er wurde weiß bis in die Haarwurzeln, ballte seine Fäuste und stürzte im letzten Moment seiner Selbstbeherrschung an seinem Angreifer vorbei aus dem Staberholz hinaus. Es war enorm komisch, doch gaben wir beide keinen Laut von uns.«

»Wut ist nicht komisch«, überlegte Olivia.

»Sie haben recht. Ich hatte mich an der Szene belustigt, weil ich sie bis gegen Ende nicht ernst nehmen konnte; und komisch war Juro, wie er dastand und seinem Gegner hinterherstarrte.«

»Der Vorfall ist nicht komisch! In überhaupt keiner Hinsicht!« Agnes' Augen waren dunkel geworden. »Gerade Du, Juro, solltest Asmus in Ruhe lassen. Gerade Du!« Ihr Mann reagierte nicht.

»Rabenkrähen …« Olivia ließ das Wort zwischen die Ehepartner fliegen. »Rabenkrähen …«, dieses Mal wandte sie sich an Juro: »Sie kennen sich mit Krähen aus?«

»Ich mag sie sehr, diese schwarzen Vögel, die im Blau des Himmels so überraschend verlöschen oder ihren Schatten im Vorbeifliegen auf die Scheunenwände werfen, wie abfärbend …«

»Sind Rabenkrähen eine besondere Art?«

»Ich glaube nicht. Ich mag sie einfach, sie und ihre Verwandten, die Nebelkrähen, die im Winter hier einziehen. Sie brüten weiter im Osten, in der Lausitz, wo ich aufgewachsen bin. Ich freue mich jeden Winter, sie zu sehen.«

»Wir haben Krähen gesehen, aber nur wenige.«

»Rabenkrähen leben nicht in Kolonien wie Saatkrähen.«

Juro wurde wieder einsilbig. Hilfesuchend sah Olivia sich in der Runde um. »Früher nistete eine große Saatkrähenkolonie im Staberholz«, ergänzte Agnes so ruhig, als wäre ihr Ausbruch nicht gewesen. »Jedes Jahr zur Brutzeit kamen die Bauern und schossen die Vögel von den Bäumen. Es war eine Hatz, die mit dem sogenannten Krähenbier endete. Asmus' Vater nahm noch daran teil, manches Mal gab er den Schützenkönig.«

»Und warum?«

»Ach, das hat eine lange Tradition. Ganz früher, also vor zweihundert, dreihundert Jahren, zogen die Knechte der umliegenden Höfe mit langen Stangen ins Holz und stießen die Nester damit aus den Bäumen. Kühnere kletterten auch die Bäume hinauf, um die vom Boden unerreichbaren Nester zu kippen. Im 19. Jahrhundert löste das Gewehr diese waghalsige Unternehmung ab und in meiner Kindheit war eine Art Schützenwettkampf daraus geworden. Heute gibt es hier keine Saatkrähen mehr.«

»Und doch geht der Sohn des ehemaligen Schützenkönigs noch immer auf Krähenjagd, ganz allein … Was an der Beschimpfung kann Asmus Rußke so aus der Fassung gebracht haben?«

»Jeder hat mal einen schlechten Tag«, Agnes schien das ganz normal zu finden.

Olivia hingegen weniger. »Nein, das glaube ich nicht. Gab es schon früher Streit zwischen Ihrem Mann und Rußke?«, bohrte sie nach. Agnes verneinte stumm.

»Haben Juro, oder Alexander vielleicht, seinen Frieden bei den Söllen gestört?«

»Davon weiß ich nichts.«

»Sie kennen Asmus Rußke, solange Sie auf der Welt sind. Sie kennen ihn gut und Sie mögen ihn sehr. Diesen Eindruck hatte ich jedenfalls, als Sie vorhin über ihn sprachen. Sie müssen doch eine Vermutung haben.«

Agnes musterte Olivia, nicht einmal unfreundlich. »Sie und Ihre Fragen … Suchen Sie nicht einen Verbrecher? Glauben Sie, dass Sie dem auf diese Weise näher kommen?«

»Schon möglich. Wenn die Menschen hier nur nicht so einsilbig wären … Was sie nicht erzählen, muss ich durch Beobachten herausfinden …«

»… und das ist ein zeitaufwendiges Verfahren. Die Polizei kann die Menschen zum Reden zwingen. Das geht schneller.«

»Manchmal, manchmal auch nicht. Die Polizei kann mit ihrer offiziellen Autorität auf Antworten bestehen. Es müssen aber nicht die sein, die weiterführen.«

»Ja, ich weiß, die Fragen, die die Beamten hier gestellt haben, waren alle falsch, auch wenn ich verstehe, warum sie sie gestellt haben. Das spricht für Sie.«

Olivia lenkte das Gespräch auf Fehmarn zurück, schließlich sprachen sie über das Insel-Gymnasium und seine Existenzprobleme. Thea Henning, Dora Frese und Asmus Rußke arbeiteten dort, das schien Grund genug. Zur allgemeinen Überraschung drängte Amanda unvermittelt zum Aufbruch.

Agnes begleitete sie zur Tür. Olivia sah an ihr vorbei hinaus in die Finsternis: »Sie haben eine Schwäche für schweigsame Männer, war das in Ihrer Jugend schon so?« Statt einer Antwort reichte Agnes Amanda die Hand zum Abschied, dann Felix. Sie kam nicht umhin, auch Olivia die Hand zu geben. Jetzt sahen sie einander an. »Haben Sie nicht doch einen Schlüssel zu dem Vorfall im Staberholz?« Agnes' Händedruck wurde zu einer Klammer, ihre Augen starrten in die braunen von Olivia. Die Zeit stand still. Irgendwann löste Olivia ihre Hand aus der Umklammerung. »Gute Nacht!«, wünschte sie leise.

Die Dunkelheit der randbewachsenen Straßen um Gut Staberhof war schwarz. Doch auch die Weite dahinter blieb unter der dicken Wolkendecke ziemlich finster. Alle schwiegen, bis Felix seinen Gedanken doch laut werden ließ: »Irgendwo hier läuft ein Mörder herum. Ich fühle mich nicht einmal mehr in meinen eigenen Wänden richtig wohl, wenn eine meiner Katzen draußen in der Nacht unterwegs ist. Nun, eine Woche werde ich das alles noch durchstehen, dann muss ich zurück nach Düsseldorf, das Semester beginnt. Ich wünschte, Sie könnten dann auch nach London heimkehren.«

»Ja, das wünsche ich mir auch«, Olivia verstand ihn gut. »Der Mörder muss nur einen Fehler machen. Seit heute weiß ich, dass das möglich ist. Wenn ich auf der richtigen Spur bin.«

Grabesstille herrschte im dunklen Auto. Nicht lang, denn wenige hundert Meter später hielt Amanda vor Felix' Haustür. Schweigend reichte er jeder die Hand und verschwand im Haus. Erst dann fuhr Amanda weiter.

Olivia war bei dem Halt nach vorn gewechselt und betrachtete die Freundin: »Warum mussten wir so früh aufbrechen? Du bist heute genauso wenig müde wie sonst um diese Tageszeit. Was war los?«

»Es war einfach die Ernsthaftigkeit der Kienhardts. Sie dämpfte den Flug meiner Gedanken so nachhaltig, dass ich die Gefahr einer Bruchlandung auf mich zukommen sah. Warum dieses Risiko eingehen, wenn es Dir nicht einmal weiterhilft?«

»Bist Du Dir da ganz sicher? Schließlich kennen wir drei Leute am Insel-Gymnasium.«

»Erstaunlich genug. Aber Ihr habt ja nicht über diese drei geredet, sondern über die Existenz, also das Wie, Ob usw., der Schule. Ich habe Schulen noch nie gemocht!«

19

Moritz Tannenberger erschien aufgeräumt und tatenlustig zum Frühstück.

»Was für Neuigkeiten bringen Sie mit?«, wollte Olivia wissen, noch bevor er sich gesetzt hatte.

»Sie haben das Kommando. Wenn ich einen schwarzen Kaffee bekomme, bin ich bereit zu antworten.«

Er bekam ihn. Mit theatralischer Verwunderung betrachtete er die Tasse, die Olivia vollgoss, nahm sie mit den Fingerkuppen auf und leerte sie – vorsichtig, denn der Kaffee war heiß, doch zügig, denn viel enthielt sie nicht.

»Stellen Sie ab, dann gieße ich nach«, schlug Olivia vor.

Er sah zu ihr auf: »Meinen Sie, das geht?«

»Hundertmal, wenn Sie wollen, nur eine größere Tasse geht nicht. Die haben wir hier nämlich nicht.«

Er sah sich in der schmalen, langen Küche unter der Schräge um, während er neuen Kaffee bekam: »Das ist ein schwerer Mangel, aber sonst gefällt es mir hier. Schwarzen Kaffee habe ich bekommen und die Aussicht auf unbegrenzten Nachfluss, also an die Arbeit. Ich weiß, warum die Kripo Alexander Hyde noch draußen in der Welt sucht. Sie ist auf sein Pseudonym gestoßen. Gefällt mir, muss ich sagen.«

»Und jetzt sucht sie zwei Männer – gewissermaßen?«, eine Prise Skepsis lag in Olivias Stimme.

»Gewissermaßen. Als zwei vervielfachen sie die Neugier.«

»Sagen Sie bloß nicht, die Kripo hat es mit Lesen versucht. Nur unter gedruckten Texten findet man diesen Namen.« Amanda fand seine Mitteilung bizarr.

»Bestimmt nicht. Aber gefunden haben sie ihn. So etwas kommt vor. Nun probieren sie, was passiert, wenn man einen Mann unter diesem Namen sucht. Ganz abwegig ist der Versuch nicht. Und sein Ergebnis offen.«

»Verratet Ihr mir Hydes zweiten Namen?«

Tannenberger hob seine Mappe vom Boden auf: »Man muss ihn geschrieben sehen, um ihn richtig zu würdigen. Schauen Sie.«

Olivia las: J. E. Kyllman. Zwei erwartungsvolle Augenpaare ruhten auf ihr. Sie brauchte einen Moment, doch dann knackte es in ihrem Hirn: »Fabelhaft! Der kluge Doktor Jekyll schreibt kunsttheoretische Abhandlungen über den malenden Mr. Hyde ... Geradezu zwingend. Ein spielender Künstler ... Alexander gefällt mir immer besser. Dabei fällt mir ein: Was wurde aus dem Handelsvertreter, der sich Mabuse nannte?«

»Er ist auf freiem Fuß unter der Auflage, sich zur Verfügung zu halten. Der Arme ist derart schockiert, dass er zuallererst seinen Geocache einsammelte und Mabuse im Internet tilgte.«

»Klar. Was hätten Sie gemacht?«

»Ich würde Fehmarn nie wieder betreten. Spaß beiseite. Nächster Punkt. Gestern hatte ich gegen Abend plötzlich freie Zeit, wie das nur kam ... Die Chefin meines Hotels ließ mich ins Internet. Ergebnis meiner Recherche: Es gab nie einen Offizier Johann Lüders auf der ›Gorch Fock‹. Was sagen Sie dazu?«

»Das nächste Pseudonym – muss ein grassierender Virus sein. Wie werden Sie sich morgen nennen?«

»Max. Ist doch klar.«

Olivia hielt sich an ihrem schwarzen Kaffee fest: »Der Tag ist noch zu jung für diese Art Dialog. Ich bin einfach noch nicht in Spiellaune.«

»Alexander spielte ganz sicher mit seinem Namen«, bekräftigte Amanda.

»Juro benutzt seine Maskeraden eher als Schutz ...«

»... und um Felix Picard nicht ganz zu vernachlässigen: Wir wissen nicht, als welcher Alias er nachts herumstreicht und blinde Zeichnungen aufs Papier wirft«, ergänzte Amanda.

»... oder in der Dämmerung Makler verschwinden lässt, während alle glauben, er sei weit weg ...«

Olivia erstarrte unter den spielerischen Angeboten: »Unser Täter hat mehr Glück, als er verdient! Felix und die Polizei sind sich einig, dass er, Felix, in allen drei Fällen des Verschwindens nicht auf Fehmarn war. Ein Konferenzdatum aus Düsseldorf belegt auch den Zweifelsfall eindeutig. Er erzählte es gestern Abend. Das heißt, er kann ihn, den Mörder, nicht zufällig bei seinen Streifzügen in der Dunkelheit bemerkt und gezeichnet haben. Das wäre zu schön gewesen.«

»Eine gebeugte Linie der Angst, ein Rücken, ein Sack. Was Felix daraus wohl gemacht hätte? Gesehen hätte er in der Dunkelheit nicht wirklich, aber geahnt – was? Was hätten sich bewegende Schatten und dazugehörende Geräusche ihm erzählen können?« Amanda hätte sich die Szene gerne ausgemalt, doch Olivia ließ das nicht zu.

»Er war nicht vor Ort, keine Hilfe. Welches Spiel spielt Lüders?« Sie bohrte entschlossen ihr Messer in ein Brötchen.

»Das müssen wir noch herausfinden«, Tannenberger goss sich inzwischen Kaffee nach. »Ich habe gestern ein wenig über die Rolle herausgefunden, die er sich selber zugewiesen hat. Wollen Sie es hören? Es handelt sich um Klatsch.«

»Nur zu, vielleicht lassen sich Fakten daraus gewinnen.«

»Na fein. Er muss Ende sechzig sein und lebt seit ungefähr vier Jahren auf der Insel, allein, und zwar in Meeschendorf. Dort hat er ein Backsteinhäuschen geerbt, aus dessen oberem Stock man aufs Meer hinaussehen kann. Schön, nicht?«

»Sehr schön. Wer vererbte ihm das Haus?«

»Berechtigte Frage. Meine Gesprächspartner waren sich einig, dass es sich um Verwandtschaft handelt. Zuletzt lebte in dem fraglichen Häuschen eine Hanna Lüders, die aber kinderlos starb.«

»Immerhin klärt sich so sein Gebrauchsname. Wie alt war Hanna Lüders? Tante, Cousine ...«

»Keine sichere Vorstellung, aber Tante oder jedenfalls diese Generation dürfte am wahrscheinlichsten sein.«

»Warum? Unser Lüders ist auch schon fast siebzig.«

»Die Beschreibung von Hanna Lüders klang nach einem vergessenen Bratapfel.«

»Du lieber Himmel! Was macht er – Lüders, nicht der Bratapfel – den lieben langen Tag?«

»Zuerst einmal renovierte er Häuschen und Garten, in diesem Zusammenhang redete er auch mit den Nachbarn oder den Handwerkern. Aber nur streng sachbezogen. Welche Farbe empfehlen Sie zum Streichen von Fensterrahmen – so in dem Sinne.«

»Nach vier Jahren dürfte er mit dieser Beschäftigung zu einem Ende gekommen sein, oder?«

»Es gibt immer was zu tun. Aber im Ernst haben Sie recht. Er begann, große Spaziergänge zu machen. Die Leute, mit denen ich sprach, würden solche Entfernungen mit dem Fahrrad zurücklegen. Er ist immer zu Fuß. Das ist das eine, das andere: Er zeigt sich inzwischen zunehmend auf öffentlichen Veranstaltungen aller Art, immer im Hintergrund, immer schweigend, aber bereit zu antworten, wenn er angesprochen wird.«

»Und – wird er das?«

»Offenbar in steigendem Maße. Die Leute haben herausgefunden, dass er über einen scheinbar unerschöpflichen Wissensvorrat verfügt. Er kennt Fehmarn mindestens so gut wie sie, Geographisches und Biologisches manchmal sogar fast besser.«

»Die Erfahrung habe ich auch gemacht«, bestätigte Olivia. »Dazu kommt das Meer. Er hat ein Segelboot. Felix Picard fährt manchmal mit hinaus.«

»Seine gesellige Seite?«

»Vielleicht … Man kann auch denken, zwei große Schweiger unter sich. Felix mag ihn jedenfalls sehr.«

»Von ihm stammt die Information mit der ›Gorch Fock‹?«

»Richtig. Sie kann immer noch stimmen, nur lebte er sein Seemannsleben unter seinem Taufnamen – und den kennen wir nicht. Müssen wir eigentlich auch nicht.«

»Beunruhigt Sie der falsche Name denn nicht?«

»Nicht allzu sehr. Sein Taufname lautet ja nicht ›Vereinigung Inselschutz‹. Abgesehen davon – verdächtig werden Menschen und nicht Namen. Ihr Handeln macht es …«

»Also habe ich Ihnen noch immer nicht weitergeholfen? Der Mörder weiter in Sicherheit vor Ihrem Scharfsinn?« Tannenberger schaute abwartend.

Olivia erwiderte seinen Blick: »Das kann man erst wissen, wenn wir ihn haben. Der Inselmörder braucht keinen Namen, auch keinen falschen. Sein Tarnmantel ist die Gewohnheit, die Regelmäßigkeit, davon bin ich nach wie vor überzeugt.«

»Das trifft auf Lüders immerhin zu. Demnach ist unser Mabuse auch noch nicht ganz aus dem Rennen?«

»Wieder: Solange wir den Täter nicht haben, bleibt er im Spiel. Aber schauen Sie, die Polizei machte sein Foto der Presse zugänglich, es wurde veröffentlicht und jeder konnte es betrachten und auf eigene Erinnerungen abklopfen – keiner ging mit diesen Erinnerungen zur Polizei. Ich fragte Frau Kienhardt nach ihm und Lüders. Agnes Kienhardt sah ihn nie, jedenfalls nicht bewusst, und Lüders hat ihn gelegentlich gesehen, ohne auf meine Frage sonderlich zu reagieren. Man kann auch sagen, er zeigte sich gleichgültig.«

»Immerhin hat Lüders sich anhand des Fotos an den Mann erinnert. Er war also ohne Maske hier unterwegs«, hielt Amanda fest.

»Stimmt. In der sich vergrößernden Verwirrung ist das wichtig.« Aus Olivias Augen blitzte einen Moment lang der Übermut. »Es bleibt die Tatsache, dass Mabuse ab dem Moment, ab dem die Leute wussten, was er da machte, alles Mögliche in der unmittelbaren Umgebung seiner Box hätte verstecken können, ohne Aufsehen zu erregen. Glaube ich jedenfalls. Aber man hat die Umgebung seiner Geocachingbox ausführlich durchstochert, ohne auch nur Milz' Leiche vervollständigen zu können. Zumindest unter ›Mabuse‹ führt der Handelsvertreter keine weiteren Verstecke, demnach rückt er an den Rand der möglichen Verdächtigen.«

Tannenberger stieß sich vom Tisch ab: »Das heißt, unter anderem Namen könnte er andere Verstecke führen und dort weitere Teile des armen Milz entsorgt haben!«

»Ausschließen kann man das erst, wenn der Täter gefasst ist – und es ein anderer war.«

»Die Kripo wird auf diese Möglichkeit gekommen sein. Ich muss nachher unbedingt danach fragen. Halten Sie Mabuse für verdächtig?«

»Ich sehe kein Motiv. Er lebt nicht einmal auf Fehmarn. Wie sollte der ›Inselschutz‹ bei ihm ins Spiel kommen?«

»Das heißt, Sie nehmen die ökologische Seite nach wie vor sehr ernst?«

»Ich halte mich streng an das Wort ›Inselschutz‹, bevor wir nicht mehr wissen. Es schließt Umwelt und soziale Gefüge gleichermaßen ein. Was sagen Sie?«

»Die ökologische Seite des Inselschutzbundes gewinnt an Gewicht. Ich stöberte gestern wie verabredet in Gammendorf herum. Drei Höfe gruppieren sich um das Gelände von Gillhoffs Tourismusplänen, Sie erinnern sich. Der Besitzer des einen Hofes kümmert sich um nichts. Ihm steht das finanzielle Wasser so klar bis zum Hals, dass er Stück für Stück verkauft hat, um überhaupt durchzukommen. Man sieht es von der Hofeinfahrt, deren Gatter sich nicht mehr schließen lässt, bis zum geflickten Dach. Die beiden anderen wollen ihr Geschäft machen, jedenfalls scheint mir das in beiden Fällen klar zu sein, auch wenn der eine von ihnen mich am liebsten durch seine Hunde vom Hof hätte jagen lassen. Zu dem Zeitpunkt wusste ich aber schon von seinem Nachbarn und Schwager, dass sie mit Gillhoff gemeinsame Sache gemacht haben.«

»Die Gammendorfer haben aber doch Wind von der Sache bekommen, oder nicht?«

»Die Leute wissen, das etwas im Gange ist. Der Bauer, dem das Wasser bis zum Hals steht, hat mit dem Erlös aus seinen Landverkäufen Schulden bezahlt, ganz einfach. Er hat aber auch ausgeplaudert, dass er nicht der Einzige ist, der Land an Gillhoff verkauft hat. Es ist klar, dass die Leute sich Gedanken darüber machen, was der Lübecker Architekt mit dem Land vorhat. Niemand erwartet, dass er Rinder züchten will.«

»Gerüchte über eine Feriensiedlung sind noch nicht durchgesickert?«

»Die Leute, mit denen ich mich unterhielt, halten so etwas für das Wahrscheinlichste. Ist es ja auch. Von den geplanten Dimensionen haben sie aber keine Ahnung und mein redseliger Bauer hofft mehr als dringend, dass bis auf Weiteres auch niemand davon erfährt.«

»Und ausgerechnet einem herumschnüffelnden Journalisten bindet er das auf die Nase?«

»Manchmal ist das eine Sache der Nervenstärke. Ich bin ziemlich sicher, dass beide nicht ohne Sorge auf den nachbarlichen Dorffrieden blicken ab dem Punkt, ab dem die Pläne auf dem Tisch liegen werden. Eine Feriensiedlung mag als unvermeidlich hingenommen werden, nicht aber ein Vergnügungsdorf Gillhoff'schen Ausmaßes. Mein Bauer, sein Schwager und der Architekt haben ein gemeinsames Verteidigungskonzept entworfen, doch Gillhoffs Verschwinden brachte es ins Schwanken. Und jetzt, nachdem der Fall Gillhoff nicht nur mit Milz' Verschwinden, sondern mit dessen Ermordung zusammenzufallen droht und ein dritter verschwundener Mann dazugekommen ist, hat er vor allem Angst.«

»Wovor? Sieht er sich als nächstes Opfer?« Amanda legte die Stirn in Falten. »Er wäre sowieso näherliegend gewesen als Alexander. Beide, Schwätzer und Schwager!«

Tannenberger sah sie an: »Ja, zweifellos. Ich bohrte ziemlich schonungslos in seiner Angst herum. Aber der Mann hat keine blasse Ahnung, was und wer und wie viele sich hinter dem Inselschutzbund verbergen. Dabei versucht er seit Gillhoffs Verschwinden dahinterzukommen.«

»Wenn nicht einmal ortskundige Angst diesen Schutzbund findet, dürfen wir mit verstärkter Sicherheit von einem Ein-Mann-Unternehmen ausgehen.« Amandas Stirn furchte sich noch tiefer. »Aber warum Alexander?« Ihre Augen wechselten zu Olivia und Tannenbergers Blick folgte ihnen.

»Die Frage nach dem ›Warum‹ habe ich in seinem Fall inzwischen dreigeteilt: Motiv, Möglichkeit und ein drittes«, Olivia erwiderte ihre Blicke ein wenig grüblerisch. »Ich denke, Punkt drei hat gerade an Gewicht zugelegt.« Sie drehte ihr Messer mit dem Griff nach unten und klopfte einen Zweivierteltakt auf die Tischplatte.

»Wir suchten gestern Frau Frese heim«, begann sie mit Blick auf Tannenberger, während ihre Rechte die Messerspitze senkte.

»Sie fühlt sich mitschuldig an Alexanders Verschwinden, entsprechend zurückhaltend agierte sie. Heute Morgen denke ich, dass wir dennoch erfahren haben, was zu erfahren war. Die Brücke-Vereinigung versucht, die Insel in ihre europäische Nachbarschaft einzubinden, als einen Partner, der mitspielt, obwohl er so klein ist. Deshalb ergänze ich die ›Vereinigung Inselschutz‹ einstweilen um den ›alle Nichtfehmaraner runter von der Insel‹-Aspekt.«

»Als Motiv … verstehe. Der Künstler kommt in die Nachbarschaft der Immobilien, weil er die Öffnung der Inselgesellschaft mitgetragen hat.« Tannenbergers Augen verhakten sich in denen von Olivia: »Ein einzelgängerischer Ökofanatiker kann sich bis zum Wahnsinn verbohren. Dieser hier will Öffentlichkeit, das beweisen die Briefe. In beiden Fällen verursachten sie keine allzu hohen Wellen. Hydes Verschwinden und der entsprechende Brief zur Einweihung seiner Skulptur mussten das ändern. Sein Gedankengang kann so schlicht gelaufen sein.«

»Stimmt, auch wenn die derzeitige Wellenhöhe durch den Leichenfund bestimmt wird, den er weder vorhersehen noch wollen konnte. Letzteres unterstelle ich noch immer. Halten wir also die fremdenfeindliche Seite, weiterhin in Klammern, fest.« Tannenberger nickte zustimmend.

»Die Möglichkeit: Alexander wohnte in jenem Teil der Insel, den wir von den Ludergruben aus umkreisen. Die Annahme, dass auch der Täter dort wohnt, ist naheliegend und unsere wachsenden Informationen haben diese Annahme bisher nicht irritiert.«

»Im Gegenteil.«

»Also ist es für unseren Mann unverhältnismäßig aufwendiger, einen der Landwirte von Gammendorf verschwinden zu lassen als Alexander. Das beginnt schon mit dem Ausspähen ihrer Gewohnheiten, er würde den Gammendorfern dabei ziemlich sicher auffallen. Und ich kann mir keinen Grund denken, mit dem einer von den beiden an den Strand von Katharinenhof oder Staberhuk gelockt werden könnte, noch dazu allein und gegen Dämmerungsbeginn. Schon vor Alexanders Verschwinden nicht und jetzt überhaupt nicht mehr.«

»Die Angst des Schwätzers ist also überflüssig?« Amanda fixierte eine verspätete Fliege auf dem Rand von Olivias Kaffeetasse.

»Überflüssig nicht, weil sie vorsichtig macht. Er sollte sich halt nicht weiter als bis Burg unserem Teil Fehmarns nähern.«

»Ob er das weiß?«

»Kaum«, Tannenberger rückte wieder an den Tisch und leerte seine Tasse, »ganz sicher können nicht mal wir sein, dass diese Überlegung stimmt. Außerdem hat die Angst sich bei jenem Mann verselbständigt. Vor einem Mörder, vor einem Skandal, vor finanziellen Problemen. Aber wir können ihn dem allen getrost überlassen. – Wie sieht Ihr dritter Punkt aus, und um welches Gewicht habe ich ihn verstärkt?«

»Gerade habe ich mich selbst widerlegt«, gestand Olivia. »Ich hielt die beiden Gammendorfer Landwirte spontan für zwingendere Opfer als Alexander. Damit wuchs das Gewicht meines dritten Punktes: Es muss über den ökologischen hinaus einen privaten Beweggrund gegeben haben, ihn auszuschalten. Aber ich habe die praktische Seite im Fall der Gammendorfer Landwirte nicht mitbedacht. Alexander war leichter zu fassen, womit der private Aspekt an Gewicht wieder verliert.«

»So ernst sollten Sie die technische Seite nicht nehmen«, widersprach Tannenberger. »Vielleicht hat unser Mörder dort Verwandte. Die haben über die Gerüchte um die Feriensiedlung geredet und die würden auch genug über die Landwirte erzählen, dass unser Mann sie in die Falle locken könnte. Sie beide müssen sich nur hineindenken. Ich glaube aber nicht, dass wir das derzeit versuchen sollten. Gammendorf erklärt den Fall Gillhoff, darüber hinaus hat es für unsere Überlegungen zum gegenwärtigen Zeitpunkt keine Bedeutung. Das ist mein Vorschlag.«

Nach kurzem Zögern stimmte Olivia zu: »Also noch einmal drittens: Irgendetwas Persönliches mischt in den Fall Alexander hinein. Leider bin ich nicht imstande, dahin vorzudringen. Die grüne Ölfarbe ist der entscheidende Hinweis. Aber inwiefern?«

Schweigen breitete sich unter der Schräge aus. Endlich wurden die Brötchen und der Käse gewürdigt, heute gab es auch dänischen Schinken. Olivia hielt sich an Marmelade. Sie sah Amanda die Entschlossenheit an, ihre Gedanken für sich zu behalten. Später am Tag sollte sie versuchen, die Gedanken hinter diesem Entschluss herauszufinden. Sie wartete weiter.

Tannenbergers Blick streifte sie gelegentlich, bis er schließlich laut herauslachte: »Sie sind ein Muster an Konsequenz! Ich würde gern einmal mit Ihnen durch London ziehen – zum Vergnügen. Vermutlich würde ich ganz andere Seiten an Ihnen erleben dürfen. Auf dem Kriegspfad sind Sie bewunderungswürdig stur.« Ohne Eile rieb er sich die Finger an seiner Serviette sauber und zog nun doch wieder die Landkarte aus seiner Mappe, knickte sie zurecht und legte sie kurzentschlossen über die restlichen Brötchen und alles andere, was vom Frühstück übriggeblieben war.

»Sie kennen diesen Anblick: Burg, Meeschendorf, Staberdorf, Staberhuker Leuchtturm – die Diagonale durch unser Inselrechteck. Fundorte, Tatorte, Wohnorte der Akteure – alles eingezeichnet. Nur Alexander Hyde fehlt. Wo wohnte er?«

»Bei den Kienhardts auf Gut Staberhof, bis seine Plastik fertig war. Später hier in Staberdorf bei Felix Picard.« Ihr Finger tippte leicht auf die Karte.

»Grüne Ölfarbe hatte er keine, konnte demnach aber jederzeit dazu kommen. Wenn er lebt, steht er unter Verdacht. Kienhardt gab seinen Rest Farbe an Picard, was er zurückbehielt oder nicht, ist sein Geheimnis. Der Maler, der dieses Grün ganz offiziell benutzte, hat für alle drei Fälle ein Alibi. Glauben wir mal, dass es stichhaltig ist. Wenn die Polizei Hyde nicht findet, bleibt Kienhardt übrig. Was wissen Sie über das Verhältnis der Maler untereinander?«

»Kienhardt und Picard verstehen sich gut, das kann ich beobachten. Beide mochten Alexander.«

»Kann ein Außenstehender an die Farbe gekommen sein?«

»Picard vergaß eine Tube im Gelände, ziemlich verbraucht, aber dennoch. Am nächsten Tag fand er sie nicht wieder.«

»Das kann bedeuten: Unser Mann hat sie gefunden und seine Chance genutzt. Aber welches Ziel verfolgte er damit? Er wollte von sich ablenken für den unwahrscheinlichen Fall, dass Milz'

Arme gefunden würden. Gut. Er wollte die Spur auf die Maler lenken. Vielleicht haben sie einen ihrer Nachbarn zum Feind. Darüber wissen Sie wohl nichts?«

»Nein, weil weder Kienhardt noch Picard auch nur eine Ahnung davon haben. Und mir hat sich noch niemand vorgestellt, der Kienhardt nicht leiden kann.«

»Nicht, dass ich selbstzufrieden sein will«, Tannenberger blickte tiefernst auf die Karte, »aber da sind wir nun auf den Inselklatsch angewiesen. Ich werde mein Möglichstes tun.« Mit dem gleichen gespielten Ernst sah er Amanda und Olivia abwechselnd an: »Ich bin gern nützlich, müssen Sie wissen. Ich fahre jetzt zur Polizeistation in Burg, man kann nie wissen, was dort an Neuem einläuft.«

»Haben Sie herausgebracht, wie die Leserbriefaffäre endete?«

Tannenberger schlug beide Hände vor die Brust: »Vergessen. Verdammt. Tut mir leid. Wird als Allererstes erledigt. Anschließend will ich noch mal mit den Beamten über Mabuse plaudern. Danach muss ich meine Kurznachricht für die Süddeutsche verbrechen, vielleicht erleichtert mir die Kripo die Arbeit daran. Nach getaner Pflicht stöbere ich durch die Wirtshäuser. Lassen Sie Ihr Handy eingeschaltet. Heute habe ich Lust, jede Neuigkeit gleich weiterzugeben.«

»Die Dinge beschleunigen sich, noch unterhalb der Wahrnehmungsschwelle und doch – melden Sie sich, wann immer Ihnen etwas einfällt. Sie könnten noch etwas tun, falls Sie übrige Zeit haben …«

»Immer heraus mit den Wünschen!«

»Es gibt drüben auf der anderen Seite der Insel eine Niederlassung des Naturschutzbundes.«

»Sie reden vom NABU in Wallnau?«

»Das war's, genau. Es könnte doch sein, dass es dort eine Mitgliederliste gibt?«

Tannenberger stimmte zu: »Darauf hätte ich längst kommen sollen. Weiter.«

»Es könnte sein, dass ein Mitglied ausgetreten ist, weil alles zu lasch lief oder falsch oder … Sie wissen schon. Man muss natürlich auch nicht austreten, sondern sorgt innerhalb der Truppe für Rabatz.«

Tannenberger stimmte ein zweites Mal zu: »Ich habe Sie verstanden. Allerdings wird es wieder nicht ohne Klatsch gehen.«

»Mit dem, was Sie Klatsch nennen, bin ich bereit, meinen Frieden zu machen.«

»Bei so viel Anerkennung bin ich schon auf dem Weg!« Im Aufstehen riss ihn ein Blitzgedanke fast wieder auf den Stuhl, aber er blieb aufrecht. Von ziemlich weit oben sah er auf Olivia hinunter: »Sie haben eine Spur, eine ernsthafte! Sagen Sie mir bloß nicht, wie weit Sie inzwischen gekommen sind.«

»Keine Sorge, das tut sie nicht«, tröstete Amanda ihn. »Ich weiß es auch nicht.«

»Und warum diese Schweigsamkeit?«

»Im Zweifel für den Angeklagten! Ich setze mir inzwischen einiges zusammen, leider kann ich kaum etwas beweisen. Und vieles bleibt offen. – Was macht die Polizei? Ich sehe sie seit Tagen nicht mehr auf unserem Stück Insel, dabei ist es doch heißes Gelände.«

»Sie hat sich dennoch, genau wie Sie, erst einmal auf dieses Gebiet geworfen. Am Montag werden Experten aus Kiel erwartet, die aus den Söllen dort Wasserproben entnehmen sollen.«

Olivia richtete sich kerzengerade auf: »Am Ende liegen wir näher beieinander, als wir ahnen. Wer kann das wissen.«

20

Während Amanda Tannenberger den üblichen Formen entsprechend verabschiedete, drehte Olivia eine Folge von Pirouetten in Frau Nüßlers weißer Diele. »Wir müssen dranbleiben. Vielleicht ist unsere Spur wirklich heiß!« Sie wirbelte erneut um die eigene Achse und bremste im letzten Moment vor Frau Nüßler: »Sie kommen wie gerufen! Haben Sie Zeit für ein paar Fragen? Ich möchte Ihre Jagderinnerungen weiter ausnutzen.«

»Immer rein in die gute Stube!« Ihre Wirtin öffnete einladend die Wohnzimmertür und schon saßen sie in den weißen Sofas beieinander, als könne es gar nicht anders sein.

»Gestern hörten wir von der traditionsgemäßen Jagd auf Saatkrähen im Staberholz. Kennen Sie die noch?«

»Als mein Mann jung war, nahm er noch daran teil, aber es gibt schon seit Jahrzehnten keine Saatkrähenkolonie mehr drüben im Gehölz.«

»Ausgerottet?«

»Ich hoffe, nur vertrieben. Um ehrlich zu sein, sollten die Bauern sie zurückholen. Sie sind für die Landwirtschaft mehr als nützlich, weil sie Engerlinge, Würmer, Maden, Raupen, Schnecken, auch Mäuse fressen. Manchmal verpicken sie sich und nehmen Mais oder auch Weizen, und weil sie immer in Hundertschaften auftreten, reden die Bauern sich ein, dass sie ihre halbe Aussaat wegpicken. Das stimmt aber nicht.«

»Könnte man sie denn zurückholen?«

»Irgendwie müsste es gehen. Sehen sie, die Saatkrähen haben sich in die Städte zurückgezogen, nach Lübeck, Flensburg, Hamburg. Sie pendeln zwischen ihren Schlafplätzen und ihren alten Nahrungsgebieten einmal täglich hin und her und überleben auf diese Weise überraschend gut. Warum also sollte es nicht möglich sein, sie ganz zurückzuholen?«

»Was unterscheidet sie von den Rabenkrähen, die jetzt in Staberholz nisten?«

»Erstens nisten Rabenkrähen einzeln wie die meisten Vögel, damit fallen sie nicht so deutlich auf. Wohl aus dem gleichen Grund sind sie am Nest ziemlich still. Zweitens sind es Aaskrähen, ihre Nützlichkeit liegt damit auf der Hand. Was nichts daran ändert, dass sie im Frühling die Jäger herausfordern, wenn sie Gelege von Bodenbrütern plündern: von Rebhühnern, Fasanen, Enten – Sie sehen: lauter Sonntagsbraten.«

»Sie selber kann man nicht essen?«

»Ich habe noch nicht davon gehört. Im Gegensatz zu den Saatkrähen. Vor allem die Brust der Jungvögel ist ausgesprochen schmackhaft.«

»Sprung durch die Tierwelt: Was ist das besondere an Schlammschnecken?«

Frau Nüßler sah ihren Gast kopfschüttelnd an: »Was Sie alles wissen wollen! Schlammschnecken leben in einem schmalgedrehten Haus, dessen Spitze nach hinten zeigt, wenn sie unterwegs sind. Es sieht dann aus, als zögen sie ihr Haus hinter sich her, im Gegensatz zu Weinbergschnecken, die es für unsere Wahrnehmung auf dem Rücken tragen. – Sie brauchen mich nicht so anzustaunen. Kinder unserer Ferienfamilien bringen immer wieder mal eine mit. Meine Tochter sammelte ihre Häuser, weil sie so zierlich und elegant sind.«

»Und wo leben diese Tiere? Am Strand?«

»Nein, ihr Name führt Sie in die Irre. Sie leben im und am Süßwasser, in Bächen, Teichen, feuchten Wiesen, und fressen alles. Das macht sie sehr nützlich, Gewässer, in denen sie leben, sind sauberer als andere.«

Olivia sprang schon wieder auf: »Sie sind ein wandelndes Tierlexikon! Danke. Entschuldigen Sie meine Unrast, aber ich muss weitermachen.« Und schon sauste sie die Treppe hinauf.

Amanda folgte geruhsam etliche Sätze später: »Wohin treibt Dein Tatendrang Dich als Nächstes?«

»Wir könnten ins Städtchen gehen, im Supermarkt Kaffee, Wein und Marmelade kaufen und auf der anderen Straßenseite Fischbrötchen …«

»… die wir bei einer erneuten Strandwanderung verspeisen?«

»Du sagst es. Die Lösung liegt da draußen!«

»Dir hat der Vormittag erstaunlich gut getan. Ich für meinen Teil fühle eher die Verwirrung wachsen.« Amanda hatte nach ihrer Windjacke gegriffen und folgte der Freundin die Treppe hinunter. Draußen begrüßte sie ein milder Herbstwind unter einem hohen Himmel. Olivias Blick grüßte das leuchtende Gelb der Lindenblätter, bevor sie sich dem Stadtzentrum zuwandte.

»Woher kommen nur all die vielen Menschen?«, wunderte Olivia sich, während sie am Eingang des Supermarktes nach einem Korb griff.

»Nicht einmal auf Fehmarn darfst Du Stadt und Land miteinander verwechseln«, riet Amanda ihr augenzwinkernd.

»Nun dann. Aber sollten sie jetzt nicht um den Mittagstisch sitzen?«

»Schon vorbei. Gegessen wird um zwölf.« Amanda berührte Olivia unauffällig am Arm und stoppte sie damit. »Guck mal, dahinten bei den Marmeladen steht Thea Henning. Wenn ich ihr so zuschaue, könnte ich glauben, dass sie doch imstande ist, sich zu wundern. Sollen wir sie ansprechen?«

»Wir können es gar nicht vermeiden. Ich möchte nämlich auch Marmelade.« Olivias Blick verständigte sich kurz mit der Freundin und sie setzten ihren Weg fort.

»Wie schön, Sie zu sehen!«, strahlend streckte Olivia Thea Henning die Hand entgegen.

»Es freut mich aufrichtig, dass Sie wohlauf sind!« Frau Hennings Handgriff war fest und ihre Äußerung ehrlich. »Sind Sie weiter auf der Suche oder machen Sie nun doch einfach Ferien?«

Olivia schien zu überlegen: »Wenn wir am Strand spazieren gehen, könnte ich an Ferien glauben. Es ist schön dort draußen. Andererseits vergessen wir unseren Freund keinen Augenblick. Das ist unser Dilemma.«

»Was immer Sie da draußen unternehmen, seien Sie vorsichtig!« Thea Henning senkte ihre Stimme. »Seit unserem Gespräch von vorgestern habe ich Angst. Rätselhafterweise, denn was sollte mir schon passieren?«

»Rein physisch hoffentlich nichts. Wir haben nur das Verschwinden ihres Freundes in die Gegenwart herübergezerrt.«

»Ja, zum Beispiel. Manchmal springt mich die absurde Vorstellung an, ich könnte den Mörder kennen. Dann wird mir ganz anders und ich stehe auf und gucke, ob die Wohnungstür abgeschlossen ist und die Balkontür zu und in der Dunkelheit auch alle Fenster. Haben Sie keine Angst?«

»Kaum, jedenfalls nicht um uns. Allerdings würde ich nicht im Dunkeln zu Fuß auf dem Land unterwegs sein wollen.«

»Sehen Sie. Hallo!« Frau Henning hob die Hand und winkte. Hinter Olivias Rücken näherte sich Asmus Rußke. Amanda trat einen Schritt beiseite und ließ ihn in die Runde. Verwundert schaute er von einer zur anderen, sagte aber nichts.

»Asmus, gut, dass ich Dich gerade sehe«, Thea hielt ihm eine Plastikdose mit Nusscreme entgegen. »Du kennst Dich in diesen Dingen sicher besser aus als ich. Die Kinder sagten diese Woche, billige Nusscreme enthalte einen erklecklichen Anteil Rinderblut. Ich kann mir das gar nicht vorstellen und finde auch keinen Hinweis unter den Zutaten.«

Rußke nahm ihr die Dose ab und las: »Hier steht's: Emulgatoren. Das meint in Küchendeutsch ein Bindemittel, das die cremeartige Konsistenz zustande bringt, darunter fällt im Weiteren auch Rinderblut. Ich habe darüber mal gelesen. Es stimmt. Ist auch ganz gesund und stärkend.«

»Du meinst, es ist nichts dagegen zu sagen?« Thea schüttelte sich.

»Nein, es ist in Ordnung, vom hygienischen Standpunkt aus gesehen.« Er gab ihr die Dose zurück. »Aber Dich graust es jetzt, stimmt's?«

»Ich könnte das nicht mehr essen.« Sie stellte die Nusscreme ins Regal zurück und schüttelte sich noch einmal. »Und dabei ist diese besonders süß. Daran ist am Ende auch das Blut schuld.«

Rußke nickte und verzog seinen Mund zu einem eigenartigen Grinsen: »Tiere mögen auch Süßes. Hast Du Dir mal vorzustellen versucht, wie ihnen Blut schmecken könnte?«

»Nein, Deine Ideen möchte ich auch nicht haben. Willst Du ernsthaft behaupten, dass Du Dich in Deine Schnecken und Muscheln hineindenken kannst?« Sie sah zu Olivia und Amanda: »Mein Kollege ist Biologe, das haben Sie inzwischen sicher vermutet. Er hat etliche Glasgefäße in unserer Schule, mit und ohne Wasser, mit Pflanzen oder mit Tieren. Er beobachtet mit seinen Schülern das Leben darin und muss die Tiere natürlich auch füttern. Vielleicht bleibt es da nicht aus, sich zu fragen, wie ihnen das Zeug wohl schmeckt, das sie bekommen. Viele Kinder sind begeistert und ich verstehe das, auch wenn Asmus manchmal übertreibt, so wie gerade eben.«

»Die Begeisterung kann ich verstehen«, bestätigte Olivia. »Wir haben uns draußen an einem Teich getroffen und er zeigte uns Wasserschnecken. Sagen Sie«, wandte sie sich direkt an Rußke, »zum Atmen müssen diese Tiere an die Luft kriechen oder nicht? Mir ist, als hätten Sie von Kiemen gesprochen.«

»Die kleinen Tiere, die ich ihnen gezeigt habe, gehören zu den Lungenschnecken, können aber trotzdem im Wasser leben. Wichtig ist dessen Sauerstoffgehalt.« Asmus Rußke drehte seinen Einkaufszettel herum und begann zu zeichnen: »Die Posthornschnecke hat einen zusätzlichen Hautlappen, der als Kieme dient – das Wort benutzt man in ihrem Fall wirklich. Sehen Sie, so ungefähr sieht die Atmungshöhle der Posthornschnecke aus und hier sitzt der Hautlappen, den sie vorstrecken kann. Dank dieser Besonderheit kommt sie noch mit wesentlich schlechterem, also sauerstoffärmerem Wasser zurecht als ihre Verwandten. Der Lappen ist gut durchblutet und vergrößert ihre Fähigkeit, Sauerstoff aus dem Wasser aufzunehmen …«

»Die Sache mit dem Hämoglobin, ich erinnere mich. – Sie sind Linkshänder?«

»Stört Sie das?« Er starrte sie an. »Die Besten auf dieser Insel sind es. Auch Felix Picard.«

»Entschuldigung! Ich war nur überrascht, weil ich Sie die Schnecken so sanft mit der rechten Hand nehmen sah.«

»Immer mehr Schüler stellen sich als Linkshänder heraus«, überspielte Thea Henning den peinlichen Augenblick. »Wir Pädagogen lassen das heute zu.«

Olivia beachtete die weiteren Erläuterungen nur halb. Ihr Gehirn suchte nach einer fehlenden Verbindung. Sie gab die Suche auf. Rußke starrte sie so unverhohlen an, dass es sie störte. »Ich atme ohne Kiemen«, versuchte sie, die Situation mit leichter Hand aufzulösen.

»Ich wüsste gern, ob Sie sich wirklich für die Natur interessieren«, Rußke starrte weiter, wenn auch nicht mehr so durchdringend.

»Ganz wirklich, wenn auch aus Neigung und nicht aus Profession. Mein Patenkind hält einen Ameisenstaat in seinem Zimmer …«, sie sah ihn freundlich-friedfertig an. Asmus Rußke antwortete nicht gleich.

Frau Henning wurde die Atmosphäre der kleinen Runde so unbehaglich, dass sie eine Erklärung für angebracht hielt: »Diese beiden Damen kamen zur Denkmalsenthüllung drüben in Burgtiefe letzten Freitag. Du weißt, dass der Künstler verschwunden ist. Er ist ihr Freund und sie suchen nach ihm, auch wenn ich ihnen abgeraten habe.«

Sein Blick wurde wieder eindringlicher: »Warum bleiben Sie dann nicht bei ihrem Steckenpferd, sondern fragen nach Muscheln und Schnecken?«

»Man braucht auch mal Pause, ich jedenfalls«, entgegnete Olivia. »Sie sind der erste Lehrer, den Neugier stört.«

Rußke senkte den Blick auf seinen Einkaufszettel und drehte das Papier um: »Eine beiläufige Frage kann meine Begeisterung leicht zu einer langen Antwort verführen. Hinterher bin ich mir oft nicht sicher, ob das überhaupt erwünscht war.«

Olivia stellte fest, dass der Bart im Gesicht des Lehrers die meisten Regungen überwuchs, schon deswegen hing ihr Blick immer wieder an diesen bohrenden Augen. »Ihre Bedenken sind unbegründet. Alles, wonach ich frage, interessiert mich wirklich.« Er nickte andeutungsweise, hob seinen Einkaufszettel wie zur Erklärung und ging davon.

Sie sahen ihm nach. »Er ist ein wenig schwierig, vergessen Sie das am besten«, begann Frau Henning ihre nächste Erklärung. »Ich glaube, eine Frau hat seine Lebenspläne zerstört. Für sie hat er sein Haus gebaut, und dann wollte sie ihn nicht. Traurig, nicht wahr?«

»Traurig«, stimmte Olivia zu. »Wer ist sie?«

»Keine Ahnung. Eigentlich sollte man darüber auch gar nicht reden. Aber er benimmt sich immer wieder so, dass ich denke, ich muss ihn entschuldigen.«

»Die Geschichte ist noch ziemlich frisch?«

»Nein, warum? Ach so, Sie meinen, wegen seiner Empfindlichkeit?« Thea Henning sah Olivia an und gleichzeitig durch sie hindurch. Für den Augenblick wirkte sie selber traurig. »Ich weiß nicht, wann er sich seine endgültige Absage holte, natürlich nicht. Vielleicht liegt es gar nicht so weit zurück, wie ich annehme. Ich weiß nur, dass er inzwischen viele Jahre in seinem Haus wohnt. Allerdings hat sich schon der Bau über mehrere Jahre hingezogen, weil er vieles selbst gemacht hat.« Ihr Blick kehrte zu Olivia zurück: »Ich sollte Agnes mal fragen, sie könnte es wissen. Sie kennen Agnes Kienhardt? Ihr Freund wohnte meist im Gästehaus von Juro und Agnes.«

»Ja, wir kennen sie, wir sehen uns immer wieder. Was hat Agnes mit dem Haus von Rußke zu tun?«

»Nichts,« schüttelte Thea Henning den Kopf, »gar nichts. Ich dachte nur gerade, dass ich Agnes wirklich einmal fragen könnte. Die beiden sind zusammen aufgewachsen und es gab eine Zeit, in der sie wirklich sehr viel zusammenhingen … aber das ist lange her … Und Sie? Haben Sie irgendeine Spur, die Sie zu ihrem Freund führen könnte, gefunden?« Sie hielt das nicht für wahrscheinlich, das war deutlich.

Einige Sekunden lang überdachte Olivia ihre Reaktion und entschied sich dann für einen Vorstoß. »Einige Fakten ordnen sich allmählich zusammen.«

»Tatsächlich? Haben Sie das schon der Polizei erzählt?«

»Ich kenne die Beamten nicht und sie mich nicht«, wich Olivia aus. »Ich habe auch meine Empfindlichkeiten und lasse mich nicht gern belächeln, verstehen Sie?« Frau Henning nickte. »Also suche ich weiter, bis ich hoffentlich etwas Handfestes finde.«

»Das verstehe ich«, gab Thea Henning zu. »Aber seien Sie vorsichtig.« Sie stutzte, sah Olivia und Amanda an und schüttelte den Kopf: »Ich weiß auch nicht, was mir zurzeit für verqueres Zeug durch den Kopf schießt. Aber ich wollte gerade gar nicht wissen, wer hinter dem allen steckt.«

»Ich glaube schon, dass Sie es wissen wollen, schon um die Angst loszuwerden.« Olivia streckte ihr die Hand hin: »Wir werden vorsichtig bleiben.«

Jede mit einem Fischbrötchen in der Hand und so vor dem Verhungern geschützt, gingen die beiden Engländerinnen nicht allzu lange nach diesem Gespräch über den Strand von Staberhuk. Olivia hatte sich gegen Katharinenhof entschieden, weil sie nach dem toten Aal sehen wollte. Wo Melusine auftauchen mochte, blieb unvorhersehbar. Einstweilen jedenfalls war der Strand leer und alles ruhig: Das Meer spülte geräuschlos über die großen Steine, der Wind schlief und der Himmel schwebte farblos in einer vagen Höhe. Eine einzelne Möwe eilte flügelschlagend durch den stillen Raum, aber so weit entfernt, dass auch sie kein Geräusch hinterließ.

»Was meinst Du«, kehrte Amanda in Gedanken noch einmal in den Supermarkt zurück, »hat die blondgelockte Thea ein Auge auf den bärtigen Biologen geworfen?«

»Dieses Thema fällt in Dein Department. Was denkst Du?«

»Ich denke, dass es so ist. Ich halte es allerdings für eine riskante Kombination: Eine Geschichtslehrerin, die für alles eine Erklärung hat – eigentlich müsste sie immer rückwärts gehen, denn ihre Erklärungen kommen aus der Vergangenheit. Dagegen unser Forscher, der immer Fragen hat und wohl auch immer welche gebraucht, sonst würde sein Motor stillstehen. Und das könnte er nicht ertragen – ist mein Eindruck. Fragen bewegen sich nach vorn. Du siehst, rein bewegungstechnisch kommen sie nicht zusammen.«

»Ich sehe ... Wer wohl die Frau ist, für die er sein Haus baute? Das wüsste ich gar zu gern.«

Amanda blieb stehen: »Du? Wenn das Tannenberger hören könnte!«

»Er kennt mich eben nicht.«

»Stimmt. Er weiß das und findet Dich gelegentlich interessanter als unseren Fall. Sieh es einmal so.«

»Ich fühle mich geschmeichelt, habe dazu aber leider keine Zeit. Doch wir verständigten uns gütlich, das wiederum weißt Du. – Hier irgendwo muss der tote Aal liegen.«

Das tat er auch, allerdings entschieden unvollständig. »Ein so großer Fisch nährt viele Schnäbel«, stellte Amanda trocken fest, »oder wenige über einen längeren Zeitraum. Die Krähen werden wiederkommen.«

»Warum nimmst Du an, dass sie hier gefressen haben?«

»Weil Möwen nie einzeln sind, wenn es ums Fressen geht. Mehrere von ihnen hätten aber keinen so großen Rest gelassen.« Sie horchte, kein Vogelruf ließ sich hören. »Rätselhaft, nie hören wir Möwen an dieser Küste.«

»Lass uns umkehren!« Olivia fühlte sich in der Stille unruhig. »Wir wollen sehen, was oben zwischen den Feldern los ist.«

»Du kannst Kohl ernten, oder jedenfalls die Köpfe zählen«, schlug Amanda vor. »Dann kannst Du unserem Bärtigen das nächste Mal eine Rechenaufgabe vorlegen. In der Abwechslung liegt eine gewisse Möglichkeit zur Verblüffung.«

»Was hat er mit Algebra zu tun?«

»Er ist auch Mathematiklehrer. Alle Lehrer am Insel-Gymnasium haben zwei Fächer.«

»Ich muss irgendwann nicht dabeigewesen sein«, wunderte sich Olivia.

»Schon möglich, aber es stimmt. Frau Nüßler nennt die zählbaren Pflanzen da droben auf den Feldern die Ananas von Fehmarn.«

»Aha, da sprudelt die Quelle. Gibt sie noch mehr her?«

»Leider nein. Die Fehmaraner haben eine merkwürdige Vorstellung von Süße: Süßes Rinderblut und süßer Rotkohl, denn wie sonst vergliche man ihn mit Ananas?«

»Es könnte eine verdeckte Sehnsucht nach Sonnenwärme darin stecken. Hier geht's hoch.« Zügig stieg Olivia zu den Feldern hinauf. Heute atmete sie oben freier. Ihr Blick schweifte über das flache Land, auf der einen Seite über die grünen Spitzen der Wintersaat, auf der anderen über Kohlköpfe bis zum Waldrand. »Wir könnten abzählen, wie viele Kohlköpfe auf einem Quadratmeter wachsen und das Weitere an Asmus Rußke weiterreichen. Ich fürchte allerdings, er würde uns statt einer Antwort unsere Köpfe abreißen.«

»Ich hoffe doch, dass er so gewalttätig nicht wäre. Für das, was er allenfalls tun könnte, gibt es den schönen deutschen Ausdruck ›Kopf waschen‹.« Amanda war stehen geblieben und sah die Freundin abwartend an. »Deine Unrast passt schlecht zu unseren schweifenden Gesprächsthemen. Was ist los?«

»Nichts ist los, gar nichts! Nirgendwo eine Menschenseele.« Olivia drehte sich mit ausgestreckten Armen um sich selbst. »Alles leer. Ich brauche aber Menschen, um neue Teile für das Bild in meinem Kopf zu bekommen oder auch um Teile wieder wegzunehmen, wenn sie falsch sind.«

»Heißt das, Du weißt, wer Alexander am Wiedersehen mit uns gehindert hat?«

»Noch bin ich nicht ganz sicher. Es fehlen Fakten, die mögliche andere Kandidaten zweifelsfrei ausschließen. Dazu brauche ich Menschen.« Wieder drehte sie sich um die eigene Achse, während Amanda regungslos zusah. Sie hielt inne: »Irgendetwas Persönliches mischt sich in den Fall Alexander, ich sagte es heute beim Frühstück. Du warst an diesem Punkt auffallend schweigsam. Worüber hast Du nachgedacht?«

Amanda schob die Hände in die Jackentaschen und ging langsam zwischen den Feldern weiter. »Du hast es sicher erraten. Ich dachte an Juro, an den abweisenden, der uns nicht ins Haus lassen wollte, als Agnes nicht da war. Sie wollte von Anfang an, dass wir unsere Neuigkeiten austauschen. Warum? Um auf dem Laufenden zu sein – auch ob ein Verdacht auf ihren Mann fällt? Immerhin denkbar. Du brachtest heute die Ölfarbe wieder ins Spiel. Wir unterstellen immer, dass der Täter damit von sich ablenken will für den unwahrscheinlichen Fall, dass die Hände gefunden werden. Ich fand das nie plausibel. Dieser Täter lässt seine Opfer so perfekt verschwinden, dass es keinen Sinn macht, sie mit falschen Spuren auszustatten. Die Ölfarbe unter Milz' Nägeln könnte ein Fehler sein, ein Missgeschick meinethalben und direkt zu Juro führen.«

»Felix vergaß seine Tube«, Olivia blieb wieder stehen und sah die Freundin an, »sie wurde gefunden.«

»Hältst Du denn für plausibel, dass unser Mann Felix tagtäglich beobachtet und am Abend dessen Malplatz nach vergessener Farbe absucht, nur um Leichenteile damit zu präparieren, die kein Mensch finden soll?«

Olivia stand schlagartig wie festgewachsen und starrte die Freundin an. Schließlich griff sie nach ihren Armen, als müsse sie sich festhalten: »Amanda! Der Fall Alexander passt einfach nicht zu den anderen beiden. Unser Mann beobachtete Felix, um ihn schließlich verschwinden zu lassen. Die Ölfarbe fiel ihm dabei zufällig in die Hände und er nutzte sie auf seine Weise. Am Ende ist es Zufall, dass Alexander das Opfer wurde, Felix hätte es eher werden können.« Sie löste ihren Griff und ging einige Schritte zurück auf das Meer zu: »Wenn das stimmen sollte … was würde es verändern?«

»Da vorn kommt unser Seeoffizier!«, hielt Amanda die Freundin auf. »Du kannst ihm die neue Frage vorlegen.«

»Bestimmt nicht! – Verblüfft? Ich bin sicher, ganz sicher inzwischen, dass er eigene konkrete Ziele verfolgt. Worauf er heute wohl zu sprechen kommt?«

»Will er uns ablenken oder weiterhelfen?«

Olivia schien die Frage nicht gehört zu haben: »Schau, er biegt in unseren Weg ein. Er wollte uns treffen.«

Das war nicht gerade eine Antwort, aber Amanda konnte es für den Augenblick verschmerzen, weil ihr eine dringendere

Frage einfiel: »Du bist noch immer sicher, dass er Seemann ist?«, wollte sie wissen.

»Nach allem, was er über das Meer gesagt hat … ja. Die Alternative wäre Schriftsteller. Kannst Du Dir einen Kollegen von Dir in ihm vorstellen?«

»Alles ist möglich. Wir sind so verschieden wie die Bücher, die am Ende herauskommen. Er könnte zwei Rollen in seinem neuesten Manuskript mit uns besetzt haben und kommt jetzt täglich nachschauen, wie es weitergeht. Das wäre ein sehr konkretes Ziel.«

»Und bedauerlich fern von meinem. Wir müssen Felix eingehender nach ihm befragen. Jetzt hab' ich die Frage, die ich vorhin im Supermarkt nicht finden konnte! Sie geht auch an Felix. Doch jetzt erst zu diesem hier.« Sie gingen auf Lüders zu und begrüßten ihn.

Olivia betrachtete ihn freundlich und schweigend, so ging die Eröffnung an ihn. »Haben Sie Purpurschnecken beobachtet?«

»Nein«, sie schüttelte entschieden den Kopf. »Ihr bärtiger Inselbewohner sähe eine derartige Eigenmächtigkeit sicherlich nicht gern. Als wir gestern gegangen waren, lockerte er den Ackerboden, den wir gedankenlos festgetreten hatten, sorgfältig auf. Ich kann ihn doch nicht wieder festtreten.«

In Lüders wettergebräuntem Gesicht zeichnete sich leise Belustigung ab, verschwand aber daraus, bevor sie sich dessen hätte sicher sein können. »Rußke ist ein gewissenhafter Mensch. Mit dem Pächter dieser Ländereien schloss er einen mündlichen Vertrag: Er darf die Sölle für seine Tiere und Pflanzen nutzen, wenn er die Ackerfrüchte nicht in Mitleidenschaft zieht. Bei diesem Soll hier ist das verhältnismäßig einfach, jenes drüben liegt weit im Feld. Sie sehen es. Jetzt zwischen den Kohlköpfen kann man problemlos hinübergelangen, aber das ist nicht immer der Fall. Doch er schafft es, fast spurlos zu seinen Söllen zu kommen. Und im Unkrautgürtel, der die kleinen Teichaugen einfasst, kann er fast unsichtbar seine Arbeit verrichten.«

»Haben Sie ihn mal nach der ›Vereinigung Inselschutz‹ gefragt?«

Lüders sah zu ihr hinunter, als müsste er nachdenken. »Nein, habe ich nicht. Sie haben recht, eigentlich ein naheliegender Gedanke. Ich habe auch sonst niemanden danach gefragt. Soweit ich weiß, ist bei aller Fragerei auch nichts herausgekommen.«

»Wundert Sie das?«

»Nein, eine kriminelle Vereinigung, und damit hätten wir es zu tun, findet man nicht durch einfaches Herumfragen.«

»Sondern wie?«

»Durch schweigendes Beobachten und Zuhören.«

»Was wissen Sie?«

»Eine sehr direkte Frage.«

»Die Zeit drängt!«

»Nicht allzu sehr. Das nächste Opfer ist im nächsten Frühling zu erwarten.«

»Was wissen Sie?«

»Nichts, was ich beweisen könnte.« Lüders ging an den beiden Frauen vorbei aufs Meer zu. An der Weggabelung blieb er stehen. Sie traten zu ihm und warteten. »Sehen Sie die See? Wenn die Menschen sie in gleichem Maße befischen wie gegenwärtig, wird es in gar nicht allzu ferner Zukunft kaum noch Leben in ihr geben. Eine Horrorvision. Es gibt Umweltorganisationen, die für den Erhalt des Lebens in und auf der See kämpfen wie der WWF und Greenpeace. Sie bewirken einiges, aber sie brauchen Zeit. Andere Menschen sind weniger geduldig. Nehmen sie den Kanadier Paul Watson. Einst hat er Greenpeace mitgegründet. Doch alles ging ihm zu langsam. Also gründete er eine neue, andere Gesellschaft, zum Schutz der Meere. Seine Schiffe rammen mit brutaler Kraft Walfänger auf hoher See, bringen diese Fangschiffe in Seenot und die Menschen darauf in Lebensgefahr. Er verstößt gegen das oberste Gebot aller Seefahrer.«

Nach kurzer Pause wandte er sich von der See ab und sah seine Zuhörerinnen an. »Ihm ist die Natur wichtiger als der Mensch. Noch ein Schritt und der Mensch wird zur Zielscheibe. Damit wäre die Grenze zur Kriminalität überschritten. Man kann ohne Zweifel darüber diskutieren, wo die Menschheit in ihrer Gier und Ignoranz so verheerend gegen Land und See wütet, dass ihr Handeln verbrecherisch wird. Das ist aber nicht der Punkt, auf den ich jetzt hinauswill.«

Olivias Augen waren schmal geworden. Gespannt sah sie zu Lüders hinauf.

»Diese gewaltbereiten Organisationen – natürlich gibt es auch solche zum Schutz des Landes – sind in den Vereinigten Staaten entstanden. Aber sie fanden Jünger und Nachahmer überall in der Welt.«

»Ich muss noch mal einen Schritt zurückgehen.« Olivia hielt seinen Blick davon ab, aufs Meer zurückzuschweifen. »Gewaltbereiter Umweltschutz basiert auf der Annahme, dass der Mensch zurückstehen muss, wenn es für das Überleben der Natur nützlich sein könnte?«

»Genau so.«

»Anders gesagt: Wenn die Menschen freiwillig nicht bereit sind, ihre Wünsche den Möglichkeiten der Natur anzupassen, muss man sie dazu zwingen. Mit Gewalt. Vielleicht sogar mit Mord.«

»Für fanatische Umweltschützer könnte das ein gangbarer Weg sein.« Lüders sagte es ganz ruhig. Olivia schrak zusammen. Das Handy gurgelte elegant aus den Tiefen der Jackentasche. Amanda zog es hervor, drückte die grüne Taste und reichte es Olivia. »Hallo?«

»Eine Sensation!«, rief Tannenberger umstandslos. »Die Schreibmaschine zu dem ›Inselschutz‹-Brief an Frau Frese ist gefunden! Bei einer Frau Pagels in Vitzdorf.«

»Wer kam darauf?«

»Der Bürgermeister. Kaum zu glauben. Er bekam einen Brief von Frau Pagels. Kann mich ja mal dafür interessieren, was sie wollte. Jedenfalls hatte Hinrichsen ausnahmsweise einen hellen Moment. Als ihm an der Schrift etwas bekannt vorkam, setzte er sich dieses Mal umgehend mit der Polizei in Verbindung. Gestern – heute kam die Rückmeldung: Beide Briefe wurden zweifelsfrei auf derselben Maschine getippt. Die Kripo fuhr nach Vitzdorf, läutete bei Frau Pagels, forderte die Schreibmaschine und bekam sie, einfach so. Zu schade, dass ich nicht dabei war.«

Olivia hörte ihn tief durchatmen, danach Stille: »Hallo? Machen Sie weiter.«

»Würde ich gern, aber das war keine Kunstpause, sondern Informationsende.«

»Was macht die Kripo jetzt?«

»Mit der Schreibmaschine? Sie lässt sie nach allen Regeln labortechnischer Kunstfertigkeit untersuchen. Das dauert mindestens bis morgen, oder auch bis Montag. Es ist Freitagnachmittag.«

»Wo sind Sie?«

»Ich stehe außer Hörweite aller meiner Mitmenschen vor der Polizeistation in Burg.«

Olivia sah sich um. Außer ihrer Dreiergruppe war die Weite menschenleer, so weit ihr Blick auch flog. »Können Sie nach Vitzdorf kommen?«, forderte sie Tannenberger entschlossen auf.

»Jetzt gleich?«

»Wenn möglich ja, und mit der Adresse von Frau Pagels.«

»Die Kripo weigerte sich, sie herauszugeben.«

»Dann fragen Sie Ihre herumschnüffelnden Kollegen.«

»In Ordnung. Sie haben das Kommando! Ich komme. Wir treffen uns am Dorfteich.«

Das Handy verstummte und Olivia gab es zurück: »Ich hoffe, das bringt uns weiter. Die Lösung aber liegt hier, in dieser leeren Weite, die so leer gar nicht ist. Sie ist nur noch nicht klar genug. Die Einzelteile verdichten sich in meinem Kopf mehr und mehr zu einem Bild, aber wenn ich sie schüttele, lassen sich auch andere Bilder daraus zusammensetzen. So lange das möglich bleibt, muss ich alles für denkbar halten.«

Sie lächelte, als sie Lüders beobachtenden Blick gewahr wurde: »Ich nehme an, Sie haben genug gehört, um eins und eins zusammenzuzählen? Wir warten nicht auf unseren verschwundenen Freund, wir suchen seinen Mörder.«

»Olivia, wie kannst Du das so sagen?« Amanda wehrte sich noch einmal gegen diese Endgültigkeit.

»Nur weil die Polizei Alexander auch unter seinem zweiten Namen sucht, bekommt er kein zweites Leben. Alle, mit denen wir umgehen, sind sicher, dass er tot ist, auch wenn niemand es ausspricht.«

Amanda hielt sich an den braunen Augen fest, die sie offen und auffordernd ansahen: »Die Kindheit ist nicht rückholbar, nicht mal vorübergehend. Und die Zeit, in der das Wünschen geholfen hat, ist zu Ende. Eigentlich erkannte ich das schon vor einer Woche.« Sie sah über Olivias Schulter aufs Meer: »Fehmarn leuchtete in meinem Kopf als Insel nicht endender Sommer. Somewhere over the rainbow … once … es war einmal … Alles endet, sonst wäre es nicht lebendig.« Sie biss die Zähne zusammen. »Jetzt ist die Insel Alexanders Grab.«

Die braunen Augen leuchteten auf, bevor Olivia den Kopf zu Lüders drehte: »Sie verfolgen dasselbe Ziel wie wir oder irre ich mich?«

»Ich gehe über Land und mache meine Beobachtungen.«

Schweigend sah er sie an.

»Kommen Sie mit nach Vitzdorf. Wir müssen unsere Kräfte bündeln!« Sie erkannte das Einverständnis in seiner Miene und schoss davon. Amandas Wagen stand am Rand der Straße zum Staberhuker Leuchtturm. »Sie lotsen bitte.« Mit dieser Aufforderung verschwand Olivia wie ein Irrwisch auf dem Rücksitz.

21

Sie sahen in Staberdorf Picards Haus liegen. In Meeschendorf ließ Lüders Amanda nach rechts abbiegen. Wieder flaches Land und schon hielten sie an. Ein Weiher, licht umstanden von jungen Bäumen, lag vor ihnen, er hatte sogar einen Abfluss. Überhaupt wirkte dieses Dorf hell, durchsichtig und verstreut, als ständen die Häuser mehr zufällig als geplant an ihren Stellen. Jedenfalls verschwanden sie nicht hinter hohen Hecken wie in Meeschendorf und das Auge konnte über die Gärten hin auf die Felder hinauswandern. Alle drei hingen eigenen Gedanken nach, bis ein sich näherndes Motorengeräusch eine Geschwindigkeit verriet, die Amanda auf Fehmarns Straßen nie riskiert hätte.

Der Wagen kam um die Kurve geschossen, wurde heruntergebremst und stand schon friedlich vor dem von Amanda. Die Tür flog auf und Tannenberger sprang heraus: »Ich fürchte, ich bin das letzte Schaf meiner Gilde und wir vertrödeln hier unsere Zeit. Tut mir leid.«

»Heißt das, die Schreibmaschine ist doch eine Fehlanzeige?«

»Nein, ganz und gar nicht. Nur sickerte die Kunde ihres Fundes durch Burg, während wir gemeinsam frühstückten. Meine allzeit bereiten Kollegen rasten hierher, mussten feststellen, dass Frau Pagels nicht auf sie gewartet hatte, und sitzen jetzt an der Bar im Hotel in Burg, um gemeinsam zu spekulieren.«

»Und?« Olivia stand aufrecht vor ihm.

»Kein Und. Sie gossen ihren Spott über mir aus, als ich auftauchte – der Nachtwächter ihrer Zunft … Immerhin kann ich Ihnen eine andere Frage beantworten: Keiner der Leserbriefe an das Fehmarnsche Tageblatt kam von Asmus Rußke. Trotz ihrer verschiedenen Schriften stammten sie alle von einem einzigen

Absender – einem Biologiestudenten aus Kiel. Er ist der Sohn eines Großbauern von der Insel. Das erklärt, warum die Polizei das Ermittlungsergebnis vertuschte, nehme ich an.«

Olivia starrte an Tannenberger vorbei ins Leere. Er nutzte diesen Moment geistiger Abwesenheit dazu, ihr Gesicht in Ruhe zu betrachten. Doch sie waren nicht allein und so raffte er sich schließlich zu einem neuen Vorschlag auf: »Frau Pagels wohnt am Ortsrand, diese sparsame Information hat der Spott meiner Kollegen nebenbei abgeworfen. Wir sollten ihr Haus suchen, vielleicht ist sie inzwischen zurückgekommen.« Olivias Augen kehrten aus der Leere zurück und sahen ihn an.

»Ich weiß, wo sie wohnt.« Lüders sah ruhig von einem zum anderen. »Kommen Sie.« Er führte sie um den Dorfteich herum nach Norden. Dreihundert Meter später standen sie vor einer weißen Gartenpforte. Kurzentschlossen öffnete Olivia sie und läutete an der Haustür. Die anderen blieben abwartend auf der Straße stehen. Nichts regte sich und keiner von ihnen schaute durch die ebenerdigen Fenster ins Haus, wie Tannenbergers Kollegen es offensichtlich getan hatten. Niedergetretene Dahlien zeugten davon.

Olivia schloss die Pforte wieder: »Was nun?«

Während Tannenberger eine zerknirschte Miene aufsetzte, räusperte Lüders sich: »Frau Pagels ist die Mutter von Agnes Kienhardt. Möglich, dass Sie sie bei ihrer Tochter finden.«

Entgeistert starrten die drei ihn an. In Olivias Kopf löste die Feststellung ein kleines Feuerwerk aus. Sie brauchte einen Moment, bis sie in die gegenwärtige Situation zurückkehrte: »Wenn das so ist, sollten wir sie dort suchen.«

Sie verteilten sich zwei und zwei auf die Autos und Tannenberger folgte Amanda in gelassenem Abstand.

»Lass uns bei Felix vorbeischauen«, schlug Olivia vor. »Bei der sich anbahnenden Vollversammlung sollte er nicht fehlen.« Aber er war nicht zu Hause, nur die kleine Katze streckte den Kopf um die Hausecke. Und Felix' Nachbar mit dem obligatorischen großkarierten Hemd radelte mit versiegeltem Mund an ihnen vorbei, quer über der Lenkstange lag sein kurzer Spaten.

Juro öffnete die Tür. Aufrecht und finster musterte er einen nach dem anderen, ohne die Tür freizugeben.

Olivia begrüßte ihn für alle und ergänzte: »Wir würden gern mit Ihnen und Ihrer Frau sprechen.«

»Worüber?«

»Nun, es gibt Neuigkeiten zu den Drohbriefen. Ich finde sie aufregend. Und wir wollten doch unsere Informationen austauschen. Das war der Vorschlag Ihrer Frau, erinnern Sie sich?«

»Juro, wer hat geläutet?« Agnes erschien in der Windfangtür. »Sie sind es. Warum stehen Sie noch draußen?« Umstandslos stieß sie die Tür auf. »Ah, ich sehe, Sie sind nicht allein. Bitte kommen Sie alle herein.« Lüders und Tannenberger wurden vorgestellt. Die Kienhardts kannten Lüders vom Sehen, hatten aber nie mit ihm gesprochen. Anders Frau Pagels, sie erhob sich aus einem der hellen Sofas und kam ihm entgegen: »Sie hier? Der Tag der Überraschungen. Haben Sie von dem Rätsel um meine Schreibmaschine gehört?«

Lüders nickte. Der Bericht, den Frau Pagels zu dem Polizeiauftritt in ihrem Haus lieferte, nachdem alle sich in die Sofas verteilt hatten, war denkbar kurz. Doch deckte er sich in all der Kürze haargenau mit Tannenbergers Informationen.

Olivia war überrascht von der knappen Szene, die Agnes' Mutter beschrieb, weil sie kein Gran mehr Information enthielt, als Tannenberger bereits aus Burg mitgebracht hatte. Sie setzte nach: »Welche Fragen hat man Ihnen gestellt?«

»Keine, ob Sie's glauben oder nicht. Die beiden Beamten erklärten, es bestehe der sichere Verdacht, dass der dritte Brief der ›Vereinigung Inselschutz‹ auf meiner Maschine geschrieben worden sei. Aus diesem Grunde müssten sie sie vorübergehend mitnehmen. Was sollte ich dazu sagen? Ich zeigte Ihnen, wo sie stand, durfte sie aber nicht einmal mehr anfassen. Einer der beiden versenkte sie unter einer Plastikplane und trug sie wie einen kostbaren Schatz vor sich her hinaus. Sie wollten weiter nichts wissen und ich war so platt, dass ich Ihnen nur zuschaute. Erst als sie weg waren, begann ich, mich aufzuregen.« Sie schaute zu ihrer Tochter hinüber: »Ich rief Agnes an und sie meinte, ich solle zu ihr kommen, am besten gleich, bevor die Presse davon Wind bekomme. Aber die Reporter haben mich auch hier gefunden.« Sie sah Tannenberger nicht unfreundlich an.

Als Entgegnung grinste er ziemlich breit: »Irrtum. Ich bin hier als Handlanger von Frau Lawrence. Nur nebenbei agiere ich als Journalist. Als solcher schreibe ich aber nur Kurzmeldungen über die Entwicklungen, die sowieso alle wissen. Will sagen, alles, was hier gesprochen wird, bleibt unter uns, bis der Fall geklärt ist.«

»Sie sind der Handlanger …«, entgeistert starrte Frau Pagels ihn an. Ein wenig schwerfällig riss sie sich von ihm los: »Sie sind Frau Lawrence, nicht? Was machen dann Sie?«

»Ich versuche, Alexander Hyde zu finden.«

»Sie? Warum?«

»Er ist unser Freund.«

»Aber warum Sie? Macht das nicht schon die Polizei?« Sprachlos sah Frau Pagels die Gäste ihrer Tochter an: »Spielen Sie am Ende so etwas wie Privatdetektive? Agnes, wusstest Du das? Johann, was sagen Sie?«

»Warum nicht? Seit Milz' Verschwinden mache ich mir auch meine Gedanken. Ich finde das normal.« Seine Antwort klang ruhig und selbstverständlich.

»Tatsächlich! Und was kommt dabei heraus?« Frau Pagels erschien diese Art von Neugier befremdlich.

»Vielleicht die Wahrheit. Leider bis jetzt keine Beweise.« Wieder antwortete Lüders sehr ruhig. Dieses Mal sah er zu Olivia hinüber. »Wer weiß, was wir gemeinsam noch zustande bringen.«

Ein offener Blick aus ihren dunklen Augen verweilte einen Moment auf ihm, bevor sie sich Frau Pagels zuwandte: »Darf ich mich etwas ausführlicher für Ihre Schreibmaschine interessieren?«

Frau Pagels kicherte: »Es ist eine alte Adler. Im Zeitalter der Computer ein Dinosaurier.«

»Wo steht dieser Saurier normalerweise?«

»Im Arbeitszimmer meines Mannes, gleich vorn neben der Haustür.«

»Steht die Maschine da offen oder muss man sie erst auspacken und so weiter?«

»Sie steht schreibbereit unter einer Plastikhaube.«

»Könnte ein Besuch dort heimlich einen kurzen Brief schreiben?«

Frau Pagels dachte nach: »Nur, wenn ich in der Küche unter der laufenden Dunstabzugshaube stehe, vielleicht, und alle Türen geschlossen sind. Wissen Sie, die Maschine ist ziemlich alt und sehr laut. Ich hörte meinen Mann immer schreiben.«

»Hatten Sie vor einigen Wochen mal Besuch zum Essen und waren mit den Vorbereitungen noch nicht ganz fertig, als er eintraf?«

Wieder ließ Frau Pagels sich Zeit mit der Antwort: »Zuletzt zu meinem Geburtstag. Agnes und Juro waren da, meine Freundin und meine Cousine aus Burg mit ihrem Mann.«

»Wann war das?«

»Am 10. September.«

»Alexander Hyde verschwand anderthalb bis zwei Wochen später. Das heißt, der Täter hätte sich zu diesem Zeitpunkt bereits für ihn und gegen Felix Picard entschieden.« Olivia registrierte etwas zu spät, dass sie zu laut gedacht hatte. »Entschuldigen Sie, aber irgendwer muss unbeobachteten Zugang zu der Maschine gehabt haben.«

»Wie kommen Sie auf Felix?«, Agnes starrte sie entgeistert an.

»Nur so eine Überlegung«, wich Olivia aus.

»Nein, nein, wischen Sie das nicht so beiseite! Wenn Felix genauso gut das Opfer hätte sein können wie Alexander, könnte dann nicht auch Juro in Gefahr gewesen sein?« Agnes war ganz weiß geworden, Juro regte sich nicht. Er sah nicht einmal auf.

»Hat er denn in diesem Sommer regelmäßig draußen gearbeitet?«

»Ja sicher, sehr viel!«, Agnes hielt inne. »Allerdings nie an einsamen Stränden. Dann war es wohl nicht gefährlich. Was meinen Sie?«

»Nein, eher nicht; außerdem verbirgt er sich immer hinter einer seiner Masken. Damit macht er es dem Täter auch nicht gerade leichter.« Olivia sah in Agnes' entsetztes Gesicht, während sie weiterdachte: »Ihr Mann malte doch eine Landschaft im Hagel …«

Agnes stutzte: »Haben Sie sie gesehen? Ja, er malt daran, aber in seinem Atelier. Er überblickt von dort dieselbe Landschaft wie wir von hier. Im Atelier ist Juro in Sicherheit und am Strand wohl auch. Er geht ja immer unter einer seiner Masken, Sie haben ganz recht. Niemand würde ihn erkennen.« Erleichtert sah sie zu ihrem Mann hinüber. Er spürte das und erwiderte ihren Blick.

Während Agnes sich von ihrem Schrecken erholte, kehrte Olivia zu der Schreibmaschine zurück: »Hat einer Ihrer Geburtstagsgäste zufällig Ihre Maschine benutzen wollen?«

»Nein, was glauben Sie? Juro und Agnes haben ihren Computer. Meine Cousine schreibt mit der Hand, ihr Mann … wohl auch. Und meine Freundin hat mir in der Küche geholfen. Sie kam zwei Stunden früher.«

»Was haben Sie an Bürgermeister Hinrichsen geschrieben, wenn ich fragen darf«, nutzte Tannenberger Olivias Grübeln.

»Es ging um Gemeindefragen, ich vertrete Vitzdorf im Stadtrat.«

»Und dann haben Sie nur eine Schreibmaschine?«

»Stellen Sie sich vor! Ich werde mir einen Computer leisten für die paar Briefe. Bestimmt nicht!«

Olivia betrachtete die energische Frau. Zupackend und geradeaus musste sie eine Hilfe für jeden Ermittler sein. Aber nur, wenn der die richtigen Fragen fand. Sie selber stellte sich keine Fragen. »Frau Pagels«, versuchte Olivia erneut ihr Glück, »kommt es vor, dass ein Nachbar läutet und bittet, Ihre Maschine für einen Brief benutzen zu dürfen?«

Frau Pagels musterte sie jetzt mit einem Blick, der nicht unfreundlich war, aber so frei von mitmenschlichem Interesse, dass der Raum zwischen ihnen leer blieb. »Sie gehören der Generation an, die nie mit einer Schreibmaschine gelebt hat. So eine Maschine schreibt man ein und sie arbeitet ein halbes Leben für einen. Es ist wie mit einem Füllfederhalter, den heute auch kaum jemand mehr verwendet. Dessen Feder schrieb man ein und nur man selber konnte das Gerät verwenden, bei einem anderen spritzte die Tinte oder die Feder verbog sich. Nie würde man einen Füllfederhalter verliehen haben oder verleihen. Ich schreibe noch mit meinem zwanzig Jahre alten.«

»Sagten Sie nicht vorhin, Sie hätten die Maschine im ganzen Haus gehört, wenn Ihr Mann darauf schrieb?«

»Ja, das stimmt. Mein Mann und ich waren uns in allem gleich. Wir fuhren auf die gleiche Weise Auto und wir hatten den gleichen Anschlag. Für unsere Geräte war das wie ein Benutzer.«

»Irgendwer muss vor Kurzem Zugang zu Ihrer Adler gehabt haben! Sonst wäre der einzig mögliche Schluss, dass Sie selbst den Brief der Inselschutzvereinigung geschrieben haben …«

Erneuter Schreck schoss wie ein Blitz aus Agnes' Augen. Frau Pagels war empört: »Also nein! Dass man überhaupt auf den Gedanken kommen kann! Sie kennen uns eben nicht!«

Den Verdacht gegen sich mochte Olivia auch hegen. Juro hatte wieder einmal zu seiner Frau hinübergesehen und dann seine Schwiegermutter betrachtet. Als seine Augen denen von Olivia begegneten, senkte er sie wieder.

»Sie sagten vorhin, eine Freundin habe Ihnen an Ihrem Geburtstag beim Kochen geholfen«, begann Lüders. »Kenne ich sie vielleicht?«

»Sicher, es war Frieda. Wir sind wie Schwestern, sicher wissen Sie das auch. Was wollen Sie von ihr?«

»Ich überlege, ob sie die Maschine benutzt hat? Sie könnte Ihnen so nahestehen, dass Sie an Ihre Freundin gar nicht gedacht haben?« Lüders sprach dieses Mal mit einem für Olivia spürbaren Nachdruck, aber sie saß auch neben ihm.

»Frieda?«, überrascht sah sie ihn an. »Sie meinen, Frieda hat den Brief dieses ›Inselschutzes‹ geschrieben?«

»Nein, das meine ich nicht. Ich frage mich nur, ob sie Ihre Schreibmaschine einmal ausgeliehen hat. So etwas kann unter Freundinnen geschehen, denke ich mir.« Äußerlich unverändert ruhig und gelassen saß er da.

Frau Pagels sah Lüders etwas irritiert an, dachte aber bereitwillig nach: »Ja, Sie haben recht. Wie konnten Sie das wissen, Johann? Besuchen Sie Frieda manchmal?«

Er ließ die Frage unbeantwortet. »Erinnern Sie sich, wann Ihre Freundin die Maschine auslieh?«

»Das war nach meinem Geburtstag. Eine Woche später, oder zwei, so genau weiß ich das nicht mehr.«

»Sie leihen Ihre Adler doch aus?« Olivia staunte sie an.

»An meine Freundin leihe ich alles aus. Seit vierzig Jahren oder länger.«

»Aber warum holt sie Ihre Schreibmaschine zu sich herüber?«, verfolgte Lüders seinen Weg.

»Ach, es ist einfacher, wissen Sie. Eigentlich hat sie ja selber eine. Aber die ging kaputt, vor einem Jahr oder so. Ihr Sohn will sie reparieren, aber der gute Wille allein … man kennt das ja. Jedenfalls hat sie seit einem Jahr keine. Sie ist privat krankenversichert, sehen Sie. Und da muss man die Rechnungen sammeln und Kostenaufstellungen machen, um sein Geld von der Kasse zurückzubekommen. Das macht Frieda sehr sorgfältig und mit der Maschine. Und sie trägt lieber die Maschine in ihr Haus, als all die einzelnen Rechnungen und Rezepte zu mir. Das war wohl mal wieder dran.«

»Sie bringt sie am gleichen Tag zurück?«, hakte Olivia hinter Lüders ein.

»Was Sie alles wissen wollen. Beinahe ungemütlich.«

»Ich verstehe Sie. Doch Ihre harmlose Schreibmaschine ist Teil eines Verbrechens. So etwas ist nicht gemütlich. Sie würden uns helfen, wenn Sie sich erinnern könnten.« Olivia blieb hartnäckig. Sie konnte nicht verstehen, warum Lüders und sie überhaupt all diese Fragen stellen mussten. Mutter und Tochter in eifriger Suche nach der undichten Stelle vereint – das wäre ihr plausibler vorgekommen. Aber Agnes schwieg, Juro sowieso.

Frau Pagels seufzte tief. »Normalerweise schon. Dieses Mal dauerte es ein paar Tage. Sie entschuldigte sich sehr dafür, aber es war ja gar nicht wichtig.«

»Jetzt ist es wichtig. Wer hätte in ihrem Haus diese Schreibmaschine benutzen können?«

Olivia ließ das Kopfschütteln von Frau Pagels über sich ergehen. »Halb Vitzdorf, alle, die Frieda kennen. Sie schließt ihre hintere Tür nie zu. Jeder weiß das.«

»Die Polizei wird sich freuen, wenn sie das hört!«

»Ich nehme an, die weiß das auch. Der eine der Beamten heute war aus Vitzdorf.«

Olivia sprang auf. So viel Gleichmut war einfach zu viel. In ihren schmalen Hosen und dem großen Rollkragenpullover stand sie wie ein Schattenriss vor der Glasfront. Draußen begann es, dunkel zu werden. Mit einer leichten Verbeugung bedankte sie sich für das Gespräch und eilte umstandslos zur Tür. Ihre drei Mitstreiter verabschiedeten sich ihrerseits höflich und mehr oder weniger ausführlich.

Schweigend ging jeder für sich um das Haus herum zu den Autos am Feldrand. »Sie haben mir sehr geholfen«, bedankte Olivia sich bei Lüders, der als Letzter zu ihnen stieß.

Aufrecht, fast steif deutete er eine Verbeugung an: »Wir verfolgen dasselbe Ziel.«

»Sind sie jetzt klüger als vor zwei Stunden?«

»Drüben am Meer, wo wir heute miteinander sprachen, fühlte ich mich der Lösung näher. Es ist gar nicht weit von hier.«

Sie drehte sich um und schaute über die weite Grünfläche. Große Bäume in lichtem Herbstlaub begrenzten sie in der Ferne. »Ich habe die Karte inzwischen so weit im Kopf, dass ich weiß, wie recht Sie haben. Doch trotz der räumlichen Nähe und der scheinbaren Weite können wir die Stelle von hier aus nicht sehen. Es ist etwas Merkwürdiges mit diesem Land.« Sie wandte sich wieder zu Lüders: »Sie kennen Frau Pagels. Macht sie sich wirklich so wenig Gedanken?«

»Zumindest andere als Sie. Sie ist ein durch und durch praktischer Mensch.«

»Und ihre Freundin Frieda – wer ist sie?«

»Sie heißt Frieda Rußke.«

»… und ist die Mutter unseres bärtigen Biologen?«

Mit einer angedeuteten Verbeugung stimmte Lüders zu.

»Lässt sie wirklich ihre Hintertür immer offen und spaziert wirklich halb Vitzdorf dort ein und aus?«

»Früher ja, heute ist das nicht mehr so.« Mit einer weiteren knappen Verbeugung verabschiedete Lüders sich von der Runde und kam damit der nächsten Frage zuvor. Verblüfft sahen die beiden Frauen ihm nach.

Moritz Tannenberger prüfte dessen Gang: »Er ist in jeder Hinsicht ein Seemann. Der Hanseate in mir zweifelt daran nicht mehr. Bleibt die Frage, warum er nicht unter seinem eigenen Namen hier herumläuft.« Sein Blick kreuzte sich mit dem von Olivia: »Ich weiß, ich weiß. Seine seemännische Gradheit veranlasst Sie, sein Inkognito unangetastet zu lassen, solange es sich nicht in unseren Fall schiebt. Akzeptiert. – Sie hatten übrigens mit Ihren Schlussfolgerungen recht: Mabuse hatte tatsächlich zwei weitere Geocaches auf dem Festland. Die Kripo nahm sie samt weiträumiger Umgebung unter die Lupe. Nichts. Die heiße Gegend ist hier um uns herum.« Gemeinsam sahen sie in die Landschaft hinaus und auf die dunklen Schatten der Baumreihe in der wachsenden Dämmerung. »Noch ein übrigens: Die Polizei würde Sie gerne kennenlernen.«

»Mich?«

»Ja. Überrascht? Das kam so: Keiner meiner Kollegen hatte sich mit dem Handlungsreisenden weiter beschäftigt, nur ich kam mit dieser Spitzfindigkeit daher. Dem zollten die Ordnungshüter Anerkennung, doch stand der Lorbeer meinem Kopf nicht gut, also klärte ich sie auf. Aber machen Sie sich keine Gedanken, erst einmal ist Wochenende. Zum NABU nach Wallnau hinüberzufahren, habe ich noch nicht geschafft. Morgen. Wie geht's hier weiter?« Bereit, den nächsten Auftrag entgegenzunehmen, grinste er sie an.

»Ich würde gern heute noch mit Felix Picard reden. Vorhin war er nicht zu Hause, aber mit einsetzender Dämmerung müsste sich das ändern.«

»Ist es eigentlich richtig, Johann Lüders einfach gehen zu lassen?« Amanda schrak beinahe zusammen. »Er hat einen weiten Weg vor sich und erreicht Meeschendorf womöglich erst mit Einbruch der Dunkelheit.«

»Mit dem Auto hole ich ihn rasch ein!«, stimmte Tannenberger zu. »Danach ergebe ich mich dem Kneipenklatsch. Wir hören voneinander?« Er stieg in seinen Wagen und startete ihn.

Doch bevor er davonfuhr, kurbelte er sein Seitenfenster herunter: »Sie beide sollten hier auch nicht länger herumstehen. Das Land ist im Finstern wirklich nicht sicher!« Er steuerte um die Kurve, um verbotenerweise über den Gutshof von Staberhof zu rollen. Lüders hatte diesen Weg eingeschlagen. Es war der kürzere nach Meeschendorf.

Ohne Verzögerung stiegen auch Amanda und Olivia ein und fuhren in der entgegengesetzten Richtung zwischen den Feldern davon. Kurz vor Staberdorf überholten sie Asmus Rußke.

22

Amanda hupte und ließ ihren Wagen unmittelbar vor Felix Picards Haustür zum Stehen kommen. Er hatte das Signal erkannt und öffnete. Wie beim letzten Mal führte er sie in die Wohnküche. Die Katzen waren nicht zuhause. Auf dem Tisch zwischen den Sitzgelegenheiten, auf den verstreuten Möbelstücken an den Wänden und unter den Fenstern – überall lagen weiße Blätter mit Bleistiftskizzen. Felix beachtete sie nicht weiter und lud seine Gäste zum Sitzen ein.

»Darf ich das anschauen?« Amanda deutete auf den Tisch. Eine großzügige Handbewegung stellte es ihr frei. Sie sah sparsame Linien, die einen Menschen darstellten oder einen Schatten, obwohl doch nur eine Linie zu sehen war, eine Kontur, die ein geduckter Mensch oder aber auch ein Tier werden konnte. Amanda sah auf: »Versuchen Sie, das nebulöse Wesen zu fassen, das Alexander und die beiden anderen Opfer verschwinden ließ?«

»Irgendwie ja. Seit ich gestern Abend zurückkam, denke ich über Dunkelheit nach. Eine Dunkelheit, in der die Gefahr lauert. Dabei kam mir in den Sinn, dass ich in diesem Sommer genau wie in den vorangegangenen gelegentlich im letzten Licht draußen zeichnete. Und mir kroch mit dem Erinnern ein seltsam unheimliches Gefühl in die Knochen, das ich so nur in diesem Sommer draußen empfunden und zu zeichnen versucht habe. Inzwischen ist mir, als wäre es auch im Sommer davor schon dagewesen, nur seltener und schwächer. Aber vielleicht bilde ich mir das auch ein. Ich habe die alten Zeichnungen noch nicht herausgesucht. Später werde ich sie mit den neuen Eindrücken dieser Angst vergleichen, die Sie Mittwochabend hier zurückließen.«

Olivia schaute Amanda zu, wie sie Blatt für Blatt in Ruhe betrachtete, während Felix wie vor zwei Abenden herumging und alle Vorhänge zuzog. Er öffnete noch einmal die Haustür und ließ seine Katzen ein. Es war wohl Fressenszeit, denn sie kamen gemeinsam und alle gingen zu vorbereiteten Tellern hinter der Haustür. Felix setzte sich in seinen Ohrensessel.

»Diese Linie kehrt immer wieder«, Amanda schob ein Blatt zu ihm hinüber, »eine Spannung in sich selbst, etwas Sprungbereites, das sich zugleich ganz in sich zusammenzieht.« Gespannt sahen beide ihn an.

Seine Augen glitten über das Papier und über die Mienen seiner Besucherinnen, bevor er sich in den Sessel zurücklehnte, die Schultern hochzog und die Fingerkuppen gegeneinanderstellte. »Der Vorgang scheint mir im Rückblick äußerst merkwürdig. Es gab mondhelle Nächte, in denen die Wasseroberfläche draußen glänzte und in meinem Rücken eine Spannung ahnbar war, die die Hecken eigentlich zum Rascheln hätte bringen müssen, wenigstens das. Aber es war still, so vollkommen, dass ich selber den Atem anhielt. Dieses geräuschlose Knistern auf dem Höhepunkt absoluter Bewegungslosigkeit habe ich zu zeichnen versucht.«

Amandas Augen hingen erneut an der Zeichnung, die sie ihm hinübergeschoben hatte: »Alexander sagte mal, dass Kunst nicht Sichtbares wiedergebe, sondern sichtbar mache. Hat er Sie zitiert?«

Felix nickte zwar, schwieg aber weiter. Er schien in seiner Erinnerung zu graben. Ganz plötzlich gab sie etwas frei. Er sprang auf. »Kommen Sie bitte mit nach oben. Jetzt müssen wir die alten Zeichnungen durchsehen!«

Zum ersten Mal standen sie in jenem Raum, der wie eine Schiffsbrücke aus dem Dach herausgebaut war und den Blick nach allen vier Himmelsrichtungen freigab. Doch Felix gab ihnen keine Zeit zum Hinausschauen. Indem er die Beleuchtung anschaltete, befanden sie sich in einer Art Spiegelkabinett. Schnell fand er eine Mappe, die er auf dem Tisch aufschlug und durchblätterte. »Hier! Und hier!« Die Linien zeigten eine gebeugte

Gestalt, doch auf zwei Beinen, sie konnte nur ein Mensch sein. »Einmal bewegte sich dieser Schatten – sehen Sie hier, als würde er etwas nachziehen oder mit dem Fuß festhängen.« Er legte ein weiteres Blatt zu den beiden anderen.

»Unser Mann.« Olivia hauchte es beinahe in die Stille. »Sahen Sie ihn häufiger?«

Felix dachte sorgfältig nach: »Nur dieses eine Mal. Es war Vollmond. Irgendetwas hielt mich davon ab, zu ihm hinüberzugehen. Wir standen und schauten einander in nächtlicher Umrisshaftigkeit an. Irgendetwas zerstörte sekundenlang meine Konzentration, ich glaube ein Flügelschlagen am Nachthimmel. Als mein Auge zurückkehrte, war die Gestalt verschwunden. Ich starrte noch eine Weile ins Gebüsch, trat aber schließlich den Rückzug an. Ich hatte damals noch keine Angst, aber unbehaglich fühlte ich mich schon.«

»Sie kennen die Volksweisheit, dass man Augen, die einen anstarren, spürt. Könnte dieser Schatten die Spannung verursacht haben, die Sie auf den Blättern unten in der Küche zu ergründen versuchen?«

Ernst sah er von Olivia hinunter auf die Skizzen und zu ihr zurück: »Ja, es ist verrückterweise möglich; zumindest glaube ich das jetzt, wenn Sie mich so fragen. Ein Mensch, der regungslos im Knick saß und mir zuschaute ... Er muss bereits dort gehockt haben, bevor ich kam, sonst hätte ich ihn gehört, nachts achte ich auf alle Geräusche, auch Geräusche kann man zeichnen ...« Er sammelte die Skizzen von seinem nächtlichen Beobachter ein: »Lassen Sie uns wieder hinuntergehen. Bei elektrischem Licht steht man hier wie im Schaufenster. Sicherlich sehen um diese Tageszeit nur Hasen und Eulen herauf, aber unten ist es behaglicher.«

Olivia wandte sich umgehend zur Tür, dabei streifte ihr Blick ein Ölgemälde. Sie hielt ein und betrachtete es: »Welch jubilante Nacht!« Der Maler war in der Tür stehen geblieben. »Eine Sommernacht auf Fehmarn? Im Ernst?«

»Im Hochsommer gibt es solche Nächte. Auch der Norden kann leuchten.«

Sie nickte, schwieg und schaute. Amanda war gleich nach ihrem Ausruf hinter sie getreten. Nach einem langen Augenblick fragte sie leise, wie der Nacht angepasst: »Siehst Du das Fließen der Farben? Diese Nacht ist in Bewegung, Beschützer und Gefährte sowohl der Schlafenden als auch der Wachenden.«

Die kleine graugetigerte Katze mit den weißen Ohren störte das versunkene Betrachten. Felix knipste das Licht aus und die Sommernacht verschwand. Unten in der geheizten Wohnküche beugten sie sich über die alten und die neuen Skizzen. Die Krümmung der Rückenlinie war so gut wie identisch und Felix wies auf eine Linie in einer der alten Skizzen, die ihm zeigte, dass der Schatten sich mit dem Fuß im Gestrüpp verfangen haben musste. Den Stift, mit dem er die Linie in der Luft nachfuhr, hielt er in der rechten Hand.

In Olivias Ohr tönte der Satz: ›Die Besten sind Linkshänder. Auch Felix Picard.‹ Sie sah ihn vor ihrem inneren Auge beim Abtrocknen neben Juro, er hielt das Küchentuch in der rechten Hand. Bei Tisch hatte er Agnes eine Schale abgenommen und ihr eine gereicht, mit der rechten Hand. »Können Sie mit links zeichnen?«

Die Frage wurde beiläufig gestellt, dennoch hielt Felix überrascht inne. Es kam keine Erklärung zu dieser Frage und er sah wieder auf die Skizzen. Dann rückte er plötzlich den Tisch näher zu sich, zog ein leeres Blatt unter dem Skizzenteppich hervor und zeichnete ruhig – mit der linken Hand – ein Porträt von Olivia. Unverkennbar, in einer ununterbrochenen Linie und wenigen Punkten. Schweigend schob er es ihr hinüber.

Staunen und Bewunderung von Amanda und Olivia waren beträchtlich.

»Ich male und zeichne mit der linken Hand, sie behält etwas Ungeschicktes, enthält sich der Routine. Alles Alltägliche erledigt die rechte.« Olivia nickte stumm. Felix schob ihr Porträt unter die Skizzenblätter. »Hier liegt unser Problem. Helfen meine Skizzen Ihnen weiter?«

»Sie helfen mir einen entscheidenden Schritt weiter.« Olivia ließ energisch ihre Haare um den Kopf wirbeln. »Einige Fragen klären sich. Wir haben es eindeutig mit einem Mann zu tun. Sind Sie sich darin sicher?«

Felix prüfte seine Skizzen: »Ganz sicher. Eine Frau hätte andere Reaktionen und damit andere Linien verursacht.«

»Weiter war er allein, das erhärtet zumindest die Annahme, dass wir es mit einem Einzelgänger zu tun haben trotz der versuchten Irreführung durch die Unterzeichnung ›Vereinigung‹. Aber ein noch weit wichtigerer Punkt klärt sich über Ihren Skizzen: Unser Mann hatte ursprünglich Sie als Opfer im Auge.«

Felix fuhr hoch. Schweigend starrte er Olivia an.

»Ich muss freilich noch über die Konsequenzen nachdenken, die sich daraus ergeben.« Er nickte auffordernd.

»Dieser Schatten«, sie drehte eines der Blätter zu sich herum, »beobachtete Sie. Sie registrierten es erst diesen Sommer?« Er nickte wieder. »Die grüne Ölfarbe nahm er aber im letzten Sommer an sich, sonst hätte er Milz nicht mir ihr präparieren können. Also muss er Sie auch schon im letzten Sommer im Auge gehabt haben. Ihre Erinnerung ist folglich keine Einbildung. Allerdings vor einem Jahr nicht nur in der Dunkelheit, sondern auch tagsüber – die zusammengedrückte Tube Ölfarbe hätte er im Finstern kaum gefunden.« Ein drittes Nicken bestätigte ihren Gedankengang.

Nach kurzer Pause fuhr Olivia fort: »Alexander wohnte bei den Kienhardts und Sie hier. Als Ihre Familie nach Hause fuhr, wären Sie normalerweise allein gewesen, in diesem Jahr wie im letzten?« Erneutes Nicken.

»Aus irgendeinem Grund beschloss Alexander, zu Ihnen zu ziehen. Damit waren Sie wieder nicht allein. Unser Täter muss ziemlich wütend gewesen sein. Doch der Fortgang der Ereignisse rettete seinen Plan. Sie fuhren für einige Tage nach Köln und nun lebte Alexander allein hier und rückte damit in Ihre Position.« Felix Picard, der noch über dem Tisch gesessen hatte, senkte den Kopf tief hinunter.

Behutsam und klar spann Olivia ihren Gedankengang weiter: »Die Ölfarbe an Milz' Fingern erzählt, dass unser Mörder zumindest zwei Motivationsstränge verfolgt. Der eine richtet sich gegen Sie und Ihre beiden Freunde. Wenn Sie und Alexander als Opfer austauschbar waren, steht Juro für sich. Als was? Als späteres Opfer?«

In entsetztem Mitleiden hatte Amanda Felix während der letzten Minuten betrachtet. Jetzt sah sie auf: »Nein, das glaube ich nicht. Opfer warnt man nicht, die beseitigt man. Juro wird der Polizei als Täter angeboten. Das erscheint mir ganz klar! Die Ölfarbe unter Milz' Nägeln macht schlagartig Sinn!«

Entsetzt sah Felix auf: »Um Gottes willen! Wer kann so infam sein?«

»Dieser Schatten!« Olivia bohrte ihren Finger auf das Blatt Papier vor sich auf dem Tisch. »Wer hasst Juro? Und warum?«

»Das fragen Sie mich?«, ratlos sah Felix sie an. »Ich weiß es nicht. Ich kann mir nicht einmal vorstellen, dass der stille Juro, der hierherkam, um zu malen, der fast ausschließlich in seinem Haus hinter der großen Scheune, an einem der äußersten Zipfel der Insel lebt und arbeitet, überhaupt einem Fehmaraner auffällt.«

»Seine Berühmtheit immerhin haben sie wahrgenommen. Bei der Denkmalsenthüllung vor einer Woche wollten viele Leute mit ihm sprechen.«

Felix nickte still. Endlich wehrte er sich: »Ich dachte, man geht allgemein davon aus, dass Milz und Gillhoff … verschwanden, weil sie mit ihren Immobilien die Insel zerstörten. Deswegen wurden sie aus dem Verkehr gezogen und gleichzeitig sollte den offiziellen Stellen klargemacht werden, wie bedingungslos ernst ein geheimnisvoller Bund den Inselschutz nimmt. Ich verstehe nicht, wie wir in dieses Szenario passen sollten.«

Seine dunklen Augen hingen an Olivia. Als sie nicht sofort antwortete, ergänzte er langsam: »Der Hass … ich verstehe das nicht … Vielleicht geht es morgen besser.«

Olivia stand auf. »Wir werden Ihnen helfen, bis zur Aufklärung!«, antwortete sie leise.

Felix hatte sich ebenfalls erhoben: »Ich muss in Ruhe nachdenken, verstehen Sie?« Sie verstand ihn.

Als Amanda den Motor anließ, drückte Olivia auf die Hupe und sprang noch einmal hinaus. Felix öffnete die Haustür. Seine

Züge froren ein, als er ihr zuhörte. Er drückte die Tür zu, noch bevor sie wieder im Auto saß.

23

Nebel.

Olivia sprang aus dem Bett und schloss das Fenster. Sie sah hinaus. Der Nebel zog in dichten Wolken durch die schmale Straße und wandelte die gegenüberliegenden Häuser zu Schemen. Der Nebel war in Bewegung, früher war ihr das nie aufgefallen. Sie dachte an Felix. Er hatte ihre Augen für diese Art von Bewegung geöffnet.

Eine Stunde später schob sich der Nebel nicht mehr durch die Straße, unsichtbare Kräfte zogen ihn nach oben. Die Sonne würde siegen. Olivia hoffte sehr darauf.

Das Frühstück verlief ungewohnt schweigsam. »Es war wirklich gestern, nicht wahr, dass Tannenberger hier am Tisch saß?«

Amanda bestätigte es: »Vor vierundzwanzig Stunden oder etwas weniger. Daran schloss sich eine Kette von Ereignissen, die für mehrere Tage ausgereicht hätte. Bist Du dadurch weitergekommen?«

Olivias braune Augen wirkten dunkler als gewöhnlich, als sie die Freundin ansah: »Der Täter muss noch einen Fehler machen, den ich mitbekomme und der handgreiflich ist. Dann ist die Polizei dran.«

»Du weißt, wer es ist?«

»Ich glaube ja. Aber ich brauche einen vorzeigbaren Beweis. Da er mich dafür nicht zu sich nach Hause einladen wird – ich würde eine Einladung auch nicht annehmen –, müssen wir draußen am Meer auf ihn warten. Wir sollten einen Ort finden, den man nicht aus drei Tagen Entfernung sieht.«

»Wer ist es?«

Olivia schwieg.

»Nun sag schon!« Amanda starrte sie an. »Ich habe diesen Durchbruch gespürt, gestern Abend schon, irgendwie. Wer ist es?«

»Vielleicht haben wir Glück und Du erfährst es noch heute. Aber erst, wenn ich ganz sicher bin!«

»Dann lass uns aufbrechen. Wir sollten ihn nicht verpassen. Wer immer es ist.«

»Lass uns heute auf dem offiziellen Parkplatz oberhalb der Küste parken«, schlug Olivia vor, als sie Staberdorf hinter sich gelassen hatten. »Es ist nicht ganz ein Kilometer bis zum Staberholz.«

»Ein Kilometer kann sich enorm dehnen, wenn man das Auto rasch brauchen sollte.«

»Stimmt schon. Dafür steht es dort fast unsichtbar. Hier geradeaus, bitte. Nicht abbiegen. Mir ist für den Augenblick wohler, das Auto auf einem offiziellen Parkplatz zu lassen. Wir verraten damit keine Absicht, kein genaueres Ziel – es ist einfach normal.«

Amanda parkte hinter einem alten VW-Bus: »Hast Du den extra herbestellt?«

»Nein, dann hätte ich um zwei gebeten. Aber einer ist auch schon ganz gut. Bitte schau Dir die Karte noch einmal genau an: Wir sind hier, dort ist das Gehölz, davor – hier und hier – die Sölle mit Rußkes Schnecken und Muscheln. Dort liegt Gut Staberhof und Kienhardts Haus.«

Sie stiegen aus und gingen vor zum Meer. Der Nebel hatte sich zu einzelnen Schleiern gewandelt und versprach einen klaren blauen Tag. »Möchtest Du hier oben den festgetretenen Pfad auf der Steilküste entlanggehen oder hinunter zum Strand?« Amanda zog den Reißverschluss ihrer Wetterjacke bis oben hin zu und versenkte die Hände in den Taschen.

»Unten brauchen wir länger.« Olivia drehte sich wieder dem Land zu: Leere bis zum Gehölz. »Lass uns trotzdem lieber durch den Sand laufen. Noch haben wir Zeit.«

Heute ging Olivia vor bis zur Wasserkante. Schweigend und aufrecht schaute sie hinaus auf die See, bis sie im Rhythmus des

Meeres atmete, tief und ruhig. Sie wandte sich zum Gehen, passte dabei ihre Schrittgeschwindigkeit den auflaufenden Wellen an, die gleiche ruhige Selbstverständlichkeit in beiden Bewegungen. Amanda ging an ihrer Seite. Sie ließen die Angler in ihrem Rücken, die wohl aus dem parkenden Bus gestiegen waren. Der Strand vor ihnen war leer.

Aber nicht allzu lange. Dann tauchte vor ihnen ein Mann auf, der im flachen Wasser hockte und daraus etwas in einen Eimer sammelte. Im Näherkommen erkannten sie Asmus Rußke. Notgedrungen erwiderte er ihren Gruß, ließ aber keinen Zweifel daran, dass er nicht reden wollte. Sie gingen hinter ihm vorüber, ohne innezuhalten.

Vielleicht hundert Meter weiter löste sich eine Gestalt aus dem Schatten der Steilküste. Jetzt verhielt Olivia den Schritt.

»Melusine ... Hast Du sie erwartet?«

»Kann man das? Jedenfalls habe ich gehofft, sie hier zu sehen.« Mit verhaltenem Schritt näherte Olivia sich der schmalen Gestalt. Zu ihrer Überraschung wandte die Frau sich ihnen zu und grüßte sie. Eine Weile schwiegen sie gemeinsam, Olivia spürte noch den Rhythmus des Meeres in sich atmen. »Kennen Sie den Mann dort hinten?« Sie sah Melusine an, nicht Rußke.

»Ich sehe ihn gelegentlich. Er holt Muscheln und Schnecken aus dem Meer.«

»Er sammelt tatsächlich Tiere? Ich staune deshalb, weil seine Hand sich ganz regelmäßig hin- und herbewegte. Es schien viel zu sammeln zu geben dort, wo er hockte. Deshalb konnte ich mir Tiere nicht vorstellen.«

»Sie sammeln sich mitunter an einer Stelle.«

»... und vermutlich nimmt er sie sanft und einzeln aus dem Wasser ... Ja, so wird es sein. Was macht er mit den kleinen Meerestieren?«

Melusine sah sie an, ohne zu antworten.

»Halten Sie ihn für einen Sammler?«, setzte Olivia schließlich nach.

Melusines Blick hing an ihr fest, als wollte er ihr etwas Dringendes sagen. Sie schüttelte dabei sacht den Kopf: »Der Mann ist kein Sammler. Haben Sie mal seine Augen gesehen, wenn er von dieser Beschäftigung aufsteht und mit seinem Eimer davongeht? Es ist der Blick eines Fanatikers.« Endlich ließen ihre Augen Olivia los. »Er ist aufgestanden … Er steigt an der ausgewaschenen Stelle die Steilküste hinauf.« Amanda und Olivia regten sich nicht. Etwas lag in Melusines Stimme, das sie beschwor, den Mann unbehelligt ziehen zu lassen. »Jetzt sehe ich ihn nicht mehr. Wenn Sie Ihren Weg fortsetzen, kommt in etwa hundert Metern eine Abbruchkante, an der man ungesehen nach oben zum Gehölz gelangen kann.« Eine leichte Neigung ihres Kopfes schien Abschied und Aufforderung zugleich zu sein. Sie machte ein paar Schritte auf das inzwischen blaue Meer zu. Olivia und Amanda grüßten und wandten sich in die vorgeschlagene Richtung.

Sie fanden die Stelle und machten sich an den Aufstieg. Das Land lag ungefähr so hoch über ihnen wie eine Zimmerdecke, schätzte Olivia ab, also nur knapp zweieinhalb Meter glücklicherweise, denn bei jedem Schritt lockerten sie Steine und Erdreich. Amanda war stehen geblieben und ließ das Losgetretene an sich vorbeirutschen, während Olivia weiter Fehmarns Küste wegtrat. Niemals hätte sie das unter normalen Bedingungen gemacht.

Melusine hatte zur Vorsicht gemahnt. Jedenfalls glaubte Olivia das auf ihrer Haut zu spüren. Als sie sich auf Brusthöhe über dem Land befand, hielt sie inne und schaute sich um. Alles schien leer. Als sie nach zwei weiteren Schritten aufsah, glaubte sie eine Bewegung im Gehölz zu ahnen. Regungslos starrte sie zwischen die Bäume. Das Unterholz war ziemlich dicht, aber jetzt Mitte Oktober war so viel Laub gefallen, dass es den Blick ein wenig einließ. Zentimeterweise zog sie sich hinter das hohe Gras zurück, keinen Blick von dem Baumstamm lassend, den sie als Markierung nutzte. Sie wartete. Amanda schob sich neben sie und suchte zwischen den Gräsern hindurch das Land ab.

»Was hast Du gesehen?«, flüsterte sie. Als keine Antwort kam, sah sie die Freundin an: »Der Teufel wird's doch nicht gewesen sein … bleich genug bist du geworden.«

»Für einen denkbar winzigen Augenblick war mir, als sähe ich die Linie, die wir gestern auf Felix' Skizzen so eingehend studiert haben. Amanda, was macht er dort im Gehölz?«

»Bin ich Hellseherin?« Sie sah durch das Gewirr von Halmen über den Acker hinweg in das Gewirr von Zweigen. »Glaubst Du, wir merken, wenn er verschwindet?«

»Keine Ahnung. Eine Chance haben wir überhaupt nur, wenn er mich nicht bemerkt hat. Bitte schau, wie spät es ist. Wir müssen die Zeit messen können, wenn wir warten.«

»Es ist drei Minuten vor halb elf. Merkwürdig, heute sind alle früher auf den Beinen ... Was, glaubst Du, macht Tannenberger gerade?«

Olivia ließ das Staberholz keinen Moment aus den Augen. Das Gras vor sich hatte sie einen Spalt weit auseinandergedrückt. Sie legte die Hände rechts und links daneben gegen den Hang und drückte die Arme durch. So würde sie eine lange Zeit reglos schauen können. »Tannenberger ...«, nahm sie endlich Amandas Frage auf, »er wird länger frühstücken als sein Appetit trägt, wenn er genug Kollegen zum Reden gefunden hat oder Fehmaraner in Gespräche verwickeln kann, die uns weiterhelfen. Samstagvormittag findet sich vielleicht der eine oder andere im Hotel ein, es hat eine Bar.«

»Brauchst Du seine Neuigkeiten denn noch?«

»Kommt drauf an, sie könnten das Gesamtbild vervollständigen. Wie spät ist es?«

»Eine Minute nach halb.«

»Was für Vögel sind dort oben unterwegs?«, wollte Olivia eine Weile später wissen.

»Ich halte sie für Krähen, es sind zwei.«

»Wenn ich deren Perspektive hätte, sähe ich vielleicht, wie die Ereignisse sich beschleunigen ...«

»... wenn Du die Protagonisten kennst ... Mit wie vielen rechnest Du?«

»Mit einem!«

»Um den zu sehen, brauchst Du kein Vogel zu sein. Bei einem behält man noch leicht den Überblick.«

»Die Krähen sehen ihn vielleicht, ich nicht. Wie spät ist es jetzt?«

»Beim nächsten Gongschlag ist es dreizehn vor elf. – Dort rechts hinten radelt Rußke davon. Ob er seine Meerestiere jetzt zur Schule bringt? Vermutlich gefällt ihm sogar das Gymnasium ohne Menschen besser.«

Olivia sah ihn gerade hinter dem Wald aus dem Bild radeln. Etwas erstaunt schaute sie ihm hinterher, im Geiste die Karte überprüfend. »Hast Du mal überlegt, dass eine Landkarte dem Menschen die Vogelperspektive leidlich ersetzen kann?« Sie sah zu Amanda hinüber. »Ich glaube, jetzt können wir weiterklettern. Erschrick nicht, ich werde geradewegs über den Acker gehen.«

»Willst Du doch noch Kohlköpfe zählen?«

»Ich werde ihnen gerade so viel Beachtung schenken, dass ich keinen zertrete. Komm!« Olivia nahm die Hände für das letzte Stück Steilhang zur Hilfe, oben angekommen reichte sie Amanda die Hand. Doch trotz aller Vorsicht rutschte die Erde ein wenig und lösten sich noch einige Steine. Sie sah ihnen nach.

Verwundert hielt Amanda ein: »Was ist? Sitzt der Teufel auf einmal unten am Strand?«

»Nein, der hat sich für den Augenblick davongemacht. Mir kam gerade so klar zu Bewusstsein, auf einer Insel zu sein, als hätte ich diesen Gedanken nie früher gehabt. Da rollen die Steine!«

»Es sind die Letzten. Los, lass uns zwischen den Kohlköpfen hindurchstaksen. Du wolltest doch wo hin?«

Olivias braune Augen streiften die Freundin mit einem Blitzen: »Und ob ich das wollte! Auch wenn ich mir nicht vorstellen kann, was dort auf uns wartet.«

Amandas Rückfrage verwehte über dem Acker. Zügig und konzentriert eilten sie zwischen den Kohlköpfen auf das Gehölz zu. Olivia hielt genau Kurs auf ihren Baumstamm. Nach ungefähr fünfzig Metern standen sie vor dem Unterholz. Entschlossen bahnten sie sich einen Durchlass. Das Herbstlaub raschelte und vorjährige Äste knackten unter ihren Füßen. Für Olivias

Ohren veranstalteten sie mehr Lärm als eine einfallende Büffelherde. Doch da sie weit und breit keinen weiteren Menschen vermutete, war das unwichtig. Nach wenigen Metern fanden sie sich auf einer freien Fläche unter hohen Buchen. Die dickste war ihr Markierungsbaum. Sie lehnte sich an seine meerabgewandte Seite. Im Verschnaufen suchten ihre Augen den Waldboden ab. Nirgendwo zeigte er frische Spuren, die ein Mensch durch irgendwelche Aktivitäten hinterlassen hatte. Olivia stieß sich vom Stamm ab und ging langsam weiter. Als sie vor das nächste Gebüsch kam, blieb sie stehen und sah sich um. Wenn sie wirklich einen Schatten gesehen hatte, musste er auf dieser freien Fläche gegangen sein, hinter einem weiteren Gesträuch wäre er für sie unsichtbar gewesen.

»Wenn Du mir verrätst, wonach Du suchst, könnte ich Dir helfen«, schlug Amanda vor. Sie erntete einen ratlosen Blick, in den sich langsam ein Lächeln mischte.

»Du hast recht. Ich bin so gespannt, dass ich mich wie ein Sack Flöhe fühle. Instinktiv nahm ich an, dass ich auf dem Boden suchen muss. Auf den ersten Blick ist da leider nichts Auffälliges. Lass uns gemeinsam nachdenken: Mir war, wie gesagt, für einen Blitzmoment, als hätte ich hier die Linie wiedererkannt, die Felix mehrfach gezeichnet hat.«

»Ich darf annehmen, dass wir es mit einem Menschen zu tun haben?« Olivia nickte. »Felix' Linie zeigt meiner Meinung nach eine gebeugte Körperhaltung. Probieren wir, wie sie die Perspektive verändert.« Amanda krümmte ihren Rücken und ging einige Schritte. »Normalerweise bewegt man sich so nur, wenn man nach irgendetwas sucht.«

»Oder wenn der Kopf auf alle Fälle zwischen dem Gesträuch verborgen bleiben soll.«

Amanda richtete sich wieder auf. »Dann ist der zu Felix' Linie gehörige Mensch mindestens einen Kopf größer als ich. Passt das zu Deiner Erwartung?«

Olivia nickte erneut: »Was kann er hier gemacht haben?«

»Seine Körperhaltung legt nahe, dass es etwas Verbotenes war. Er könnte Fallen aufgestellt oder Schlingen ausgelegt haben.

Oder sie überprüft haben. Kaninchen, Rebhühner, Fasane, Hasen – alles möglich. Passt das?«

»Nein, ich glaube nicht. Wo würdest Du hier eine Falle aufstellen?«

Amanda sah sich um: »Zwischen den Sträuchern: so, dass ich sie von dieser Lichtung aus mühelos wiederfinden kann.«

»Dann lass uns schauen, ob uns dort irgendetwas auffällt.« Schweigend gingen sie den Rand der Waldfläche ab, die eine im Uhrzeigersinn, die andere dagegen. Als sich der Kreis wieder schloss, richtete Amanda sich auf und legte die Stirn in Falten. Wenig später bückte sie sich nach einem Stück Knüppelholz und steuerte entschlossen einen spichtigen Holunderstrauch an. Sie räumte eine Menge Zweige und Laub beiseite, sachte und entschlossen. Als sie auf kahlen Boden traf, vergrößerte sie die Fläche. Festgetretene Erde kam zum Vorschein. »Soll ich weitermachen?«

»Unbedingt.«

Energisch trat sie mit ihrem Absatz schräg gegen den Waldboden. Mehrere Tritte lockerten ihn so weit, dass der Knüppel wieder übernehmen konnte. »Da!« Eilig stieß sie die Erdstücke beiseite. »Was ist das? Eine Schlange?«

»Ein Aal. Lass mich den Rest übernehmen.«

Amanda schüttelte den Kopf und hantierte ruhig weiter. Der Ast brach in der Mitte durch, mit dem Stummel legte sie den Kopf des Tieres frei. »Du hast recht.« Sie richtete sich auf. Sprachlos starrten beide auf ihren Fund.

»Fehmarns Wanderaale finde ich mehr als merkwürdig«, stellte Amanda nach langer Pause fest.

»Aber sie sind nicht so merkwürdig, dass sie sich selber vergraben. Meine Puzzleteile haben sich richtig zusammengefügt. Beim Schütteln fallen sie jetzt nicht mehr auseinander. Ich muss nur noch die Courage aufbringen und die Polizei benachrichtigen. Keine Ahnung, warum ich zögere.«

»Ich schon: Du kennst die Leute nicht. Nicht Dein Freund Richard wird hier auftauchen, sondern ein schwerblütiger Holsteiner.«

»Polizisten sind doch keine Kaltblüter.«

»Sollten sie aber sein, jedenfalls im Morddezernat. Wir könnten Tannenberger aufstören und ihn den Vermittler spielen lassen.«

»Fabelhaft! Genau das machen wir. Bitte rufe ihn an.«

Brav zog Amanda ihr Handy hervor und drückte die Tasten, dann gab sie es an Olivia weiter. »Moritz? Wo sind Sie?«

Selbstverständlich hatte Amanda den Lautsprecher eingeschaltet, damit sie mithören konnte.

»In der Sonne draußen auf der Breiten Straße, im Herzen von Burg.«

»Können Sie einrichten, dass niemand hört, worüber wir sprechen?«

»Kann ich. Legen Sie los!«

»Moritz, ich stehe im Staberholz vor einem Fund, den ich der Polizei gern zeigen würde.« Sie hörte eine Autotür knallen.

»Vor weiteren Gliedmaßen von Milz?«

»Sind Sie ganz sicher, dass Sie niemand hört?«

»Bin ich. Ich sitze in meinem Wagen mit hochgekurbelten Scheiben. Also Milz?«

»Nein! Vor einem Aal. Fragen Sie jetzt nicht. In der nächsten Stunde sind wir hier vermutlich sicher.«

»Die Polizei muss heute aus Eutin kommen, das wird knapp. Aber ich biete mich zu Ihrer Verstärkung an.«

»Angenommen. Wir brauchen hier einen Beamten zur Spurensicherung. Und einen Taucher!«

»Ich dachte, der Aal sei tot!«

»Ist er auch. Aber vermutlich gibt es mehrere von seiner Sorte. Moritz, hier wo jeder jeden kennt und alle von Wasser umgeben sind, wird es doch auch am Samstagmittag jemanden geben, der in ein Soll hinabtaucht. Es ist nicht groß, es dauert sicher nicht lange.«

»Kinder, Kinder! Ich stelle mir gerade die Gesichter der Beamten vor, wenn ich mit meiner Bitte aufkreuze.«

»Können Sie nicht telefonieren? Es geht schneller!«

»Keine Angst, ich fahre nicht nach Eutin. Ich bin nur gerade auf dem Weg zur Polizeistation in Burg. Bei der derzeitigen Lage kann man nicht ganz ausschließen, dass dort jemand sitzt. Ich jedenfalls komme von dort umgehend zum Staberholz. Spätestens in einer halben Stunde bin ich da.« Stille.

»Es ist eine Minute vor halb zwölf«, teilte Amanda pflichtbewusst mit. »Was machen wir bis dahin?«

»Wir suchen draußen auf dem Acker nach Fußspuren, die zum nächsten Soll führen.« Sie sah Amanda zögern. »Keine gute Idee? Meinst Du, wir müssen den freigelegten Aal bewachen?«

»Füchse fressen frisches Aas, Krähen auch. Wir können ihn natürlich wieder zudecken, aber lieber würde ich ihn tatsächlich bewachen. Den Verlust unseres Corpus delicti sollten wir nicht riskieren. Darum handelt es sich ja wohl, oder nicht?«

Olivia sprang wie ein Gummiball auf der Stelle. Sechs, sieben, sie stand still: »Hältst Du es für eine zumutbare Situation, ein paar Minuten allein hier zu wachen?«

»Ja natürlich, ich habe gehört, dass Du die nächste Stunde für sicher hältst. Und wenn ich schreie, wirst Du mich hören, nicht wahr?«

»Sowieso! Ich gehe nicht mehr als fünfzig bis sechzig Meter weg. Sobald ich gefunden habe, was ich suche, komme ich zurück. Fußspuren sind für den Fall, dass es sie gibt, ziemlich bodenständig.« Sie erstritt sich den Weg hinaus an derselben Stelle, an der sie eingedrungen waren und ging am Gehölz entlang, bis das fragliche Soll ihr direkt gegenüberlag. Dort suchte sie den Acker nach frischen Fußspuren ab. Nichts, auch weiter rechts und weiter links von dieser gedachten Linie nichts. Enttäuscht richtete sie sich auf. Wo lag der Fehler?

Tief atmete sie die Meeresluft ein. Einige Atemzüge später kam ihr das ruhige Auflaufen der flachen Wellen in den Sinn, das sie heute so friedlich gestimmt hatte. Es gelang ihr, oberflächlich zu dieser Ruhe zurückzukehren. Sie ließ die Augen über die Kohlköpfe wandern – zum Soll und weiter zur Küstenlinie und wieder zurück. Als sie erneut vom Soll zur Küste strichen, fand sie ihren Fehler. Der Aal war auf dem Weg zur See verendet. Dort hatte ihr Mann ihn gefunden und ins Gehölz getragen. Erleichtert suchte sie erneut den Ackerboden ab, mehr nach rechts in Richtung der See. Endlich fand sie niedergetretenes Unkraut und dahinter Schuhabdrücke im Erdreich. Die Schuhspitzen zeigten auf das Wäldchen. Sie verfolgte sie rückwärts bis zu einer zertretenen Stelle. Zwischen den Kohlköpfen wuchs reichlich Unkraut, aber nicht genug für einen wandernden Aal. Es waren nur wenige Meter bis zum Soll, die Schuhabdrücke stellten die Verbindung her.

Olivia richtete sich auf – ziemlich erleichtert. Zurück zu Amanda. Immer einen Kohlkopf zwischen sich und dem zweiten Glied ihrer Beweiskette kam sie wieder beim Gehölz an. »Hallo! Alles in Ordnung?«

»Keinen Fuchs gesichtet«, kam der Rückruf. »Erfolgreich?«

»Ja! Was ist das?« Olivia drehte sich zur Straße. Ein Polizeiwagen schoss am Feldrand entlang, so sah es jedenfalls aus ihrer Perspektive aus. Dieses Mal gefiel ihr der freie Blick über die Weite. »Amanda, die Polizei ist schon da! Ich hole sie als Erstes zu Dir.« Sie lief auf dem schmalen Fußweg am Waldrand entlang, er führte sie weiter über den Acker zur Straße. Der Streifenwagen hielt, ein Polizist stieg aus und Tannenberger. Sein Anblick erleichterte Olivia. Die fremde Polizeiuniform dagegen erinnerte sie an ihre eigene Fremdheit auf dieser Insel.

Tannenberger schien das zu ahnen. Er streckte ihr beide Hände zur Begrüßung entgegen und stellte sie anschließend dem Beamten vor und umgekehrt.

Kommissar Ibing grinste breit: »Ist mir ein Vergnügen. Gestern schon wollten wir Sie kennenlernen. Was haben Sie mir zu zeigen?«

»Zuerst den Aal! Er liegt im Gehölz.«

Ibing starrte sie an, den Mund offen. Schließlich schnappte der wieder zu: »Ich dachte, es geht um irgendetwas in Zusammenhang mit dem verschwundenen Maler oder einem der anderen beiden Männer?«

»Tut es auch. Ich glaube, dass der tote Aal ein Beweisstück ist. Er liegt auf der kleinen Lichtung drinnen.« Olivia zeigte wieder zum Staberholz.

Ibing fing einen Blick von Tannenberger auf und raffte sich entschlossen zusammen: »Folgen Sie mir. Dort vorn führt ein Weg hinein.« Der Kommissar schritt aus. Erst mitten unter den Bäumen blieb er stehen. »Zeigen Sie mir die genaue Stelle.«

Hier drinnen unter den hohen Bäumen war das Unterholz lichter und das Durchkommen leichter als am Rand. Olivia wandte sich nach links und sah Amanda bald an einen Buchenstamm gelehnt. Statt einer Begrüßung wies diese mit dem Arm unter den Holunderstrauch.

Ibing ging in die Hocke und betrachtete den Aal und dessen Umgebung sorgfältig. »Gibt es Hinweise, wie er hierherkam?« Er richtete sich auf und sah Olivia nicht gerade erwartungsvoll an.

»Draußen auf dem Acker. Allerdings müssen Sie überlegen, was es bedeuten würde, wenn ein Fischliebhaber unter den Aasfressern den Aal in der Zwischenzeit finden sollte.«

»Hat Frau Cranfield ihn bewacht?«

»So ist es.«

»Kennen Sie sich mit den Tieren hier aus?« Er sah Amanda an. »Reicht es, wenn wir ihn einfach wieder zudecken?«

»Von ihren Gewohnheiten weiß ich so viel, wie beim Zuhören in Jägerkreisen abfällt«, sie lächelte ihr offizielles Lächeln. »Zudecken kann helfen, sicherer ist ein Foto, es sei denn, Ihre Zeugenaussage reicht vor Gericht aus.«

»Das würde sie wohl, aber ein Foto ist unangreifbar. Ich hole die Kamera aus dem Wagen. Leider muss ich Sie hier so lange auf Posten lassen.«

»Kein Problem!«, versicherte Tannenberger freundlich und auffordernd.

Sie sahen Ibing nach. »Was haben Sie mit ihm angestellt, dass er ohne jede Rückfrage mitmacht?« Olivia wunderte sich entschieden.

»Nicht viel: Ich teilte ihm lediglich mit, dass Sie Scotland Yard gelegentlich bei der Aufklärung scheinbar unlösbarer Fälle helfen konnten und dass wir für unbehelligtes Arbeiten hier draußen ungefähr noch eine halbe Stunde Zeit haben, wenn wir eintreffen.«

»Ich kann mich irren; vielleicht werden wir bis zum Abend nicht gestört.«

»Haben Sie ein Picknick dabei?«

Ein Lächeln durchbrach den Ernst in Olivias Gesicht: »Wir müssen hier nicht warten, wenn der Taucher fündig wird. Wird einer kommen?«

»Wird – ob Sie's glauben oder nicht.« Er sah ihr erleichtertes Nicken und ergänzte: »Ich sehe schon, Sie glauben, das Staunen ist mein Teil. Tatsächlich kennt Ibing einen, er ist Tauchlehrer oder hat eine Tauchschule oder beides. Jedenfalls ist er schon beim Überprüfen seiner Ausrüstung.«

»Und die Kripo in Eutin?«

»Ist gegenwärtig im Einsatz, es kann sich also hinziehen. Nachdem ich eins und eins zusammengezählt hatte, nahm ich an, es handelt sich hier um die Aufdeckung der ›Vereinigung Inselschutz‹. Mit wie viel Mann rechnen Sie denn?«

»Immer noch mit nur einem. Wir sind stark genug. Ich möchte nur die Spuren offiziell sichern lassen. Dilettanten sind bei der Polizei nicht sehr beliebt.«

»Verstehe. Da kommt unser Profi zurück.«

Kommissar Ibing fotografierte den Aal und dessen Umgebung ausgiebig. Dann überließ er ihn den Aasfressern. Ein letztes Mal durchbrach Olivia das Gesträuch von Staberholz nach Westen, führte ihre kleine Truppe am Waldrand entlang und zu den Schuhabdrücken zwischen den Kohlköpfen. Ibing fotografierte auch sie und protokollierte ihren Verlauf sorgfältig. Zeit genug hatte er, denn der Taucher ließ auf sich warten, jedenfalls für Olivias Ungeduld. Ibing war beschäftigt.

Tannenberger rätselte – ergebnislos: »Erklären Sie mir bloß nicht, wie das hier alles zusammenhängt.« Fragend und theatralisch vorwurfsvoll sah er sie an. »Oh, ein Wagen. Sehen Sie, er hat uns gesehen und biegt gleich in unseren Feldweg ein. Er hält. Wenn das der ersehnte Taucher ist, dürfen Sie Ihre Erklärung noch einmal verschieben.«

Es war der Taucher. Ibing und Tannenberger gingen zu ihm hinüber und halfen, die Ausrüstung zum Soll zu tragen. Der Mann umrundete das kleine Gewässer wortlos und entschied sich für eine Stelle mit dichtem Grasbewuchs: »Hier kann man zur Not hineinkommen. Sie werden mir halt wieder heraushelfen müssen. Sie«, er zeigte auf Tannenberger, »umfassen dazu die kleine Weide, geben Franz die Hand und der mir. Alles klar?«

Die Angesprochenen prüften gewissenhaft den Vorschlag, bevor sie zustimmten. Die wachsende Spannung machte sie vorsichtig. Schweigend sahen alle zu, wie der Mann in seiner Ausrüstung verschwand. »Jetzt müssen Sie mir nur noch sagen, wonach ich suchen soll.«

Alle Augen richteten sich auf Olivia. Aufrecht und bleich stand sie da. Ihre braunen Augen sahen jeden der Reihe nach an und kehrten zum Taucher zurück: »Dort unten liegen – vermute ich – menschliche Knochen, mehr oder weniger kahlgefressen.« Niemand rührte sich. Alle starrten sie an. Einen ziemlich langen Augenblick.

Ibing fasste sich als Erster: »Ja, Bernd. Nicht schön. Bring's hinter Dich.« Der so Angesprochene setzte ohne ein weiteres Wort seine Brille auf, nahm das Ende des Sauerstoffschlauches in den Mund und verschwand.

Der Himmel über Fehmarn war blau. Tiefblau inzwischen. Olivia sah hinauf. Kein Vogel durchquerte die blaue Leere. Und kein Laut durchdrang ihre Anspannung. Ihr Nacken wurde steif. Sie bemerkte es nicht. Erst als ein reißender Schmerz ihn durchfuhr, weil Amanda sie am Arm packte, kehrte ihre Wahrnehmung zu ihrer Umgebung zurück. »Olivia, da hinten kommt Asmus Rußke angeradelt. Noch ist er auf der Straße.«

Olivias Hand war automatisch in den schmerzenden Nacken gefahren, doch der Ruck hatte die innere Spannung gelöst und ihren Kopf schlagartig wieder freigegeben. Sie sah den Bärtigen bremsen. Er seinerseits sah den Polizeiwagen am Straßenrand, er sah ein weiteres Fahrzeug auf dem Feldweg und Leute – sie schaute ihm dabei zu. Er wendete sein Rad und fuhr zurück.

»Er?«

»Er!«

Amanda hatte es auf einmal eilig. »Gib mir die Karte.«

Olivia sah ihr hinterher, wie sie zwischen den Kohlköpfen hindurch zum Feldweg stieg. Ihrer Beobachtung nach war bisher nicht ein Kohl zu Schaden gekommen. Kaum zu glauben.

Amanda hatte inzwischen den Weg erreicht. Sie ging zügig auf den Küstenpfad zu und schlug dabei die Karte auf.

»Donnerwetter! Bernd!«

Sie flog herum. Bernd hielt sich mit der einen Hand an einem Grasbüschel fest und nahm den Schlauch aus dem Mund: »Da unten sind Menschen, ich meine Knochen, mehr als einer. Soll ich einen Beweis abbrechen und bringen oder alles unangetastet lassen?«

Franz Ibing dachte nach. »In welchem Zustand sind sie denn?«

»Es ist ein Haufen. Ganz unten liegt ein Rumpf, die Arme fehlen, die Beine sind, glaube ich, noch da. Darüber liegt ein Skelett, sieht vollständig aus. Und ganz oben liegt ein Körper, der nicht allzu lange da sein kann, es gibt noch ziemlich viel von ihm.« Bernd schüttelte sich, als sei ihm kalt, was im Taucheranzug nicht sein konnte. Er fuhr fort: »Ich weiß nicht, was passiert, wenn ich mich daran zu schaffen mache. Was schlägst du vor?«

Nicht ganz einfach. Kommissar Ibing sah Olivia und Tannenberger an, doch beide warteten gelassen auf seine Entscheidung. »Bernd, wenn Du von unten gefahrlos einen Knochen nehmen kannst – gefahrlos vor allem für Dich, nicht dass dabei alles auf Dich runterrutscht und wir Dich retten müssen, wir sind da schlecht vorbereitet –, wenn das geht, wäre so ein harter Beweis eine ziemlich tolle Sache.«

Nachdem Bernd ohne ein weiteres Wort wieder untergetaucht war, wandte Ibing sich an Olivia: »Ich meine, was wir sichergestellt haben, kann uns nicht mehr entgehen. Sagen Sie mir jetzt, wer da unten liegt?«

»Wenn wir Glück haben, sind es drei: Milz, Gillhoff und der Obere, der, der noch erschreckend vollständig zu sein scheint, wäre Alexander Hyde.« Indem sie es aussprach, fühlte sie sich sehr erleichtert, dass Amanda nicht neben ihr stand.

Ibing starrte sie an: »Donnerlittchen!«

»Das alles hat Ihnen der tote Aal erzählt, nehme ich an?« Moritz Tannenberger stand vor der fantastischsten Geschichte seit Jahren.

»Der, den Sie gesehen haben, hatte einen Vorgänger unten am Strand. Er war auch tot. Aber Melusine brachte ihn für mich zum Sprechen.«

Bevor Tannenbergers Seufzer in eine neue Frage münden konnte, erschien Bernd wieder an der Wasseroberfläche, hielt sich erneut am Grasbüschel fest und reichte Ibing eine Handvoll kleiner Knochen. »Zieht Ihr mich raus?«

Unversehens stand Olivia mit gefüllten Händen da. Ibing hatte ihr die Knochen unverzüglich weitergereicht, Tannenberger die eine und seinem Landsmann die andere Hand hingestreckt und nun zog er. Bernd landete im Kohl.

›Na endlich!‹ Olivia fühlte sich verrückterweise erleichtert. Sie betrachtete die kleinen Knochen in ihren Händen. »Fingerknochen?«, fragend sah sie zu Tannenberger hinauf.

Der schob die Teile ein wenig zurecht: »Könnte stimmen. Gehörten mal Gillhoff, wenn Sie recht haben.«

Ibing hatte unterdessen seinen Bekannten auf die Beine gezogen und ließ ihn jetzt Stück für Stück die Taucherausrüstung auf seine ausgestreckten Arme stapeln. Endlich stand Bernd in zugeschnürten, festen Schuhen breitbeinig im zerdrückten Kohl und starrte den Uniformierten an: »Gespenstisch, das Ganze. Ich meine: mehrere Gerippe und ganz klares Wasser. Hast Du eine Ahnung, wer da unten liegt?«

»Eine Vermutung. Aber ich setze keine Gerüchte in die Welt. Das musst Du verstehen. Die Kollegen aus Eutin werden die Fortsetzung hier übernehmen und im Laufe der Woche haben wir dann wohl Fakten.« Ernst, fast würdevoll kamen die Worte aus Ibings Mund. Die Bedeutung des Fundes lastete wie eine Bürde auf seinen Schultern.

Statt einer Antwort nahm Bernd ihm einen Teil seiner Sachen ab: »Hilfst Du mir, dies zum Auto zurückzubringen?« Einträchtig zogen die beiden los.

Olivia und Tannenberger sahen ihnen nach. Dabei kam Olivia Amanda in den Sinn. Um ein Haar hätte sie die Knochen fallen lassen. »Wir müssen hinter Amanda herfahren!«

»Nanu! Auf einmal so schreckhaft?«

»Sie ist dem Mann hinterhergefahren, der all dies«, sie öffnete ihre Hände wieder und hob ihm das Häuflein kleiner Knochen entgegen, »dies hier verursacht hat. Wie lange ist sie schon fort? Haben Sie eine Vorstellung?«

»Vielleicht zehn Minuten, vielleicht etwas mehr …«

»Dann wäre sie noch nicht einmal ganz bei ihrem Auto«, stellte Olivia erleichtert fest. »Kommen Sie, wir müssen Ibing überzeugen, den Mann zu verhaften, bevor er etwas Unerwartetes oder Unüberlegtes machen kann.«

Doch Ibing war nicht von den Schienen zu stoßen. Er verabschiedete Bernd mit der Verpflichtung, über den Fund im Soll zu schweigen und ließ ihn abfahren, um hinter ihm her zu Fuß zu seinem Polizeiwagen zu gehen. Nein, hatte er erklärt, er könne nicht einfach wegfahren, erst müsse er das Soll offiziell sichern. Niemand durfte es betreten. Dass das außer dem Verdächtigen auch niemand wollen würde, beeindruckte ihn nicht.

Olivia erreichte lediglich eine Beschleunigung des Ablaufs. Ibing ging sehr zügig und kam mit seinem Wagen holpernd und schaukelnd zurück. Als Erstes nahm er Olivia die Knochen ab. Sie durfte sie in eine beschriftete Tüte gleiten lassen. Aus dem Kofferraum holte er eine Rolle rotweißes Plastikband, das sie zu dritt um das Soll herum in das Gesträuch hängten. Olivia fand, dass es jetzt überhaupt erst Aufmerksamkeit auf sich zog, aber sie schwieg. Sie wollte jetzt nur zu Amanda kommen, so schnell wie möglich.

Endlich wandte Ibing sich von der so wichtigen Fundstelle ab. »Frau Cranfield begab sich zu dem Mörder, als sie uns verließ?«, versicherte er sich. »War das nicht etwas voreilig?«

»Fragen Sie sie selber! Sie können das umso schneller, je eher wir zu ihr kommen!«

Tannenberger unterstützte Olivias Bitte, indem er kurzerhand in den Streifenwagen stieg: »Los, Ibing, kommen Sie, das ist Ihr Tag und er ist noch nicht zu Ende!«

Ibing fügte sich den hoffentlich guten Gründen seiner Zeugen. Rückwärts steuerte er den Wagen den Feldweg hinauf zur Straße: »Wohin, wenn ich wieder auf dem Asphalt bin?«

»Nach Staberdorf. Dort gleich nach links in die erste Straße und die bis zum Ende.«

Er gab Gas.

Fast konnte man es einen Menschenauflauf nennen. Vor Rußkes Garage stand Amandas Wagen. Um ihn herum suchten mehrere Menschen, Erwachsene und Kinder, unter ihnen auch Rußke, sichtlich etwas auf dem Boden. Ein Junge steckte kopfunter im Auto.

Felix traf ein, als Olivia aus dem Streifenwagen stieg. Sie hatten ihn auf den letzten Metern überholt. Bleich und übernächtigt sah er sie aus tiefliegenden Augen an. Er schwieg. Beide betrachteten die Szene vor der Garage. Sie wirkte wie ein lustiges Nachbarschaftstreffen.

Tannenberger stellte sich passend zur Szene, beide Arme auf das Autodach gelegt, entspannt wie ein Müßiggänger hinter den Polizeiwagen und brachte Ibing damit endlich in Aufruhr. Mit ernster Miene schritt er um den Wagen herum auf Olivia zu: »Ist der Verdächtige unter diesen Menschen?«

»Es ist Asmus Rußke.«

Ibing fuhr zurück: »Das geht nicht!«

»Was soll das heißen?«

»Er war mein Mathematiklehrer in den letzten beiden Jahren vor dem Abitur. Er war toll, wir waren begeistert, jedenfalls die meisten. Heute ist er eine Institution hier auf Fehmarn.«

»Wie lange liegt Ihre Schulzeit zurück?«

Ibing nahm seine Mütze vom Kopf und begann, sie zu drehen. »Das sind wohl bald elf Jahre …«

»In einem so langen Zeitraum kann viel mit einem Menschen geschehen: Aus einem jungen Lehrer wird ein routinierter, aus einem optimistischen Anfang zerstörte Hoffnung und aus einem normalen Mann ein Fanatiker. Man sieht das alles den Menschen nicht unbedingt an. Trug er schon einen Vollbart, als er damals Ihr Lehrer war?«

Die Mütze in Ibings Händen drehte sich nicht mehr. Er sah darauf nieder. »Nein, ziemlich sicher nicht. Aber heute würde ihn wahrscheinlich niemand ohne Bart erkennen, jedenfalls nicht auf Anhieb.«

»Sehen Sie, hinter diesem Bart verbergen sich all die Linien, die Enttäuschungen und Zorn graben.« Ibing sah auf. In Olivias Gesicht begegnete er aufforderndem Ernst. Er nickte nachdenklich und wandte den Kopf zu seinem ehemaligen Lehrer. Der stand inzwischen etwas abseits und starrte ihn an. Auch die meisten der anderen hatten das Suchen unterbrochen. Erwartungsvoll sahen einige herüber. Andere grüßten. Ibing war ihnen kein Unbekannter. Sicher geschah nun irgendetwas. Aber was, ahnte keiner. Sie warteten.

Ibing nickte knapp und machte einen ersten Schritt auf sie zu. Für Rußke bedeutete der Blickabtausch zwischen seinen Nachbarn und dem Kommissar einen letzten Moment der Freiheit. Er wandte sich seiner Haustür zu. Doch bevor sie zuschlug, hatte Ibing ihn am Arm gepackt. Den Wortwechsel zwischen ihnen konnte Olivia über die aufgestörten Nachbarn hinweg nicht verstehen. Er endete damit, dass Rußke seine Haustür ins Schloss zog und als noch freier Mann neben dem Kommissar zum Streifenwagen ging.

»Sind Sie allein, Kommissar?«

Olivia schoss herum. Hinter Tannenberger stand Johann Lüders. »Sie können den Verhafteten für die Fahrt an mich ketten, das halte ich für sicherer.« Er trat zu den beiden Männern und streckte sein rechtes Handgelenk auffordernd vor. Fast mechanisch zog Ibing nun doch Handschellen vom Gürtel, ließ die eine um Rußkes Handgelenk zuschnappen und befestigte die andere an der bereitgehaltenen Rechten. Lüders setzte sich auf den Rücksitz und zog Rußke hinter sich her in den Streifenwagen, während Ibing die losbrechenden Fragen auf sich einstürmen ließ. Er beantwortete keine. Stattdessen notierte er sich die Adresse der beiden Engländerinnen und bat sie, dort für ihn erreichbar zu sein. Er wollte sobald als möglich mit ihnen reden. Erst Olivias Aussage würde die Leichenfunde, die Schuhabdrücke und den Aal zu einer Beweiskette zusammenbinden, die die Verhaftung seines alten Lehrers rechtfertigte. Hoffentlich! Wohl war ihm nicht. Tannenberger forderte er auf, im Laufe des Nachmittags auf der Polizeiwache in

Burg vorzusprechen. Schließlich grüßte er in die Runde, stieg ein und fuhr davon.

»Wie einfach das aussieht und wie furchtbar er sich dabei fühlen wird«, Olivia sah Moritz Tannenberger an. Irgendwo in ihren dunklen Augen ahnte er Trauer. Er erwiderte nichts. »Ibing mochte seinen ehemaligen Lehrer. Das verdirbt ihm die Freude am Erfolg.«

»Werd bloß nicht schwermütig!« Amanda trat zu ihnen. »Ich bin froh, dass die Geschichte so schlicht zu ihrem Ende kam! Kein Kampf mit Rußke. Keine Diskussion mit Nachbarn. – Seht Ihr den seltsamen Mann in seinem ewigen karierten Hemd da stehen? Er stand als Erster genau dort in unmittelbarer Nähe zur Hofeinfahrt. Er blieb dort stehen, als die anderen vor der Garage zusammenliefen. Und er steht jetzt da. Ich glaube, er hat sich kein einziges Mal gerührt. Ich finde ihn unheimlich.« Sie wandte sich von der rätselhaften Gestalt ab, streckte Felix die Hand hin und zog ihn ganz in die kleine Runde hinein. »Danke, dass Sie gekommen sind. Ich hatte mir nicht vorstellen können, wie viele Nachbarn auf mein Hupkonzert hin hier zusammenlaufen würden. Ich wollte eben nicht allein mit Asmus Rußke auf die Polizei warten.«

Ein Junge mit rundem Gesicht und himmelwärts offenen Nasenlöchern zog Amanda am Ärmel: »Was ist jetzt mit dem Autoschlüssel? Haben Sie ihn gefunden oder kann ich noch weitersuchen?« Amanda musterte ihn eine Weile, dann griff sie in ihren Gürtel und schien ihre Hose zurechtzurücken. Dabei fiel aus dem einen Hosenbein ein Schlüsselbund. Der Junge sah es beinahe eher, als er es aufschlagen hörte. Jubelnd bückte er sich danach: »Jetzt fahren Sie mit mir eine Runde ums Dorf, nicht wahr?«

»Versprochen ist versprochen!«

»Super! Darf ich auf den Fahrersitz?«

»Glaubst Du, dass wir dann weit kommen? Kannst Du etwa schon Traktor fahren?«

»Nein, dazu sind meine Beine noch nicht lang genug. So meine ich das auch gar nicht. Ich würde in Ihrem Auto gern da sitzen, wo mein Vater immer sitzt!«

Amanda betrachtete ihn einen Moment stirnrunzelnd, bevor ihr ein Licht aufging: »Du möchtest vorne links sitzen, ist es das?«

Der Junge nickte eifrig: »Genau!«

»Klar kannst Du das. Weißt Du, warum mein Lenkrad auf der rechten Seite ist?« Ein Zeigefinger drückte die ohnehin himmelwärts gerichtete Nase noch weiter nach oben. Er schüttelte den Kopf. »Weil wir in England auf der linken Straßenseite fahren.«

»... verrückt ...«

»Das ist das richtige Wort. Steig ein!« Amanda ließ ihre Freunde mit einem strahlenden »Bis gleich!« stehen, klappte das Verdeck ihres Mercedes-Cabrios zurück, lud das Auto voll fröhlicher Kinder und fuhr hupend davon.

Tannenberger winkte ihnen nach. Als sie um die Straßenecke verschwunden waren, fasste er freundschaftlich nach Olivias Arm: »Ich halte Sie doch lieber fest, bevor dieses Prinzip der zehn kleinen Negerlein sich womöglich mit Ihnen fortsetzt. Lüders war weg, bevor wir ganz begriffen hatten, dass er dastand. Amanda verließ uns am Gehölz und ist schon wieder auf und davon. Klüger werde ich so nicht, und was soll meine Zeitung dann mit mir anfangen?«

»In den letzten beiden Stunden haben Sie mehr gesehen, als irgendeiner Ihrer Kollegen bis jetzt auch nur ahnt.«

»Wie herzlos nüchtern. Für die heutige Kurzmeldung reicht dieses Gerippe. Stimmt. Aber was für eine Geschichte kann für die nächste Nummer daraus werden!«

Eine jubelnde Kinderschar fuhr winkend an ihnen vorbei. »Das Leben hat uns wieder.« Leise stellte Felix Picard es fest.

Verblüfft sah Tannenberger ihn an. Das fahle Gesicht des Malers mit den dunklen Ringen unter den Augen half ihm, die Bedrohung und das Grauen zu ahnen, welches die schemenhafte ›Vereinigung Inselschutz‹ auch bedeutet hatte. »Seit wann hatten Sie den bärtigen Radfahrer in Verdacht?«, erkundigte er sich gespannt.

»Ich hatte ihn so wenig in Verdacht wie irgendjemanden sonst.« Langsam folgte das Weitere: »Es war die Angst, die allmählich Gestalt gewann – in gekrümmten Linien auf weißem Papier. Olivia halfen die Zeichnungen offenbar weiter als mir. Gestern Abend, als sie mich verließ, warnte sie mich vor Rußke.«

Hupend näherte sich Amandas Cabriolet erneut der Dreiergruppe: »Eine Runde noch!« Und schon war sie um die Ecke von Rußkes Grundstück verschwunden.

»Die machen es richtig!« Über Olivias Gesicht zog endlich auch ein Strahlen. Sie reckte sich. Ihre Augen sahen einen neuen blauen Himmel über sich. »Felix«, wandte sie sich unvermittelt an den Maler, »Sie nehmen jetzt ein warmes Bad mit duftenden Kräutern und lassen dem einen langen Entspannungsschlaf folgen. Vielleicht können wir uns heute Abend zusammensetzen.«

Schweigend streckte er ihr die Hand entgegen. Mit einem Händedruck verabschiedete er sich und ging, den gesenkten Kopf zwischen den Schultern und die Hände in den Taschen, davon.

Olivia sah in die Runde: »Moritz, ob Sie's glauben oder nicht, ich bemerke erst jetzt, dass alle Nachbarn davongegangen sind!«

»So kann man ihr Verschwinden nicht nennen. Sie tuschelten bereits hinter vorgehaltener Hand, bevor Ibing hinter Lüders die Wagentür zuschlug. Zögernd und leise miteinander flüsternd zogen sie sich nach und nach in die nebenliegende Hofeinfahrt zurück. Wahrscheinlich stehen sie fünfzig Meter weiter da drinnen und reden immer noch.«

Das Jagdhorn näherte sich wieder. Dieses Mal hielt Amanda – mitten auf dem Fahrweg. Nach einer fröhlichen Verabschiedung liefen die Kinder in dieselbe Hofeinfahrt wie ihre Eltern und waren verschwunden.

»Steigt ein!« Amanda strich ihre langen verwehten Haare nach hinten. »Hier gibt es nichts mehr zu tun!«

24

Die Füße übereinandergelegt saß Olivia auf dem weichen Teppich im Wohnzimmer der Nüßler'schen Ferienwohnung am Boden, einen der großen Sessel als Rückenlehne. »In mancher Hinsicht ist dies der beste Platz auf Fehmarn«, teilte sie Amanda nicht zum ersten Mal mit. Die Freundin saß mit hochgelegten Beinen auf dem Sofa, auf dem Tisch standen zwei gefüllte Rotweingläser. Inzwischen war später Nachmittag.

»Du riechst immer noch nach frischem Wind! Wo warst Du in der kurzen halben Stunde?« Amanda hatte während dieser Zeit ziemlich kalt geduscht und im Wohnzimmer die Fenster sperrangelweit geöffnet, nachdem die Fragen der Kriminalbeamten nach mehr als zwei Stunden doch noch zu einem vorläufigen Ende gekommen waren. Währenddessen hatte Olivia das gemacht, was sie ›einen Renner‹ nannte: einen kurzen, zügigen Spaziergang.

»Ich war oben auf dem Friedhof vor der Kirche, der sturmgeduckten Festung auf dem sturmumtosten Eiland. Du erinnerst Dich vermutlich: Er liegt etwas erhöht, eingefasst von einer hohen Steinmauer wie eine Insel im fließenden Verkehr, ist groß und still, voll schmaler Wege und fremder Namen. Die Leute haben ihre Gräber schön bepflanzt, folglich riecht es dort nach Buchsbaum und späten Rosen. Ich bin friedlich herumgestrichen und schließlich zurückgesaust.«

Kommissar Ibing hatte die beiden Engländerinnen am Nachmittag zusammen mit zwei Kollegen aus Eutin aufgesucht, eine Geste der Höflichkeit gegenüber seinen wichtigsten Zeugen. Punkt für Punkt hatte er die Indizien protokolliert, mit denen Olivia Asmus Rußke belastete. Amanda hatte schweigend zugehört und schlussendlich manchen Zusammenhang zwischen ihren Beobachtungen hergestellt. Der Polizei gegenüber bestätigte sie lediglich Olivias Aussagen.

»Sag mal«, klang es vom Boden herauf, »wieso hast Du ausgerechnet unter dem Holunderbusch das Laub beiseitegeschafft?«

»Weil darunter ziemlich viel lag und alles nicht vom Holunder.«

»Eigentlich hätte mir das auffallen sollen …«

»Das wäre es sicher auch, wenn Du allein hättest suchen müssen. Du hättest ja nicht aufgegeben.«

»Hoffentlich nicht. Ich war sicher gewesen, dass man so unmittelbar nach Rußkes Verschwinden einfach noch sehen musste, wo er sich zu schaffen gemacht hatte und konnte nicht fassen, dass dem nicht so war. Das machte mich ein wenig kopflos. Ich brauchte einen Fehler von Rußke, solange musste ich auf Fehmarn bleiben …«

»Ist das nicht eine etwas zu strenge Pflichtauffassung?«

»Ich war mir nicht so sicher wie Lüders, dass er den vierten Mord erst im nächsten Frühjahr unternehmen würde. Und was dann?«

»Felix wäre Dienstag in jedem Fall abgereist.«

»Glücklicherweise. Wir wissen aber nicht, wen Rußke darüber hinaus im Visier hatte.«

Es klopfte leise. Olivia sprang auf und öffnete die Wohnzimmertür. Felix stand draußen. Frau Nüßler winkte von der Treppe herüber und ging wieder hinunter. Wenige Sätze später saß er in einem der großen Sessel. »Stellen Sie sich vor: Die Polizei war bei mir und nahm in aller Form den Verdacht gegen mich zurück. Die grüne Ölfarbe klebte stärker an mir als alle Termine in meinen Kalendern. Kaum zu glauben … Ist Rußke denn schon überführt?«

»Demnach ja«, stellte Olivia überrascht fest. »Ich habe keine Ahnung, was wie viele Kriminalbeamte in den Stunden seit seiner Verhaftung herausgefunden haben … oder was er gestanden hat. Hier haben sie nur Fragen gestellt.« Sie seufzte. Gern hätte sie mehr gewusst. »Sie sind nicht zufällig an Rußkes Haus vorbeigekommen?« Auf Felix' Nicken hin fasste sie nach: »Und sahen sie Streifenwagen?«

Wieder nickte er: »Einen. Die Beamten waren nicht zu sehen.«

»Ob man so schnell einen Durchsuchungsbescheid bekommen kann?« Olivia wusste es nicht. »Wenn sie im Haus waren und dort die Schreibmaschine zu den ersten beiden Briefen gefunden haben, ist der Fall geklärt. Das wäre es dann!«

»Warum nicht?« Amanda hielt das für möglich. »Die ›Vereinigung Inselschutz‹ dürfte hier oben die spektakulärste Mordserie seit Jahren veranstaltet haben. Und die Schreibmaschine ist das härteste Indiz gegen Rußke, das sie bekommen können – wenn sie sie in seinem Haus finden.«

Olivia musterte sie, als ginge ihr ein Licht auf: »Das fiel Dir ein, als er draußen sein Rad wendete und davonfuhr, stimmt's?«

»Stimmt. Als ich den ausgegrabenen Aal bewachte und dahinterzukommen versuchte, warum er für Dich ein so durchschlagendes Beweisstück sein sollte, fiel mir die fehlende Schreibmaschine ein: Sie wäre ein hundertprozentiger, unwiderlegbarer Beweis. Deswegen ging sie mir nicht mehr aus dem Kopf. Sprach der dritte Brief dafür, dass der Täter sie bereits vernichtet hatte? Oder hatte er nur der Versuchung nicht widerstehen können, die Kriminalpolizei irre zu führen, als er überraschend vor einer anderen Schreibmaschine stand? In meinen Augen machte er damit einen Fehler. In jedem Fall sprach die Tatsache, dass er die zweite Maschine benutzt hat, dafür, dass er sich des Beweiswertes dieser Geräte bewusst war. Die Schreibmaschine spukte noch immer in meinem Kopf, als Asmus Rußke sein Rad wendete. Gab es sie noch, durfte er keine Gelegenheit bekommen, sie aus dem Haus zu schaffen! Deshalb nahm ich den Wettlauf mit ihm auf. Als ich vor seinem Haus ankam, war alles leer. Ich hoffte, dass er samt Rad in der Garage verschwunden war und fuhr so dicht davor, dass das Tor nicht mehr hochgeschwenkt werden konnte. Es war das Einzige, was ich unternehmen konnte. Zu Fuß, die schwere Maschine auf dem Arm, würde er nicht weit kommen, hoffte ich. Trotzdem war ich erleichtert, als er sich unter seine Nachbarn mischte.«

»Und die Geschichte mit dem Schlüssel?«

»Reine Feigheit!«, antwortete Amanda. »Ich wollte Rußke die Garage auf keinen Fall freigeben. Punkt eins. Zweitens wollte ich nicht allein mit ihm warten. Die Leute suchten sofort hilfsbereit und blieben damit vor Ort. Ich war ihnen dankbar dafür.«

Schon klopfte es erneut, entschlossener als Felix es gewagt hatte. Agnes und Juro standen vor der Tür. Erleichtert sah Agnes den Freund aus seinem Sessel aufspringen: »Wie froh bin ich, Dich zu sehen!«

»Wir haben es überstanden!«, nickte er. »Die Felder sind wieder sicher.«

»Dann stimmt das, was drinnen im Supermarkt erzählt wird? Asmus wurde verhaftet? Er soll der Mörder von Harald Milz sein?«

»Asmus Rußke wurde gegen Mittag verhaftet. Ich sah dabei zu. Inzwischen hat die Polizei den Verdacht gegen mich zurückgenommen. Also gibt es vermutlich harte Beweise gegen ihn oder aber er hat gestanden.« Felix Picard hatte die Schultern nicht mehr hochgezogen; es wirkte, als müssten sie seinen Kopf nicht mehr beim Grübeln unterstützen.

Agnes sah zu ihm hinauf: »Schon bei Dir entschuldigt … das kann nur heißen, dass sie Asmus überführt haben – das ist ja furchtbar …«

Amanda zog die erstarrte Frau zu sich aufs Sofa, Juro setzte sich daneben. Olivia schloss leise die Tür und hockte sich mit untergezogenen Beinen in den Sessel, der ihr bis dahin als Rückenlehne gedient hatte. »Haben Sie noch mehr gehört?«, versuchte sie, Agnes aus ihrer Erstarrung zu holen.

Die schüttelte stumm den Kopf. »Wieso warst Du bei seiner Verhaftung dabei?«, hielt sie sich weiter an den Freund.

»Amandas Jagdhorn hupte vor meinem Fenster. Da heller Tag war, wagte ich mich hinaus und folgte ihrem Wagen. Als ich vor Rußkes Haus eintraf, überholte mich ein Streifenwagen, mit dem er wenig später abtransportiert wurde.«

»Einfach so?«

»Fast. Er stand mit Nachbarn draußen. Als der Kommissar auf ihn zuging, versuchte er, ins Haus zu gelangen – zu spät.« Felix sah zu Amanda: »Seltsam, wie passend Johann Lüders auf der Bildfläche erschien …«

»Nicht seltsam, hergebeten. Während ich vom Staberholz zu meinem Wagen lief, rief ich ihn an. Er war zuhause und machte sich sofort auf den Weg. Sie sehen, ich bemühte mich rundum um Verstärkung.«

»Du hast seine Telefonnummer in Deinem Handy?« Dieses Mal staunte Olivia.

»Vergiss nicht, immerhin hast Du Dich vor Tagen dafür interessiert, wo er wohnt, und in Frau Nüßlers Telefonbuch nach seiner Adresse gesucht. Ich habe die Telefonnummer gespeichert – Arbeitsteilung.«

Olivia schüttelte den Kopf. Plötzlich sprang sie auf wie ein Schachtelteufel: »Amanda, wo steckt Dein Handy? Wir alle müssen jetzt Genaueres wissen, dann werden wir uns besser fühlen. Vielleicht weiß Moritz Tannenberger schon mehr!«

Der meldete sich in bester Laune: »Ich fahre gerade über die Sundbrücke. Wenn Sie wollen, komme ich direkt zu Ihnen. Lüders sitzt neben mir, ich bringe ihn mit. Seien Sie gastfreundlich und kochen Sie Tee, bis wir bei Ihnen ankommen.«

Olivia ging in die Küche, um Wasser heiß zu machen.

»Agnes!«, mit dem Ausruf stand sie wieder im Wohnzimmer. »Um Staberdorf herum haben wir manchmal einen Mann in einem großkarierten Hemd gesehen. Wenn er sein Fahrrad bei sich hatte, hatte er auch immer einen kurzen Spaten dabei.«

»Ja, ich weiß, wen Sie meinen. Als Kinder haben wir ihn immer ›das Hemd‹ genannt. Irgendwie klappte es bei ihm mit der Schule nicht und auch danach brachte er nicht viel zustande. Er lebt bei seinem Bruder auf einem Hof in Staberdorf.«

»Und der Spaten?«

»Graben ist seine Leidenschaft … Und da er keine richtige Arbeit hat, holen die Leute ihn zum Graben: Er sticht Gemüsebeete um, hebt Luderkuhlen aus, hilft gelegentlich dem Totengräber – er hat mittlerweile ziemlich viel zu tun.«

»Kann das viele Graben ihn etwas seltsam gemacht haben? Ich meine das, weil er nie auf seine Umgebung reagiert: Er fährt nicht näher an den Straßenrand, wenn hinter ihm ein Auto kommt und er zuckt nicht einmal, wenn es hinter ihm knallt.«

»Er ist taub.«

»Meine Güte, so einfach! Dann ist ja alles gut.« Olivia verschwand wieder in die Küche zu dem inzwischen dampfenden Wasserkocher.

Kurz darauf hatte jeder etwas gefunden, das er tun konnte. Geschirr wurde auf den Wohnzimmertisch getragen, manche Tasse musste erst gespült werden. Zwei Stühle wurden der Runde hinzugefügt. Man sprach miteinander – die selbstverständlichsten Alltagshandgriffe mussten in dieser fremden Wohnung organisiert werden. Olivia füllte nacheinander drei Kannen mit Tee: die offizielle Teekanne, die Kaffeekanne und eine dritte. Vermutlich hätte sie immer so weitergemacht, aber mehr Zeit blieb nicht. Tannenberger und Lüders standen in der Tür.

Der Seeoffizier zeigte sich ruhig, schweigsam und gelassen, so wie immer, wenn Olivia ihm draußen begegnet war. Tannenberger hingegen schlürfte vorsichtig die ersten Schlucke heißen Tee und schien vor Neuigkeiten schier zu platzen.

»Wir haben es geschafft! Eine tolle Geschichte!«, strahlte er.

»Hat Rußke gestanden oder wurde er überführt?«

Verwundert starrte er Olivia einen Moment lang an: »Sie wissen es noch nicht? Meine Neuigkeiten sind brandneu? Toll! Einfach toll!« Er leerte seine Tasse und goss sie nach einem kurzen Verständigungsblick mit seiner Gastgeberin wieder voll. »Ihr Tee ist gut.«

»Moritz! Reden Sie!«

»Ihr Tee ist wirklich gut. Eigene englische Mischung – gefällt mir. Ja … Asmus Rußke wurde überführt. Ich saß hinter der halboffenen Tür im Nebenzimmer, gemeinsam mit Johann Lüders. Bonus für engagierte Mitarbeit. Die Maler sind einwandfrei unschuldig. Wir hier im Raum wussten das zwar die ganze Zeit, trotzdem ist es schön, wenn die offiziellen Mächte das auch einsehen müssen.«

»Juro stand auch unter Verdacht?« Agnes hatte lange keinen solchen Unsinn mehr gehört.

»Es ist alles überstanden!«, bekräftigte Tannenberger noch einmal. »Rußke wurde durch die Schreibmaschine überführt, auf der er die ersten beiden Briefe geschrieben hatte. Die Kripo fand sie in seinem Haus. Außerdem ein altes Jagdgewehr, hervorragend gepflegt und geladen.«

»Es gehörte einmal seinem Vater. Er ging damit noch auf Krähenjagd im Staberholz«, wiederholte Agnes wie im Selbstgespräch.

»Der Durchsuchungsbefehl kam aber zügig!« Olivia zog erneut beide Füße unter sich auf den Sessel und hockte sehr aufrecht auf ihren Fersen.

»Mein Werk!« Tannenberger strahlte wieder. »Dieser Rußke saß auf seinem Stuhl und erklärte seine Verhaftung für ein Missverständnis. Er verstand nichts, wusste nichts. Das kann einem ganz schön auf die Nerven gehen. Statt mich aufzuregen, wandte ich mich in der Verhörpause an den ranghöchsten Ermittler. Das Ende dieses Kapitels brachte die Konfrontation Rußkes mit seiner Schreibmaschine. Er gestand.«

Mit einem abgrundtiefen Seufzer löste sich Olivias Spannung. Ihre Füße schossen unter ihr hervor. Schon kniete sie auf dem weichen Teppich und goss sich einen Schuss Rotwein in den Tee. Nach einem raschen Blick in die Runde nahm sie die Tasse zwischen beide Hände und setzte sich behutsam zurück in ihren Sessel. Der aufsteigende Dampf roch wie daheim in London, wo sie ihren abendlichen Tee gelegentlich mit Rotwein würzte.

»Ich verstehe Ihre Erleichterung nur zu gut«, pflichtete Tannenberger ihrem Seufzer bei. »Ein angesehenes Mitglied der Fehmaraner Gesellschaft verhaften zu lassen, verlangt einigen Mut.« Ein Grinsen deutete sich um seinen Mund an: »Ich versuch's noch einmal: Erklären Sie mir jetzt, wie das alles zusammenhängt? Und damit uns allen? Jeder hier kennt nur Bruchstücke.«

Über den Teedampf hinweg sah Olivia der Reihe nach jeden Einzelnen an. »Sie alle haben mir geholfen.« Sie trank vorsichtig kleine Schlucke aus ihrer Tasse. Niemand machte Anstalten, die Pause zu einer Bemerkung zu nutzen. Also begann sie – die Hände um die warme Tasse geschlossen: »Mein erster durchschlagender Eindruck von Fehmarn war seine flache Weite. Man kann so weit über das Land sehen, dass ich wiederholt den Eindruck hatte, man kann alles sehen. Heimlich kann hier nichts vor sich gehen, glaubte ich. Die Fälle Milz und Gillhoff behaupteten das Gegenteil. Wenn ich an meinem Eindruck und dem Gegenteil gleichermaßen festhielt, musste der Mörder seine Untaten in sein alltägliches Handeln integriert haben, auf das kein Nachbar sonderlich achtete. Das war mein Ausgangspunkt. In unserer Fehmarnkarte kreuzten wir die Ludergruben mit den Leichenfunden an, die Stellen, an denen Milz und Gillhoff zuletzt lebend gesehen worden waren – alle Markierungen sammelten sich in wenigen Planquadraten. Drei kleine Dörfer, eine Feriensiedlung und Gut Staberhof lagen darin. Unsere Malerfreunde wohnten ebenfalls dort, auch Alexander bis zu seinem Verschwinden und genau dort hatte Felix seinen grünen Farbrest vergessen.«

Agnes' Schultern zuckten, aber sie sagte kein Wort.

»Auf unseren Spaziergängen trafen Amanda und ich einige Menschen immer wieder«, Olivias Blick streifte Lüders. »Doch ganz allmählich konzentrierte sich mein Verdacht auf Asmus Rußke. Er war ein sehr aktiver und beliebter Lehrer. Er unterhielt mehrere Aquarien und Herbarien in der Schule, um den Kindern Tiere und Pflanzen zeigen zu können, die draußen in der Natur nicht ohne Weiteres zu beobachten waren. Und zusätzlich hatte er mindestens zwei Sölle, deren Leben er beobachtete und hegte. Warum verhielt sich ein so beliebter und aktiver Mensch so abweisend gegenüber Nichtschülern? Das verstand ich nicht. Ich erfuhr nach und nach, dass er allein in einem großen Haus wohnte, das er für eine Frau gebaut hatte, die er nicht bekam. Auch dieses Haus lag in den einschlägigen Planquadraten unserer Karte.«

»Mein Haus liegt auch in diesem überschaubaren Ausschnitt von Fehmarn«, nahm Lüders Olivias Gedankengang auf. »Man kann von dort das Meer sehen.«

»So wollte ich auch immer wohnen«, erinnerte Agnes sich leise.

Olivias Augen ruhten auf deren gesenktem Blick, als sie fortfuhr: »Meine grüblerisch wandernden Gedanken waren natürlich nicht beweiskräftig. Die Indizien, die ich inzwischen zusammengetragen hatte, ergeben nach dem Fund im Soll aber doch ein ziemlich dichtes Netz.« Olivias Augen lösten sich von Agnes und wanderten zu Tannenberger: »Die Querfäden bilden die Schreibmaschinen. Die Längsfäden knoten sich mit den Knochen aus Rußkes Soll hinein. Die Polizei wird ja wohl DNA-Proben von den drei Verschwundenen haben. Milz' Arme konnten sie immerhin eindeutig bestimmen, also werden sie ihnen auch seine übrigen Knochen zuordnen können. Wenn sie aber schon von Milz als dem ersten Fall diese Daten sicherstellten, dann erst recht von den beiden anderen. Wie soll Rußke aus diesem Netz herauskommen?«

»Ein anderer hätte sie in dem Soll versenken können. Es ist frei zugänglich.« Tannenberger sah da kein Problem. Agnes hob spontan den Blick. Völlig irrational schien sie eine unerwartete Möglichkeit zu wittern, die Asmus doch noch entwischen ließ.

Olivia schüttelte den Kopf: »Nein! Dagegen stehen die Aale.«

»Richtig! Die hatte ich im Augenblick ganz vergessen.« Tannenberger sah sie gespannt an. »Was erzählen der Aal und die Fußspuren, die Ibing so ausgiebig fotografierte, über Rußke?«

»Die Schuhabdrücke auf dem Acker stellen die Verbindung zwischen dem Soll und der Grabstelle im Gehölz her. Die zugehörigen Schuhe trägt Rußke vielleicht jetzt noch oder sie stehen in seinem Haus.«

»Ein weiteres Indiz. Donnerwetter! Und der Aal?«

»Asmus Rußke ist Biologe. Das erklärt so ungefähr alles außer der Ölfarbe und vielleicht dem Ende von Alexander Hyde. Die Arme in den Ludergruben verrieten, dass er seine Opfer nahe bei seinem Haus auf der Insel verschwinden ließ. Wo, wenn nicht in diesen Wasserkuhlen, konnte man einen Rumpf loswerden, wenn man ihn nicht zerkleinern wollte?«

»Wieso nahmen Sie so sicher an, dass er das nicht getan hatte?«, schaltete sich Lüders ein. »Überhaupt ist der Anhänger, mit dem er immer herumfährt, zu klein für einen menschlichen Körper.«

Olivia sah Agnes an: »Sicherlich steht in seiner Garage ein weiterer Anhänger für größere Dinge wie einen Tisch oder Stühle, stimmt das?« Agnes Blick wurde wieder starr, aber sie nickte.

»Er brauchte so einen Anhänger, um die Leichen zu transportieren«, fuhr Olivia fort. »Also konnte er ihn auch für einen Rumpf nutzen, den er nicht zerlegt hatte. Ich nahm an, dass er das vermieden hatte, weil man weitere Körperteile hätte finden müssen wie die Arme und das eine Bein. Knochen brauchen länger als ein Jahr, um sich in Staub zu verwandeln. – Das anfangs unüberwindbare Problem, vor das die Lösung mit dem Soll mich stellte, war dessen sauberes Wasser. Ich nahm Ihr Argument sehr ernst, Herr Lüders. Nicht zuletzt, weil mein Mann Biologe und Umweltschützer war. Bis ich unten am Strand Melusine vor einem toten Aal fand. Von ihr erfuhr ich, dass Aale sich nach vielen Jahren im Süßwasser zur Paarung ins Meer aufmachen, und dass dieser Drang so elementar ist, dass sie sich dazu auch über feuchte Wiesen schlängeln. Sie vermutete, dass der Aal unten am Strand sein Süßwasserleben in einem der Sölle oben verbracht hatte. Aale fressen Aas und wenn das Aas verzehrt ist, kann es das Wasser nicht mehr verschmutzen – Sie erkennen den Zusammenhang?«

Alle starrten Olivia an.

»Normalerweise wandern Aale die Flüsse hinauf, sie kommen also nicht von allein in Wasserlöcher, die keinen Zufluss haben. Man kann sie aber an der Küste um Fehmarn herum fischen und in einem Soll aussetzen. Das ist eine Möglichkeit; eine andere wäre, die jungen Glasaale in einer Fischhandlung zu kaufen. Ich habe im Internet gesehen, dass Züchter und Angler das ganz selbstverständlich machen.« Ihre Zuhörer starrten sie immer noch schweigend und abwartend an. Also fuhr sie fort: »Außerdem leben in Rußkes Soll Schlammschnecken, wie ich von Agnes weiß. Die fressen alles, auch Aas und sind damit eine willkommene Unterstützung der Fische. Zwischen den Leichengaben versorgte Rußke seine Helfer unter anderem mit Meerestieren. Amanda und ich sahen ihn einmal, als er sie am Strand sammelte. Melusine bestätigte, dass er das häufig macht. Eimerweise kleine Meerestiere fasst aber kein Schulaquarium …« Olivia schwieg und sah die Freunde an.

»Und wenn er den Aal nun mitgenommen und daheim im Garten vergraben hätte, was dann?«, wollte Lüders wissen.

»Dann hätte ich noch immer ein Problem«, gab Olivia zu. »Aber Rußke tat einfach das für ihn Nächstliegende und vergrub ihn in einer Art Ludergrube. Mein Glück, dass ich ihn dabei sah. Sein Pech, dass er unter den sicher zahlreichen Aalen offenbar zwei ältere Tiere aussetzte.«

»Genau! Diese zwei machten sich nun zur denkbar unpassendsten Zeit auf den Rückweg ins Meer ...«

»... und verrieten seinen Meisterplan!« Tannenberger schlug sich vor Begeisterung auf die Schenkel. »Ich wiederhole mich: Es ist eine der tollsten Geschichten, denen ich je begegnet bin!« Er goss sich erneut Tee ein und leerte die Tasse in einem Zug. Dabei fiel ihm noch etwas ein: »Warum die grüne Ölfarbe? Sein Meisterplan brauchte sie nicht.«

Olivia richtete sich auf und sah ihn an. Aber sie sagte nichts.

»Entweder die Ölfarbe unter Milz' Fingernägeln oder die Ermordung von Hyde – die Ölfarbe bringt den Maler unter Verdacht, gut, aber warum wird er dann umgebracht? Beides zusammen ergibt für mich keinen Sinn. Womit ich nicht sagen will, dass ich den Fall Hyde inzwischen verstehe, überhaupt nicht!«

Olivia atmete tief durch, bevor sie ihren Blick von Tannenberger löste. »Juro! Erinnern Sie sich an das Zusammentreffen mit Asmus Rußke im Staberholz? Felix erzählte, dass Rußke völlig außer sich war. Ist es nicht doch denkbar, dass er Sie erkannte?«

Juro starrte sie an und schwieg. Olivia hatte sich über Felix' Geschichte immer wieder Gedanken gemacht und war zu der Überzeugung gekommen, dass die anfänglich spielerischen Schimpfkanonaden unmerklich zu echten Beschimpfungen geworden sein mussten. Nur so konnte Juro seinen Gegner in derart aufwallenden Zorn versetzt haben. – Da er nicht reagierte, fragte Olivia seine Frau: »Haben Sie daran einmal gedacht?«

»Ja und nein. Einmal flog mich dieser Gedanke an, doch ich wischte ihn beiseite.« Agnes schlug die Hände vors Gesicht. Die anderen schwiegen gespannt.

»Haben Sie eigentlich irgendwann einmal mit Asmus Rußke darüber gesprochen, dass Sie ihn nicht heiraten wollen? Dass er Sie nicht einplanen darf, wenn er ein Haus baut?«

Hinter ihren vorgehaltenen Händen schüttelte Agnes kaum wahrnehmbar den Kopf.

»Sie wussten, dass er sein Haus für Sie gebaut hatte? Mit Blick auf das Meer, wie Sie es sich gewünscht hatten?«

Schließlich zog Agnes die Hände vom Gesicht und starrte Olivia aus entsetzengeweiteten Augen an: »Wahrscheinlich wusste ich es, aber ich wollte es nicht wahrhaben. Doch was hat das mit der Geschichte im Gehölz zu tun?«

Statt einer Antwort stellte Olivia eine neue Frage: »Juro, Sie wussten, dass Asmus Rußke eifersüchtig war?«

»Ich wusste es«, brummte er, »obwohl natürlich niemals darüber gesprochen wurde. Doch schon die Art, wie er mich ansah, machte mich aggressiv. Deshalb ging ich ihm aus dem Weg, soweit ich konnte. Dort im Staberholz stießen wir überraschend zusammen.«

»Warum findest Du diese kleine Episode so wichtig?«, schaltete Amanda sich ein.

Olivia sah die Freundin an: »Die beiden Beteiligten hatten sich gegenseitig derart in Rage gebracht, dass es dafür schwerwiegende Gründe geben musste. Wenn nun Juro die Frau geheiratet hatte, auf die Asmus Rußke sein ganzes Leben ausgerichtet hatte, lieferte das Grund genug. Ich stellte Agnes beim Abschied eine Frage in dieser Richtung. Der plötzliche Druck, mit dem sie meine Hand umklammerte, gab mir die Antwort. Und er lieferte die Antwort für die grüne Farbe gleich mit. Für den unwahrscheinlichen Fall, dass die Leichenteile gefunden wurden, hatte der Mörder eine Spur zu den Malern gelegt.«

»Das heißt: Sein Hass auf Juro war maßlos!« Amanda schauderte. »Aber was haben Milz und Gillhoff damit zu tun?«

Olivia trank ihren kalt gewordenen Tee aus und stellte die Tasse weg. »Hier kommen wir ins Feld der Spekulationen. Ich glaube, dass Rußke erst einmal die brachliegenden Energien seiner unerfüllten Liebe auf die Natur seiner Insel gelenkt hatte. In den Söllen richtete er Versuchsbiotope ein, im Kleinformat machte er in den Aquarien dasselbe. Er bemühte sich, seine Begeisterung für das Leben der Tiere und Pflanzen an die Schüler weiterzugeben. Sicher hoffte er, so einige von ihnen zu Schützern und Verfechtern der natürlichen Landschaft ihrer Insel zu machen. Bei dem Schreiber der Leserbriefe, die vor einiger Zeit für Aufregung sorgten, ist ihm das ja auch gelungen. Allmählich scheint seine Ersatzhandlung zu einer Passion geworden zu sein, die nicht unbemerkt blieb. Die Polizei verdächtigte ihn der anonymen Briefe an das Fehmarnsche Tageblatt. Fälschlicherweise. Ob ihn das auf dumme Gedanken brachte, kann nur er selber wissen. Jedenfalls sah er recht gut, dass allem Gerede von integriertem Inselschutz zum Trotz die Landwirte um ihn herum die denkbar schlechtesten Umweltschützer waren. Begierige Makler und Architekten machten sich zu ihren Handlangern. Seine mühsam aufgebaute Zweitwelt, man kann auch sagen: seine Ersatzliebe, genau die wurde unverändert angegriffen und Stück für Stück zerstört. Als er erkannte, um wie viel schneller die Zerstörung vorankam als die Schutzprojekte, die es ja auch gibt, wandelte sich seine Wut in Hass, in einen Hass, dessen Nährboden seine Passion für ›seine Insel‹ war. Dafür kämpfte er weiter. In seinen Mitteln war er nun bedingungslos geworden.«

»Es ist in der Tat bestürzend, wie ohnmächtig der Einzelne ist«, bekannte Lüders. »Keiner der damaligen Leserbriefe brachte einen Zeitungsredakteur auf seine Seite. Ich verstehe das bis heute nicht! Asmus Rußke wurde beinahe gezwungen, einen neuen Weg gegen diesen Gleichmut oder wohl doch eher diese Gleichgültigkeit zu beschreiten.« Olivia fühlte sich versucht, seine Empörung zu teilen.

Lüders' Blick verfinsterte sich: »Auch aus Gleichgültigkeit erwächst durchaus Hass, ich habe das auf See gelegentlich beobachtet. Gleichgültigkeit ist mörderisch in ihrer Wirkung, weil sie den Dialog verweigert. Nicht nur auf See, obwohl dort besonders, weil man nirgendwohin ausweichen kann. Mit Asmus Rußke kam ich erst in den letzten zwei Jahren gelegentlich in eine Art Gespräch. Aber es blieb schwierig. Ob er früher bereitwilliger auf sein Gegenüber einging, weiß ich nicht.«

»Nein«, Agnes schüttelte andeutungsweise den Kopf. »Er hielt sich immer für sich. Er grübelte viel und nahm jede Kleinigkeit ernst, zu ernst, dachte ich immer. Er konnte nicht lachen.«

Tannenberger dachte nach, während sein Blick an Agnes hängen blieb: »Nicht reden zu können, ist schlimm. Man kann sich so vieles von der Seele reden … Doch nicht Rußke. Selbst nach seinem Geständnis beantwortete er die Fragen der Beamten sehr knapp. Leicht wird er es ihnen auch weiterhin nicht machen.«

Olivia sah von Tannenberger zu Lüders hinüber: »Wenn Sie so weitermachen, stilisieren Sie Asmus Rußke noch zu einem Opfer. Das ist er nicht! Was immer er bewegen wollte … er wurde zu einem brutalen Mörder!«

»Und warum musste Alexander sterben?«, kehrte Amanda noch einmal zu dem toten Freund zurück.

»Auch diese Antwort bleibt Spekulation, bis Rußke sie beantwortet.«

»Wenn er das tut.« Tannenberger bezweifelte das. »Fest steht: Rußke lernte zu morden und seine Leichen loszuwerden. Er und seine Leichen schrien um den Erhalt der Natur auf diesem Eiland. Doch noch immer zu leise. Da bot sich Hyde als nächstes Opfer geradezu an, weil die Brücke-Vereinigung mit ihrer Skulptur touristisch ausgeschlachtet wurde.«

»Das ist das eine«, stimmte Olivia zu. »Dazu kam sein Hass: auf Juro im Besonderen, aber auf dessen Malerfreunde gleich mit. An Juro kam er nicht heran und an Alexander ebenfalls nicht, solange der bei Juro wohnte. Doch einer von ihnen wohnte in unmittelbarer Nachbarschaft, ihn zu erwischen schien ganz einfach. Der Zufall wollte es, dass Felix zum geplanten Zeitpunkt nicht auf Fehmarn war, dafür aber Alexander. Ein Glücksfall für Rußke, denn zum Zeitpunkt der Denkmalsenthüllung sorgte das Verschwinden des Bildhauers für die perfekte Schockwirkung. Und der kam ihm mit seinen gelegentlichen Spaziergängen in der Dämmerung auch noch entgegen.«

Ein letztes Mal senkte sich Schweigen über die kleine Gruppe. Einer nach dem anderen richtete den Blick auf Agnes, außer Juro. Der starrte das Teppichmuster an.

Felix erhob sich als Erster. Müde und erleichtert reichte er Olivia die Hand zum Abschied und zum Dank. Seine Rechte. Sie sah darauf nieder: »Asmus Rußke hielt Sie für einen Linkshänder. Er hatte Sie beim Malen beobachtet.« Sie sah zu ihm hinauf: »Doch nun ist alles vorbei. Es droht Ihnen keine Gefahr mehr.«

»Wir werden uns wiedersehen. Hier oder in London«, schloss er und eilte hinter Agnes und Juro her, die ohne ein weiteres Wort die Treppe hinuntergingen.

Olivias Augen folgten dem Maler, doch dabei fiel ihr etwas ein. Sie wirbelte herum: »Moritz, ich habe eine große Bitte!«

»An mich?« Erwartungsvoll kam Tannenberger auf sie zu.

»Sie wissen über diesen Fall mehr als alle Ihre Kollegen. Trotzdem: Schweigen Sie über die private Seite dieses Falles. Seien Sie diskret.« Lange ruhte sein Blick in ihren dunklen Augen. Endlich löste er sich daraus. Er verstand das und er stimmte zu.

Während Tannenberger sich von Amanda verabschiedete, stand Olivia vor Lüders. »Sie waren eine echte Hilfe – danke.« Doch sie wollte noch etwas von ihm wissen. »Warum leben Sie hier unter falschem Namen?«

Verblüfft schaute er sieh an: »Wie kommen Sie darauf?«

»Es gab nie einen Offizier namens Johann Lüders auf der ›Gorch Fock‹.«

»Aber mich gab es auf der ›Gorch Fock‹.« Nach einer Pause beugte er sich ihrem abwartenden Blick. »Ich bin hier aufgewachsen. Ich liebe Fehmarn. Aber nach einem Leben auf See einfach ins Nest zurückzukehren, das konnte ich mir nicht vorstellen. Von meiner Tante hatte ich das Häuschen geerbt, in dem ich lebe. Ich nahm ihren Namen an. Im Laufe der Zeit erkannten mich die Menschen wieder, ganz sicher waren sie sich aber nicht; manche fragten, dann antwortete ich ehrlich, aber es blieb der ungewohnte Name zwischen uns. Dadurch hält sich eine Fremdheit, manchmal vielleicht nur eine leichte Distanz, die mir erlaubt, mich frei zu fühlen.«

Tannenberger und Lüders fuhren davon, die Freundinnen winkten ihnen nach. Als sie hinter der Straßenecke verschwunden waren, sah Olivia zum Himmel auf: »Komm, lass uns ganz schnell nach Westen fahren, vielleicht sehen wir die Sonne untergehen.«

Die Landkarte in der Hand lotste Olivia Amanda so direkt, wie die vorhandenen Straßen es zuließen, auf den weit ausgestreckten

Abendhimmel zu. Leise begann sie zu summen: »Somewhere over the rainbow …« Mit diesem alten Lied waren sie auf Fehmarn zugefahren – vor ziemlich langer Zeit. Ihr Summen verstummte.

Sie sahen nur noch den glühenden Himmel, als sie auf dem Deich ankamen. Die Herbsttage waren schon ziemlich kurz. Beide schwiegen und schauten auf das Meer. Irgendwann fasste Amanda nach der Freundin: »Der Regenbogen kommt jetzt woanders auf … irgendwo … da, wo jetzt die Kindheit ist.«

Nachbemerkung

Abschließend noch ein Wort zu den Aalen, die in diesem Buch eine so wichtige Rolle gespielt haben.

Alle Europäischen Aale – vom Glasaal bis zum ausgewachsenen Silberaal – schlüpfen ausnahmslos in der Sargassosee im subtropischen Westatlantik. Danach treiben die Larven mit dem Golfstrom zu den Küsten Europas. Dort kommen sie nach zwei bis drei Jahren an und verwandeln sich in Glasaale. In den folgenden Jahren verteilen sie sich über alle europäischen Küsten bis hinein in die Ostsee. Ein Teil von ihnen bleibt in den Küstengewässern, in der Ostsee ist dieser Anteil sehr groß, die anderen wandern die Flüsse hinauf und gewöhnen sich dabei allmählich ans Süßwasser. Aale erreichen ein erhebliches Alter, sie können bis weit über zwanzig Jahre in europäischen Gewässern verbringen und dabei durchaus auch mal ihren Lebensraum wechseln. Während dieser Zeit wachsen sie und speichern Fett, bis sie in der Lage sind, die lange Laichwanderung zurück in die Sargassosee anzutreten. Dazu bilden sie ihren Verdauungstrakt zurück und verzehren auf den bis zu siebentausend Kilometern Rückweg ihre Fettreserven. In der Sargassosee angekommen paaren sich die Fische, laichen und sterben – ein Vorgang übrigens, den noch niemand beobachtet hat.

Heute jedoch kommen – im Verhältnis zu der Menge, die man vor vierzig Jahren zählen konnte – nur noch ein bis fünf Prozent jener Jungfischmenge zu den europäischen Küsten. Die Weltnaturschutzunion IUCN hat den Europäischen Aal auf die Rote Liste der vom Aussterben bedrohten Tierarten gesetzt. Die Gründe sind vielfältig: Flussverbauung, Turbinen von Wasserkraftwerken, Schadstoffe im Wasser, ein aus Asien eingeschleppter Fadenwurm, eine starke Befischung, nicht zuletzt für den Export von Glasaalen nach Asien, und anderes mehr. Auch klimatische Veränderungen spielen eine Rolle, da sie direkt die Verdriftung und das Überleben der Aallarven im Atlantik beeinflussen können.

Wer mehr über die Aale und ihre Bedrohung wissen möchte, findet unter http://www.ti.bund.de/de/startseite/institute/fi/forschungsbereiche/wanderfischarten/habitatwahl-beim-aal.html und http://www.wwf.de/themen-projekte/artenlexikon/europaeischer-flussaal/ reiche Information.

Ich für meinen Teil danke Herrn Dr. Lasse Marohn vom Thünen-Institut für Fischereiökologie in Hamburg herzlich für seine so freundliche wie gründliche Beratung.

Gerda M. Neumann

»Eiskalt und knallwitzig, buchstäblich ein Lesespaß!«

Für Sie

Abigail Padgett
Blue
Kriminalroman

368 Seiten
14,95 €
ISBN 978-3-941688-33-9

Der erste Fall von Blue McCarron!
Affen, Zahlen und Statistiken bestimmen den Arbeitsalltag der Sozialpsychologin Blue McCarron, die mit ihrer Hündin Brontë in einem verlassenen Motel in der Wüste Kaliforniens lebt. Dass ausgerechnet Blue mit den privaten Ermittlungen in einem Mordfall beauftragt wird, scheint auf den ersten Blick verwunderlich – jedoch bei weitem nicht so skurril wie der Fall selbst: Eine liebenswürdige alte Dame behauptet, vor fünf Jahren eine Männerleiche eingefroren zu haben, die in Folge eines Stromausfalls im Kühlhaus ans Tageslicht geschmolzen ist. Blue beginnt mit den Recherchen, die sie bald persönlicher betreffen, als ihr lieb ist ...

Alles zu unserem
Programm gibt es unter
www.prospero-verlag.de